国家社会科学基金重大项目「中国近代日记文献叙录、整理与研究」（项目编号：18ZDA259）阶段性研究成果

江苏省「十四五」时期重点出版物出版专项规划项目

中国近现代稀见史料丛刊

【第十一辑】

海隐书屋四种

张剑　徐雁平　彭国忠　主编

（清）胡嗣超　著

杨印民　整理

本辑执行主编　徐雁平

凤凰出版社

图书在版编目（CIP）数据

海隐书屋四种 /（清）胡嗣超著；杨印民整理.
南京：凤凰出版社，2024.12. --（中国近现代稀见史
料丛刊）. -- ISBN 978-7-5506-4343-7

Ⅰ. I214.92

中国国家版本馆CIP数据核字第2025XK3776号

书　　　　名	海隐书屋四种
著　　　　者	（清）胡嗣超
整　理　者	杨印民
责　任　编　辑	单丽君
特　约　编　辑	姜　好
装　帧　设　计	姜　嵩
责　任　监　制	程明娇
出　版　发　行	凤凰出版社（原江苏古籍出版社）
	发行部电话025-83223462
出版社地址	江苏省南京市中央路165号，邮编:210009
照　　　排	南京凯建文化发展有限公司
印　　　刷	江苏凤凰通达印刷有限公司
	江苏省南京市六合区冶山镇,邮编:211523
开　　　本	880毫米×1230毫米　1/32
印　　　张	6.625
字　　　数	172千字
版　　　次	2024年12月第1版
印　　　次	2024年12月第1次印刷
标　准　书　号	ISBN 978-7-5506-4343-7
定　　　价	68.00元

（本书凡印装错误可向承印厂调换,电话:025-57572508）

存史鑑今

袁行霈題

袁行霈先生題辭

「音实难知，知实难逢，逢其知音，千载其一乎！」（《文心雕龙·知音》）今读新编稀见史料丛刊，真有恰逢知音之感大。

傅璇琮谨书

二〇一三年

傅璇琮先生题辞

殚精竭虑旁搜远绍

重新打造中华文史资

料库

王水照 二〇二三年一月

王水照先生题辞

海隱書屋四種武進胡鳳生手
稿本胡於道咸間宦遊南北見
聞昌廣其海隱雜記三卷多記
都中舊事□下客南藤陰
雜記之類也惟隨手摭記不
加詮次夫之蕪穢當為之刪
輯成書者

《海隐书屋四种》书前题识

海隱書屋詩藁序

予少好博涉羣書嗜吟咏而性不耐讀心所愛者輒手錄

一過以代誦作詩文喜腹稿出之甚易多簡牢先君子固

誨之曰作文之法必須多讀多做多改日久而無間斷功

到純熟則精氣入而粗氣除意深辭達氣體高華如天

上雲霞光騰五釆舒卷自如無一點塵俗氣能令讀者心神

與朝顧探深微方是上乘文字小子勉之于服膺斯訓而

時習焉弱冠學制藝就試南北省屢黜者有年家貧

《海隐书屋诗稿》书影

名勝紀游集

咸豐□年四月苦雨前□鶴生輯

張曲江田學者常想胸次吞雲夢澤筆頭湧

若耶溪量既益色文益浩瀚

陸士龍谷風詩云閒居物外靜言樂出繩柩增

結龜兒牖綢繆和神當春清氣為秋天地則近戶

庭已悠鍾評曰眼中栖靜胸中拕廊

太白登華山落雁峰曰此生寰高呼吸之氣可通天帝座

一

《海隐书屋名胜纪游集》书影

《中国近现代稀见史料丛刊》总序

在世界所有的文明中,中华文明也许可说是"唯一从古代存留至今的文明"(罗素《中国问题》)。她绵延不绝、永葆生机的秘诀何在?袁行霈先生做过很好的总结:"和平、和谐、包容、开明、革新、开放,就是回顾中华文明史所得到的主要启示。凡是大体上处于这种状况的时候,文明就繁荣发展,而当与之背离的时候,文明就会减慢发展的速度甚至停滞不前。"(《中华文明的历史启示》,《北京大学学报》2007年第1期)

但我们也要清醒看到,数千年的中华文明带给我们的并不全是积极遗产,其长时段积累而成的生活方式与价值观具有强大的稳定性,使她在应对挑战时所做的必要革新与转变,相比他者往往显得迟缓和沉重。即使是面对佛教这种柔性的文化进入,也是历经数百年之久才使之彻底完成中国化,成为中华文明的一部分;更不用说遭逢"数千年来未有之变局""数千年未有之强敌"(李鸿章《筹议海防折》),"数千年未有之巨劫奇变"(陈寅恪《王观堂先生挽词序》)的中国近现代。晚清至今虽历一百六十余年,但是,足以应对当今世界全方位挑战的新型中华文明还没能最终形成,变动和融合仍在进行。1998年6月17日,美国三位前总统(布什、卡特、福特)和二十四位前国务卿、前财政部长、前国防部长、前国家安全顾问致信国会称:"中国注定要在21世纪中成为一个伟大的经济和政治强国。"(徐中约《中国近代史》上册第六版英文版序,香港中文大学出版社2002年版)即便如此,我们也不能盲目乐观,认为中华文明已经转型成功,相反,中华文明今天面对的挑战更为复杂和严峻。新型的中华文明到底会怎样呈现,又怎样具体表现或作用于政治、经济、文化等层面,人们还在不断探索。这个问题,我们这一代恐怕无法给出答案。但我们坚信,在历史上曾经灿烂辉煌的中华文明必将凤凰浴火,涅槃重生。这既是数千年已经存在的中华文明发展史告诉我们的经验事实,也是所有为中国文化所化之人应有的信念和责任。

不过,对于近现代这一涉及当代中国合法性的重要历史阶段,我们了解得还过于粗线条。她所遗存下来的史料范围广阔,内容复杂,且有数量庞大且富有价值的稀见史料未被发掘和利用,这不仅会影响到我们对这段历史的全面了解和规律性认识,也会影响到今天中国新型文明和现代化建设对其的科学借鉴。有一则印度谚语如是说:"骑在树枝上锯树枝的时候,千万不要锯自己骑着的那一根。"那么,就让我们用自己的专业知识与能力,为承载和养育我们的中华文明做一点有益的事情——这是我们编纂这套《中国近现代稀见史料丛刊》的初衷。

书名中的"近现代",主要指 1840—1949 年这一时段,但上限并非以一标志性的事件一刀切割,可以适当向前延展,然与所指较为宽泛的包含整个清朝的"近代中国""晚期中华帝国"又有所区分。将近现代连为一体,并有意淡化起始的界限,是想表达一种历史的整体观。我们观看社会发展变革的波澜,当然要回看波澜如何生,风从何处来;也要看波澜如何扩散,或为涟漪,或为浪涛。个人的生活记录,与大历史相比,更多地显现出生活的连续。变局中的个体,经历的可能是渐变。《丛刊》期望通过整合多种稀见史料,以个体陈述的方式,从生活、文化、风习、人情等多个层面,重现具有连续性的近现代中国社会。

书名中的"稀见",只是相对而言。因为随着时代与科技的进步,越来越多的珍本秘籍经影印或数字化方式处理后,真身虽仍"稀见",化身却成为"可见"。但是,高昂的定价、难辨的字迹、未经标点的文本,仍使其处于专业研究的小众阅读状态。况且尚有大量未被影印或数字化的文献，或流传较少，或未被整合，也造成阅读和利用的不便。因此，《丛刊》侧重选择未被纳入电子数据库的文献，尤欢迎整理那些辨识困难、断句费力、裒合不易或是其他具有难度和挑战性的文献，也欢迎整理那些确有价值但被人们习见思维与眼光所遮蔽的文献，在我们看来，这些文献都可属于"稀见"。

书名中的"史料"，不局限于严格意义上的历史学范畴，举凡日记、书信、奏牍、笔记、诗文集、诗话、词话乃至序跋汇编等，只要是某方面能够反映时代政治、经济、文化特色以及人物生平、思想、性情的文献，都在考虑之列。我们的目的，是想以切实的工作，促进处于秘藏、边缘、零散等状态的史料转化为新型的文献，通过一辑、二辑、三辑……这样的累积性整理，自然地呈现出一种规模与气象，与其他已经整理出版的文献相互关联，形成一个丰茂的文献群，从而揭示在宏大的中国近现代叙事背后，还有很多未被打量过的局部、日常与细节；在主流周边或更远处，还有富于变化的细小溪流；甚至在主流中，还有漩涡，在边缘，还有静止之水。近现代中国是大变革、大痛苦的时代，身处变局中的个体接物处事的伸屈、所思所想的起落，借纸墨得以留存，这是一个时代的个人记录。此中有文学、文化、生活；也时有动乱、战争、革命。我们整理史料，是提供一种俯首细看的方式，或者一种贴近近现代社会和文化的文本。当然，对这些个人印记明显的史料，也要客观地看待其价值，需要与其他史料联系和比照阅读，减少因个人视角、立场或叙述体裁带来的偏差。

知识皆有其价值和魅力，知识分子也应具有价值关怀和理想追求。清人舒位诗云"名士十年无赖贼"（《金谷园故址》），我们警惕袖手空谈，傲慢指点江山；鲁迅先生诗云"我以我血荐轩辕"（《自题小像》），我们愿意埋头苦干，逐步趋近理想。我们没有奢望这套《丛刊》产生宏大的效果，只是盼望所做的一切，能融合于前贤时彦所做的贡献之中，共同为中华文明的成功转型，适当"缩短和减轻分娩的痛苦"（马克思《资本论》第一卷第一版序言）。

《丛刊》的编纂，得到了诸多前辈、时贤和出版社的大力扶植。袁行霈先生、傅璇琮先生、王水照先生题辞勖勉，周勋初先生来信鼓励，凤凰出版社姜小青总编辑赋予信任，刘跃进先生还慷慨同意将其列入"中华文学史史料学会"重大规划项目，学界其他友好也多有不同形式的帮助……这些，都增添了我们做好这套《丛刊》的信心。必须一提的是，《丛刊》原拟主编四人（张剑、张晖、徐雁平、彭国忠），每位主编负责一辑，周而复始，滚动发展，原计划由张晖负责第四辑，但他尚未正式投入工作即于 2013 年 3 月 15 日赍志而殁，令人抱恨终天，我们将以兢兢业业的工作表达对他的怀念。

《丛刊》的基本整理方式为简体横排和标点（鼓励必要的校释），以期更广泛地传播知识、更好地服务社会。希望我们的工作，得到更多朋友的理解和支持。

2013 年 4 月 15 日

目　录

前　言

　　《海隐书屋四种》包括《海隐书屋诗稿》一卷、《海隐杂记》二卷、《海隐书屋名胜纪游集》一卷、《祖茔讼案》不分卷。清人胡嗣超撰，手稿本。

　　胡嗣超身历清乾隆、嘉庆、道光、咸丰四朝，此间正值清王朝由盛转衰的过渡时期。他大半生因生计游幕京城及直隶、江苏、陕西、山西、四川、云南诸省，六十三岁始谋得崇文门宣课司副使一职，七十四岁致仕，八十二岁卒故，人生阅历可谓丰富。除是书外，胡氏传世著述尚有《伤寒杂病论》十六卷、《易卦图说》六卷。

一、胡嗣超家世与生平

　　胡嗣超（1778—1860），字善延，号鹤生，世居常州府武进县（今江苏省常州市武进区）东门内元丰桥东下塘。清咸丰三年（1853），由京师顺天府迁居直隶房山县（今北京市房山区）小白岱村西头路南①。

　　据清人胡裕溥所撰《毗陵胡氏世牒》，嗣超乃明礼部尚书、赠太保胡濙十一世孙。曾祖胡芝清，字蓴渚，一名廷俊，赀封文林郎、云南禄丰县知县。祖胡用嘉，字嘉思，号会庵，敕封文林郎、云南禄丰县知县，赀赠中宪大夫、兵部武选司郎中，例赠通议大夫、三品卿衔、鸿胪

---

　　①　见本书《祖茔讼案》附录《皇清敕授登仕佐郎原任崇文门副使鹤生胡府君之墓》。

寺正卿①。父胡文英,一名纯学,字质余,号绳崖。清乾隆八年(1743)
拔贡,考取八旗教习。三十年(1765)顺天副榜。敕授文林郎,历任云
南通海、嶍峨县,直隶唐山、高阳县知县。有《诗疑义释》《庄子独见》
《吴下方言考》等书行世。

　　嗣超先祖自常州府武进县移家京师顺天府,当始于任职京官的
祖父胡用嘉,故其父胡文英才可能中顺天副榜。胡文英先娶绍兴姚
氏,继娶吴氏,皆无所出。侧室段氏生二子:嗣起、嗣超②。

　　嗣超生于乾隆四十三年(1778)农历三月十九日。其年少时光应
该主要是在北京、常州两地度过的。在《海隐杂记》中,作者几次提到
他年少时在京城游玩的场景,如乾隆五十五年(1790)清高宗八十寿
诞,京城举办"皇会",当时胡嗣超十二岁,亲睹了皇会的盛况,故写
道:"予幼时在都亲所见闻者。"又如作者记述"都门佳景"丰台芍药,
亦说"予少时曾至其地"。但是常州在胡嗣超的内心始终是真正的
"故乡",在《海隐杂记》中,每言及常州,作者必曰"吾常""吾乡",足见
他对祖籍常州府的感情认同。他曾自述年少时到明代文学家唐顺之
别墅"荆川读书处"去游玩,并于院内梨树下摘梨下酒。

　　嗣超少好博涉群书,嗜吟咏。"回忆少年时,富贵拾芥易",由于
生长在官宦世家,青少年时期的胡嗣超应该有过一段少年裘马、富贵
风流的时光,"昔年意气凌诸侯,往往狂歌逐花柳"。然而自弱冠习科
举,并就试南北各省,皆屡黜不第。又逢家道中落,"势随时去门张
罗,不见晋钟与秦缶"。因家贫无资,只好由众亲友凑钱为他捐了个
通州库大使的差事,但最后还是辞职而归,之后游幕苏州及陕西、四
川并燕赵等地多年。其在《海隐杂记》中提及"嘉庆二十三年(1818)

---

　　①　《祖茔讼案》附录《皇清敕授登仕佐郎原任崇文门副使鹤生胡府君之
墓》作"晋封通奉大夫、三品卿衔、鸿胪寺卿"。
　　②　(清)胡裕溥《毗陵胡氏世牒》卷八《中立公派彦德公支世考》,民国七年
(1918)木活字本。

三月初八，予在小广平（今河北广平）捕署东书房""予于道光二年（1822）在定州（今属河北）查赈""（道光）三年七月杪，予赴河间办赈"，即是其游幕燕赵事。又据民国《交河县志》，胡氏以武进监生身份于道光四年五月出任交河县主簿，至七月被代①。再出任望都县典史，道光五年被代②。每个职务都没干多久。

　　无论县主簿还是典史，都是县令属下的佐吏，或掌管文书，或掌缉捕、监狱，其身份不入品阶、"未入流"。面对这份表面看上去还算风光，但实际上并无权势的清闲差事，胡嗣超写诗自嘲道："作吏原非慕荣华，世俗胡乃相争夸。黄绫拥卧不知晓，冷官无事如无衙。易面未能满吾腹，小隐拟欲安身家。""今老不如人，市朝作隐吏。宦海苦茫茫，大都牛马计。焉得买山钱，诗酒日游戏。"这也应该是当时胥吏们心态的真实写照。这期间，他又闲居家乡多年。

　　道光十八年（1838），胡嗣超六十岁，正式将家小迁至京师顺天府，"侨寓都门，为谋食计，酬应纷然，学业久荒"③。

　　"自笑远游缘底事？却怜衣食误儒冠。"因为需要养家糊口，胡嗣超大半生都在为全家生计四处奔波，"十年浪迹青山头，五湖四海成淹留。逢迎多被世人笑，有时独自酣高楼。长安虽（谁）好不称意，棹头又向西川游"。正如他在《海隐书屋诗稿序》中自言的那样："自少至老，五十年间，身行万余里，足迹半天下。"然而，"宦游四十年，负郭无二顷。总为衣食谋，老犹朝市隐"，"半生漂泊难称意，有如涸鲋沾泥沙"，其艰苦辛酸可想而知。

---

　　①　贾元桂修，苗毓芳、苏彩河纂《（民国）交河县志》卷五《职官志·官师表》，民国五年（1916）刻本。

　　②　（清）李培祜等编，（清）张豫垲纂《（光绪）保定府志》卷六《职官表·国朝吏目典史》，清光绪十二年（1886）刻本；王德乾修，崔莲峰等纂《（民国）望都县志》卷六《人物志·历代职官》，民国二十三年（1934）铅印本。

　　③　（清）胡嗣超《易卦图说》卷六《补太极图说》，清道光十七年（1837）香雪斋刻本。

　　道光二十一年(1841),胡嗣超出任崇文门宣课司副使(《毗陵胡氏世牒》作"税课大使"),时年已届六十三岁高龄。据《清实录·大清文宗显皇帝实录》卷五十三,咸丰二年(1852)二月丁亥,上谕:"此次京察引见年至六十五岁以上之宗人府副理事官宗室瑞本、户部笔帖式哲春……崇文门宣课司副使胡嗣超,均着以原品休致。"可见胡嗣超于此任上一直工作了十一年之久,至七十四岁方致仕归家。

　　据《清史稿·职官志》,崇文门副使先隶顺天府管辖,后隶户部崇文门监督,"未入流"[①],此种未入流的文职吏员,仅在级别上附于从九品,所以他的墓碑镌有九品、从九品"登仕佐郎"的官衔。

　　胡嗣超娶妻谈氏。谈氏出身书香门第,乃太学生谈杰之女。生二子:长子瑾,过继给胞兄嗣起为子;次子镕,养在身边。二子皆未入仕。

　　《毗陵胡氏世牒》言胡嗣超"卒葬佚"[②],概因其家已自常州府武进县迁居京师顺天府多年,本地修家谱者或因路途遥远、消息闭塞而未知其详。据胡嗣超两子所立《皇清敕授登仕佐郎原任崇文门副使鹤生胡府君之墓》载,嗣超卒于咸丰十年(1860)农历九月,享年八十二岁,葬房山县小白岱村北杜树凹。

　　嗣超"少好博涉群书",涉猎极广,举凡医药、易经、诗文皆有造诣。其研究岐黄十数年,深通《风经》《伤寒论》诸书,著有《伤寒杂病论》十六卷,有道光二十七年(1847)海隐书屋刻本。又有《易卦图说》六卷,有道光十七年(1837)香雪斋刻本。诗文方面,留传于世则有《海隐书屋诗稿》一卷、《海隐杂记》二卷、《海隐书屋名胜纪游集》一卷,以及《祖茔讼案》不分卷,合编为《海隐书屋四种》,藏于国家图书馆,皆为手稿本,未付梓行。其中,《海隐书屋诗稿》及《海隐杂记》分

---

　　① 赵尔巽等《清史稿》卷一一四《职官一·户部》、卷一一六《职官三(外官)·顺天府》,中华书局,1977年,第3278、3334页。

　　② 《毗陵胡氏世牒》卷九《彦德公支世考·嗣超》。

别著录于孙殿起①《贩书偶记》卷十八《集部·别集类》和卷十一《子部·杂家类·杂说之属》。

二、《海隐书屋四种》的文献价值

1.《海隐书屋诗稿》一卷

《海隐书屋诗稿》(以下简称《诗稿》)撰成于清咸丰四年(1854),为胡嗣超的诗歌集,共留诗 132 首。《诗稿》封面除题名外,右上角又写有"晚年删定稿",不确定是否为作者亲笔,但是可以断定此《诗稿》为作者晚年亲自删定后的作品。封面中下部又有"诗殊平庸"四字,字迹风格迥然有别于其他文字,当非作者自书,再比对前叶的题识文字(见后文),颇有相似,或皆出自孙殿起之手。

嗣超因出生仕宦之家、书香门第,有着良好的教育环境,少年时即博览群书,雅好吟咏。又承家父教诲,故而文学根柢较深。在《诗稿》序文中作者自述:

> 予少好博涉群书,嗜吟咏,而性不耐读,心所爱者,辄手录一过以代诵。作诗文喜腹稿,出之甚易,多简率。先君子因诲之曰:"作文之法,必须多读、多做、多改。日久而无间断,功到纯熟,则精气入而粗气除,意深辞达,气体高华,如天上云霞,光腾五采,舒卷自如,无一点尘俗气,能令读者心神爽朗,顾探深微,方是上乘文字。小子勉之。"予服膺斯训而时习焉。

嗣超之诗以质朴见长,较少用典,亦不追求工丽,故读来直白易懂,平易近人。然又常于平白处见余味,诗意隽永。其自言"作诗何

---

① 孙殿起,字耀卿,别字贸翁。河北冀县人。版本目录学家、藏书家。

必工，须得言外味"就是这种旨趣的体现。

"十年浪迹青山头，五湖四海成淹留。"胡嗣超半生飘零，天涯羁旅，"跋涉山川，交游聚散，悲欢离合"，自是常绕心怀，"或朋从欢呼于花月楼台，或风雨凄其于山村旅馆，或长亭送客，或远涉边关。以及春秋佳日，陈迹兴怀其间，有中心欲言而不可明言之隐，又有许多可喜、可愕、可歌、可感之事，而莫可告语，往往寄之诗酒，陶写性情焉"。故而其诗多写作者怀才不遇之感慨，以及半生飘零之叹息。正所谓"休忆年来事不平，且将诗酒慰闲情"。

其《秋日北上留别诸子》四首，写中年为维持家计四方奔波的辛劳和无奈，非切身体验不可道也。诗中"时逢岁俭愁行远，人到中年气渐平""又将车马逐风尘，丘壑仍难置此身""自笑远游缘底事？却怜衣食误儒冠""堪叹白头犹作客，唯将青眼望诸君"诸句，读来尤令人心酸感叹不已。

《诗稿》中有多篇是与亲朋好友及上下级官吏间的往来唱和之作，所涉及人物有简庄生、陈柳北、史蕉衫、杨见山、杨少白、潘黼堂、赵酝秋、金柏如、赵笏山、林至山、张少渊、吴小匏、解小亭等。其中与杨少白唱和之作近十首，从诗句内容来看，多推心置腹之语，性情直露，足见两人相交之深。如《答杨大少白见赠原韵》："入门自恨识君晚，风流儒雅谁能俦。谈天不觉星在牖，故乡遥忆因回首。"大概是际遇相同，又为同乡，彼此惺惺相惜："君才如此犹留滞，况我飘零已半生。"而在《晓发居庸关至延庆呈吴小匏刺史》三首诗中，面对知州吴小匏，作为僚属的作者亦未能免俗，除了唱起"舆图大一统，中外事耕田"这样庸常的颂圣诗外，更有：

> 出关尽平麓，无地不桑麻。雨后农耕野，庭闲吏扫花。弦歌今富庶，楼观昔繁华。那有惊人句，使君且谩夸。

需要特别说明的是，这样阿谀逢迎之词在全部诗稿中极其罕见，当是作者迫于人情世故不得不为的违心之作。

整部《诗稿》中,30首"拟古"诗约占了近四分之一的篇幅,所仿拟古人自唐讫明,其中有28首为拟唐宋两朝诗人,可以想见作者是诗宗唐宋的。此外还有较大篇幅的纪游诗,为作者旅行途中见闻兴怀。

2.《海隐杂记》二卷

《海隐杂记》二卷,始起稿于道光二十一年(1841)作者出任崇文门宣课司副使,成书于咸丰二年(1852),共记事423条。作者开篇自言:"予自辛丑岁都门守藏,朝夕从公,人事景物颇多闻见。乃与昔日谋食四方,跋涉山川,并古今诗文随手零星条记,消遣岁月。"可见本书主要内容为作者生活在京城、祖籍常州以及游幕陕西、直隶、河南、山西、四川、云南等地的所见所闻,包括衣食住行、风土人情、特色物产、名胜古迹、饮宴娱乐、羁旅愁思、掌故纪闻、古今诗文等。内容大多出自作者耳闻目见,非向壁虚构之野史杂谈,故较真实可信,可资参考处实多。

作者对当时的京城及畿辅地区着墨尤多,篇幅约占全书的三分之一,涉及官员及平民百姓的衣着服饰、文玩、土产、蔬菜、饮食、出行、戏曲、风俗、名胜、典故、市井百业诸多方面,仅京城一地,所记即70余条,为研究清中后期北京城市发展留下了极其珍贵的史料。《海隐书屋四种》扉页有题识云:

> 胡于道咸间宦游南北,见闻甚广。其《海隐杂记》二卷多记都中旧事,《日下旧闻》《藤阴杂记》之类也。惟随手条记,不加诠次,失之芜杂,暇当为之删辑成书焉。

此题识或为《贩书偶记》作者孙殿起所书,文中提及的《日下旧闻》是清人朱彝尊于康熙二十六年(1687)编成的,共分星土、世纪、形胜、宫室、城市、郊坰、京畿、侨治、边障、户版、风俗、物产、杂缀（又石鼓考）十三门，是研究有关北京史志的重要文献。乾隆年间，于敏中、英廉等人奉敕在此书基础上进行考证和补充，撰成《日下旧闻考》，篇幅扩大为一百六十卷十八门，是清代官修规模最大、内容最丰富、考据最详实的北京史志文献。戴璐所撰《藤阴杂记》十二卷，初刊于嘉庆元年（1796），对京师五城沿革考证极为精审，并录存了诸多当时名家诗词题咏。

有清一代，除《日下旧闻》和《藤阴杂记》外，有关北京的风土笔记屈指可数，据来新夏《清人北京风土笔记随录》①统计，主要还有顾炎武《昌平山水记》《京东考古录》、项维贞《燕台笔录》、查慎行《人海记》、吴长元《宸垣识略》、佚名《燕京杂记》、柴桑《京师偶记》、芯珠旧史（杨懋建）《京尘杂录》等，这些笔记作者关注的视角各不相同，兹不赘述，且看《海隐杂记》的重要价值。

（一）记录清中期北京等地的繁盛景象

康乾盛世之后，进入由盛转衰过渡时期的嘉庆、道光、咸丰三朝，特别是鸦片战争以后，中国社会经济状况是否如人们主观臆想的那样急转直下，一落千丈，民不聊生？《海隐杂记》作者胡嗣超通过大半生的游幕经历，将足迹所到之处，用真实的笔触对当时的京城及外埠诸省社会现状进行了直白描写，为我们了解处于转折时期清王朝的社会经济现实提供了第一手珍贵史料。

京城作为首善之区，其繁荣景象自是比他处更胜一筹，其中最热闹的要数京城诸处的"会集日期"，如东便门内每年三月初一蟠桃庙会，下斜街土地庙每月逢三，花儿市每月逢四，药王庙每月朔望，护国寺每月逢七、八，隆福寺每月逢九、十，东岳庙每月初一、初二、十五、十六，"货物杂陈，男女纷纭，日暮始散"。崇文门东南花儿市通草花生意，"卖者、买者不下千余人。每日清晨毕至，已刻即散"。白云观

---

① 来新夏《清人北京风土笔记随录》，《故宫博物院院刊》1983 年第 3 期。

每年正月十七起,十九日止,"观内外烧香者数千人,喧哗拥挤,颇有进退两难之势"。每年正月廿三日黑寺喇嘛出会,游观者"车马奔驰,不下数千人"。

这些都是单日或两三日的会集,时间较短,更有持续日期较长的会集,如琉璃厂、火神庙每年正月初三四起会,十六七止,持续将近半个月,凡古今书籍、字画、法帖、金玉、玩好、奇货异物,以及新鲜花卉,莫不罗列庙中。琉璃厂东门至西门,"各铺户檐际及空地亦铺设书画古玩、食物糕点、通草花、金鱼、风筝、芦管、皮鼓、耍货。上至王侯公卿、名人学士,下至愚夫奴隶、妇女小儿,皆来游玩。肩相摩,毂相击,填街塞巷,呼号嬉笑之声殆不可辨。有竟日徘徊不能入庙者,有在庙半日不得出庙者"。

作者还以亲历者的笔触真实记录了乾隆皇帝八十大寿时京城"皇会"的盛况:

> 乾隆五十五年,纯皇帝八旬万寿。各省督抚、盐关大员、商总以及外藩,莫不贡献珍奇,分段修整,以备游览,谓之皇会。内城各门街道均以芦席搭盖廊房,彩画如西洋屋式,开设各样铺户,统以小监主其事。间以竹、桂各种花树,或以席作假山,或架高楼彩阁,或就东西牌坊悬灯结彩,并新样戏法,从西直门到海子,一路都是竹木山池,修廊水树,远景、近景无所不备。如西华门外对门大街搭一高台,高数丈,阔十余丈,缠以五色彩绸,嵌以千百明镜。戏子五百人各穿袈裟,戴假面,如寺中所塑罗汉状,先在高台伺候。驾到时,日出东方,正照大街高台,只见千万道五色祥光中,现出无数罗汉,高下跪近,齐唱"万年无量寿佛",圣颜大悦。是其一也。大抵琼楼玉宇,难称富丽,绣街绮壁,奚比仙山,千奇百巧,非笔墨所能罄。当是时也,商贾珍奇捆载而来,百货云集。菜市口、西河沿、前门外、珠宝市、瑠璃厂、戏园、饭庄、客寓、寺院、铺家等处,人如流水,物如山积,市声灯火,日夜

不绝。畿辅近地豪富之家男女看皇会者,外城无安歇地,多在城
外客店、寺观暂住,车马喧腾,一无空处。可谓极富贵之华豪,古
来未有之盛事者矣!

这段文字记录了当时京城内城各门街道的奢华装饰,以及西华门外
对门大街有 500 名演员表演的盛大演出场景。然而这只是列举了内
城中作者亲眼所见的其中一处演出,城内其他各处演出活动的盛况
可想而知。而街市上"人如流水,物如山积""极富贵之华豪"的繁荣
富庶景象,可以让我们管窥到"康乾盛世"时期较为真实的社会面貌。
　　京城之外,作者亦描写其他地区社会的繁荣景象。保定作为直
隶省城,"物阜民丰,称乐土焉"。位于今雄安新区的赵北口镇(时隶
直隶雄县,今属河北省安新县)为南北通衢,"上下五百里,纵横数州
县。水禽鱼虾之属,莲茨苇蒲之区,一望无际,生产之富甲于直省,小
民借此谋生者不下千万人,实燕赵之云梦也"。这里还是避暑游玩的
胜地,"至于伏暑炎蒸,辟嚣泛艇,鸳鸟泛浮于梁畔,荷香飞粉于篷窗,
柳下风来,一尘不到,真是清凉世界,宛似江南风景也"。张家口"茶
馆酒店、戏院饭庄、歌童流妓,以及关门内外各种应用器物,无不备
具。五方杂处,百货云集,亦近边一大都会也"。陕西凤翔、汉中一
带,富庶之风由来已久,《尚书·禹贡》就有"终南惇物"[1]的记载,《隋
书·地理志》则有:"汉中之人,质朴无文,不甚趋利。性嗜口腹,多事
田渔,虽蓬室柴门,食必兼肉。[2]作者描写道:"庶物繁盛,而包谷尤
多……予行栈道中,饭食甚贱,每见村市中男女环坐,饮酒食肉,怡然
自乐。"四川"土人黄昏时必沽酒买炒豆,合家饮食,名曰'夜消'"。而

　　① (汉)孔安国传,(唐)孔颖达疏《尚书注疏》卷六《禹贡·夏书》,中国书
店,2022 年。
　　② (唐)魏征、令狐德棻《隋书》卷二九《地理志上·梁州》,中华书局,1973
年,第 829 页。

鄚州(今属河北任丘)药王庙每年四月间的庙会更是盛况空前：

> (鄚州药王庙)四月间香火极旺,庙会亦极盛。江海之东南,
> 恒华之西北,凡地道所产各物,无论远近,富商大贾,奇货珍宝,
> 莫不辇运毕集于其间,千捆万箱,如山如阜。城内城外,街道十
> 余里,篷厂百余处,茶坊酒市、赌场妓馆、饭篷茶馆、卖弄戏法、看
> 西洋景、医卜星相,丈寻之地,非千钱不能得。人则推背而行,车
> 马驴驼衔尾而进。白昼则炊烟如云雾,昏夜则灯烛如火城,人马
> 喧腾,鼎沸不已。周围廿余里,前后三四十日,庙会始罢。

与鄚州药王庙庙会同样热闹的还有常州端午节的龙舟竞渡：

> 常州五月五日龙舟竞渡,为水嬉之大观。其名有青龙、乌
> 龙、黄龙、老金龙等号,或二三只,或一只,无定数。楼阁三四层,
> 高数丈,旗伞幢幡,无不色色新奇,光华夺目。左右水手十六人,
> 各用短棹刺,船中一人打锣鼓,后一人打招,船行以锣鼓为进退
> 之节。城中唐家湾白云渡口河道最宽,为龙舟必到之所,游船或
> 荡漾于其间,或排两岸等看,大小不一。其游船装修之华丽,男
> 女衣裳之鲜艳,争奇斗异,目不暇给。猜拳赌酒,吹弹歌唱,嬉笑
> 之声与夫撑船拥挤,篱落窗穿,诟谇呼号,纷纷盈耳。两岸茶坊
> 酒市,门外庭中人人鹄立,直无置足处;即有空地,亦为卖水果人
> 等所据。其水阁人家亦悬灯结采,茶酒满案,男女亲朋大小纷
> 纭,倚阑观玩。龙舟将至,人如潮涌、如云停,竟有呵气成雾、挥
> 汗如雨之势。凡阖城内外有水阁河道者,必有游船弹唱往来,总
> 以白云渡聚会为最胜,每日清晨至夜阑,举国若狂,或廿日或半
> 月而后已。

透过《海隐杂记》的文字记录,我们发现,处于转折时期的清乾、

嘉、道、咸四朝的多数地区,经济依然相当发达,物阜民丰,商业繁荣,百姓乐业的景象十分常见,一派晏安宁和的局面。

(二)记录衣食住行及社会习俗

《海隐杂记》对清中期社会生活中的衣食住行以及娱乐、丧葬等习俗也多有记载。在衣着服饰方面,作者对官袍、马褂、一裹元、搭护、马蹄袖、帽子、衣服钮扣,乃至旗人妇女鞋底等都有详细介绍,既有涉及朝廷官员的朝服、便服,也有涉及普通百姓的日常着装,甚至还有旗人妇女和高丽人的特色服饰。

清代官袍之制有二:一是满襟袍,朝会、庆吊、宴集等正式场合穿着;二是缺襟袍,行役时穿着,也称行袍。清人陈康祺《壬癸藏札记》载:"今士大夫奉使行役多着缺襟袍,即《会典》所谓'行袍'也。"①无论是满襟袍还是缺襟袍,袍子的袖口出手处都要接以马蹄袖头,"上奢而长,下俭而短,如马蹄然"。无事时将上长处卷起以便作事,如遇朝会、拜谢,则将马蹄袖放直,以为恭敬,"旗人谓之'挖行'"。

马褂又名短褂,多与袍子相配套穿着。清赵翼《陔余丛考》云:"凡扈从及出使皆服短褂、缺襟袍及战裙。短褂亦曰马褂,马上所服也。"②马褂之制,"似套子而短,大约以二尺为率,量人之长短而增损之。凡行役穿于缺襟袍上,谓之行装。虽有朝会典礼,均不改"。一裹元为家居、行役的便服,即袍子。前后不开衩,只左右开两小衩,夏秋间可以单穿,"如遇正事即须换"。另有搭护,长短与袍子相当,用大毛做成,类似于翻毛皮大袄,或谓是半臂衫,主要起保暖作用,"所以蒙里衣而加暖也"。

清代衣服合缝处皆用钮子、钮绊相系,以五个为率,形如樱桃或棉子蒂,有的大如核桃,"旗人妇女多用之,或花或素不等,或用宝石

---

① (清)陈康祺《壬癸藏札记》卷一〇,清光绪刻本。

② (清)赵翼撰,栾保群点校《陔余丛考》卷三三《马褂缺襟袍战裙》,中华书局,2019年,第902页。

大珠镶成,虽费千金不惜也"。旗人妇女的鞋底用布、木或通草制成,取其行路轻便,高三四寸,上宽下窄,四面皆削,"前后尤甚"。

清代官帽分两种,秋、冬、春戴暖帽,夏季戴凉帽,由礼部请旨拟定赐帽日期,谓之"换季"。对于在军营效力的大小文武官弁又有赏翎之典:

> 翎分二等,五品以上戴花翎,五品以下戴蓝翎。凡戴翎者,虽七、八、九品官均换六品顶子,惟三眼花翎、双眼、单眼者与侍卫等不在此例。其制以孔雀毛染色编成,翎管则以金玉为之,系在顶梁,拖于帽后,红缨与花、蓝之色相掩映,大壮观瞻。

《清史稿·舆服志》对于孔雀翎的佩戴也有详细记载:"凡孔雀翎,翎端三眼者,贝子戴之。二眼者,镇国公、辅国公、和硕额驸戴之。一眼者,内大臣,一、二、三、四等侍卫,前锋、护军各统领、参领,前锋侍卫,诸王府长史,散骑郎,二等护卫,均得戴之。翎根并缀蓝翎。贝勒府司仪长,亲王以下二、三等护卫及前锋、亲军、护军校,均戴染蓝翎。"①

张家口一带由于地势高,昼夜温差大,故夏月早晚必穿棉夹衣服,下雨亦然。而稍为贵重的纻葛衣物由于凉薄不耐寒,"不过贵官豪客应时披挂而已"。山西妇人骑驴戴眼纱,可以遮阳兼避风沙,是长久以来的传统习俗,清中期时仍然保留。

清朝的服饰及生活风尚也影响到毗邻的朝鲜人。如乾隆时,高丽人一概穿丝棉衣服;至道光年间,其人有穿白羊皮袄子,并有反穿黑羊皮马褂如内地者,有吃烟者,仆从有穿内地黑布鞋者。作者慨叹:"习俗移人,渐染中华风气矣。"

在饮食方面,《海隐杂记》记录了畿辅之南并河南等处的扯面匠

---

① 《清史稿》卷一〇三《舆服志二》,第 3058 页。

制作扯面的方法:"以盐水和面,揉至熟透,将面一团两手扯之长三五尺,于案上掷之后,将面合在一处,两手再扯再掷,如是者三五次便成千条万缕矣。或粗或细,随时扯掷,无不如意。一人可供数十人之食,可称绝技。"又,通州新年宴客,必有蓼芽拌菜,"其色鲜红可爱,其味辛苦而甘"。张家口本地人喜食莜麦面、胡麻油,但作者明显不太接受这种本地美食,"气味甚恶,南人绝不能下咽也"。

书中也介绍了不少地方的特色蔬菜、水果,如京城南西门外紫萝卜,"色深紫,辛甘而脆",移种他处则"皮紫瓤白"。又有大兴采育山药,畿辅荸荠,阜城县枕头瓜,肃宁桃,同州西瓜,临潼芹黄、韭黄,渭南杏,乐陵县枣,常州马迹山杨梅等,皆各有特色,对于我们了解各地居民的饮食习惯提供了重要资料。作者特别提到,农历岁末春初,北京街市上叫卖有人工"暖洞"培育出的反季节蔬菜,如黄瓜、豌豆、椿芽等:

　　　　前门外与菜市口岁暮春初菜摊上,有卖黄瓜、豌豆、椿芽等物,豪富之家竞相寻觅,不论价值。是以各物皆从暖洞中烘出,其培养之法真有巧夺化工之妙。

　　　　戊申嘉平(道光二十八年腊月)廿一日,门丁以捧匣至,云:"卖菜佣以鲜物求售。"遂视之,黄瓜两枚,粗如大指,长三寸许,有藤有叶,并黄花两朵。问其价,非京钱三十千不卖,许以青蚨二千,其人笑而去。

从上面两条信息看,这些反季节蔬菜价格奇高,一般只有豪富之家才能消费得起,普通闾巷百姓绝不敢问津。

清中期,居民饮茶之风大为盛行,"凡通都大邑以及市镇乡庄俱有茶坊",无论贫富之家,皆以茶叶为日用必须之物,人客见面以吃茶为敬。"而口外诸藩、外洋诸国皆食牛羊酪浆,非茶不能解其油腻之滞,是以闽、粤、川、陕,居庸、山海各关口,商贩之人船载驼负,往来相继。"书中还特别介绍了一种产自宜兴山中的岕茶，"叶大梗多。其精者谓之岕片，明时为江南第一品，与杭州龙井相抗"。然而随着人们饮茶口味的改变，岕片渐受冷落，至清中期时，几乎不再生产，"即有之，亦不见重于时矣"。

与饮茶风气一并流行的，还有当时全民吸食烟草的风气，书中对于烟草和烟具给予了详细描述，对于全民吸食烟草之风深感痛心，作者痛陈其弊云："此亦耗费钱财之一端，不知何所底止而后已。"

> 烟草本名淡巴菰，来自外洋吕宋，能辟污秽瘴气，明末始入中国，先及闽、广等郡，今则遍海内外矣。烟有湖广、关东、苏杭、易州、山东、黄叶、黑丝，名类实繁。烟管则有烟筒、烟袋之称，长短、大小、粗细之不同，竹木、铜铁之异。烟袋头以铜制或以铁铸成，嘴则以金、玉不等，形亦不一。都人多用短者，南人多用长者。近时又有水烟、潮烟之分。山陬僻壤，男女大小，无不吃烟，以为消闲之兴。

茶叶和烟草这两大宗商品给政府和客商带来了巨额利润，当时政府的榷茶收入与烟草税收相侔，"二者比之盐、酒，行贩亦相等"。与此同时，那些贩卖烟草和茶叶的"烟商茶客"也肥得流油，"其富盛豪华，概可想矣"。

乾嘉时期，朋友圈聚会宴饮，盛行"当子"佐酒的风气。宴会时，有衣帽整齐鲜好的姣童二人，先将红毡铺于席前，然后将写有各种小曲名目的纸扇呈上，宾主点毕，二姣童应声唱曲，其师在窗外吹弹。姣童"口齿伶俐，声调宛转，进退俯仰，备极妖娆"。一曲唱毕，主宾赏以缠头，二人叩谢而去，"不斟酒，不及乱，亦一时之好尚，名曰当子"。迨至嘉庆年间，开始有女当班子，这些佳人主要来自甘肃省中卫县（今宁夏中卫），也有山东人。她们或登场唱戏，或铺毡唱曲，流寓于陕西、山西、河南等地。女当子的出现，对男当班子造成冲击，京城男当子逐渐消散。

　　观赏京剧亦是当时人们茶余饭后的重要消遣娱乐，乾隆皇帝八十大寿，四大徽班进京，揭开了中国京剧史的序幕。《海隐杂记》记录了京剧在京城的盛行以及昆曲、高腔的衰落这一中国戏曲史上的重要现象：

> 　　昔年演戏只有昆腔、弋腔、高腔。自乾隆五十五年皇会，扬州盐院将四徽班来京唱演新戏，踪跳灵巧，曲词易明，都中盛行，而昆腔散矣。内城本有戏园，惟唱高腔。嘉庆年间，内城戏园缘事销毁，不准唱演，而高腔亦亡。近时徽班内亦有唱昆腔者，不过应名敷衍，不足观也。

　　居住方面，是书记录不多。山西蒲州(今山西永济)有明代窑房，先用大木柱子竖于两旁，然后用大木横梁于木柱上，再用大木横排于梁上，再用枌木随窑顶高下次第填塞紧密，无一丝罅隙，"虽经二百余年，至今不坏"。但当时乡间普通窑房寿命一般不过三十年，"或有声轰轰然如殷雷，急须移居，不数日即塌矣"。

　　在出行方面，乾隆以前，京城只有马车、驴车，以骡驾车仅是偶有为之。乾隆年间开四库馆，因在馆者皆豪贵子弟，为适应出行需要，马、驴车的样式也多起来，有了后挡车、过桥篷、开旁门等形制。由于骡车既快且稳，豪贵子弟竟人人效仿，概用骡子套车，"其价十倍于前矣"。至嘉道时，驴、骡车到处皆是，马车大减，"不过十中之一二矣"。陕州一带有独辕车和铁轮车，而河南各处及直隶南部州县皆用四轮车，主要用作货物运输，"装货物高二三丈"，"日夜可行二百余里"。

　　除了衣食住行外，《海隐杂记》对于京城等地的节日、婚丧等习俗也多有描写，如清明节，京城"家家插杨柳于门"，街上还有"折枝唱卖者"。中秋节前，都中人家多买鸡冠花，"插瓶为佳玩"，而开封人谓鸡冠花名"洗手花",中元节前即有儿童唱卖,人家买来"以供祖先"。

　　每到农历十一月寒冬,京城前三门(前门、宣武门、崇文门)外护城河结冰后,都中人喜爱制作"冰床"溜冰,"以平板为小木坑,长三尺许,宽二尺许,四足裹以铁条,一人在前以绳引之,或坐于床上以两足导踏,或从后推之,其行如飞",一床可坐四五人。当时东便门外冰床可至通州北关外。

　　每年正月二十三,京城黑寺喇嘛出会,亦备极热闹,"游观者车马奔驰,不下数千人"。喇嘛出会通常前有戴鬼脸的二男二女,男穿白衣,女穿花衣,后面又有扮成二十八宿的神像,用席片做成虎、豹、狮、象各种兽形。另有番乐数十人随其后,手持直径四五尺的大圆鼓、长一丈三二尺的号筒,还有笙、笛之类的乐器。又有形似韦驮的铜像一尊。大喇嘛口中念经,头戴黄毡帽,毡帽上"蟠金龙一条如帚",从大门出,绕寺一遭而回,谓之"打鬼"。

　　我国许多地方民间都有信仰土地公的习俗,并且把每年的二月初二定为土地公生日。这一天,常州各处庙内灯采陈设,"处处争奇赌胜,极一时之盛"。通州的仓场、坐粮厅两处庙中灯采与常州相似,而各衙门还要招徕戏班演戏。陕西地方则当街搭台唱戏,"有至四月间唱土地戏",徽州亦有此俗。可见四方风气多有相同者。

　　都中人家遇有婚丧等事必搭席篷,或俭或奢,视其家之有无,名曰"办勾当"。书中还特别记录了当时回族的丧葬习俗,并感叹"此其异于内地之一端也":

　　　　葬法,先将坟上掘一南北坑,不论方向,棺底用活版,可抽出。尸以白布缠好,不用衣履等物。抬棺者俱本教人舁,至坟上将棺底抽出,尸落坑中,头北脚南,扶正掩土而已。妇女概不送葬,殡出门时,送至大门,守节者足在门槛内,改嫁者足在门槛外,未定者一足在槛外,一足在槛内。

（三）记录鸦片走私导致的银贵钱贱以及西方商品的冲击

十八世纪初，英国即开始向中国输入鸦片，这些鸦片最初主要用于医疗使用，后来随着走私数量的逐渐增多，越来越多的中国人开始吸食鸦片。《海隐杂记》载："乾隆年间，惟闽广人多服之者，后来流毒江浙，今则遍及畿辅矣。连宵达旦，费时失业，为害甚大。"鸦片流毒肆虐，吸食人群从东南沿海的闽广遍布到经济中心江浙，再到统治中心京师及今河北等地。随着鸦片的大量输入，中国巨额白银外流，给清朝统治者带来了"兵荒银弱"、银贵钱贱的巨大社会危害。道光帝下令湖广总督林则徐禁烟，"近已奉旨严禁，然亦不能遽止也"。

银与钱的比价，清初定为纹银每两当制钱一千，流通于市场。这一规定虽然只在清初短期内如此，但无形中却成为整个清代银与钱比价的标准，即以此作为判断银钱贵贱的尺度。清朝从顺治元年（1644）至嘉庆十二年（1807）的一百六十余年间，银钱比价表现出较长时期的相对稳定，始终是在一千文左右波动。但到嘉庆年间，白银外流日甚一日，银与钱的比价开始发生巨大变动，银贵钱贱的趋势不断加剧，尤其是鸦片战争后，由于西方侵略者的掠夺和巨额战争赔款，以及大量倾销产品和鸦片贸易合法化所导致的外贸逆差的扩大，使白银外流的情况更为严重，"惟近来钱价日贱，纹银一两可换九八钱二千文，各省皆然，此又古今所罕见闻者"。银贵钱贱从而成为严重困扰社会和危害劳动人民的瘤疾。

棉花的种植和棉纺织技术的推广在中国传统农业和手工业发展史中占有重要地位。早在唐宋时期，植棉技术就已经由我国边疆地区向中原推广，但是在清乾隆以前，直隶地区（今北京市及河北省）并不种植棉花。据《海隐杂记》载，方观承任职直隶总督期间，始招募南人来直隶，"教以种植之法，土地之宜，灌溉之时，纺织之巧，种种悉备。后十余年，省之南北棉如山积，仁人之利普哉"，植棉和纺织技术得以在直隶地区推广。而泗州（辖地位今江苏、安徽交界的泗县、泗洪、天长、盱眙、明光一带）妇女的纺织技术则是在左辅任泗州知县时普及,此前,泗州妇女"但勤耕种,不知织纴",左辅派人从常州"制备器具,并雇老妇数十人至泗,分置四乡,教以纺线织布之法。不一年,男女皆善其事矣"。

虽然植棉技术和棉布纺织技术在上述地区还属新生事物,但是来自西方的洋布已然对中国传统棉布造成了巨大冲击:"洋布不知来自何方,阔二尺六七寸,比棉布细薄而不耐久。迩来好尚做衣服等物,十人八九矣。"这段文字不仅真实反映了西方近代纺织技术对于中国传统家庭手工业的冲击,洋布有渐趋取代传统土布之势,也反映了清政府长期闭关锁国导致国人地理知识匮乏,竟然对科技发展的欧美世界一无所知,连作者这种地方官府的小吏尚且发出"洋布不知来自何方"的疑问,更遑论普通百姓了。《海隐杂记》对鸦片战争前后一系列具有鲜明时代特征的重大社会现象的真实记录,无疑具有极高的文献价值。

(四)有功于文献保存

除了前面提及的蔬菜、水果外,《海隐杂记》还记录了多种水产品、农产品以及药材、茶叶等经济作物。水产品如京城昆明湖大青虾,通州枪头鱼,常州玉爪蟹、虾虎肝,玉田、丰润稻田间白蛤、青蛤,乐亭县海边鲜蛏,献县螃蟹等。农产品及药材、茶叶等如丰润、玉田、胶州的桃花米,延庆州、蔚州野参,永平府露瓢核桃,雅州府黄连、川贝,金川羌活,云南葛根,宜兴芥茶。此外,对于某一地区的矿藏、手工艺品也有不少记录,如京城的鼻烟壶、绛县澄泥砚、四川抚边瓜子金、蔚州白煤、保安玛瑙以及口外诸处哈喇(一种纺织品,似洋呢)等。这些土特产品为我们了解清中期瓜果蔬菜、粮食药材、经济作物的种植、水产肉食、特色物产以及各地居民的饮食习惯提供了重要史料。是书还对当时一些地方发生的火灾、风灾、水灾、地震等人为或自然灾害进行记录,限于篇幅,不作赘述。

《海隐杂记》中所记各地社会风俗等内容,基本为作者仕宦所到之地的自身亲历,而一些典故等内容则部分摘引自前人著作,这些前人著作有些已经散佚不传，如《海隐杂记》节录明沈继山《秦晋录》的内容，此书现在似乎已亡佚，故其保存文献之功实大。再如作者摘录的宋人张洎《贾氏谈录》（亦名《贾氏谭录》）一段：

> 天祐初年，曲江地方因大风雨，波涛震荡，累日不止，一夕无故而水尽竭，自后宫阙成荆棘矣。今为耕民畜作陂塘，资灌溉之用。每至清明，都人士女犹有泛舟宴赏于其间者若今日即泛舟之处，亦为子虚乌有矣。

现存清刻《守山阁丛书》本《贾氏谈录》已无此内容，可说明《海隐杂记》对于保存阙佚文献的贡献，同时又可用以版本校勘。当然也无庸讳言，正如前引疑似孙殿起题识所诟病的那样，是书"内容皆随手条记，不加诠次，失之芜杂"，可算是白璧微瑕。

3. 《海隐书屋名胜纪游集》一卷

是书卷端题《名胜纪游集》，"咸丰五年四月芒种前一日鹤生辑"。主要内容为摘引或稍作改编前人作品，尤以《瀚海》《古今小品》《遵生八笺》《蠡海集》《尺牍争奇》等书居多，间有几条个人游记，重点表现文人雅士琴书相随、孤芳自赏、优游林泉、高逸出尘等诗意栖居的趣向，如作者摘录明人沈佳胤《翰海》卷九张一中《寄虞青霞》的句子："宿雨初晴，小溪新涨。泛米家船，载杨子酒。浩歌一声，好风送响；素琴三弄，淡月偏宜。洵为烟水幽人，不作风波险客。"又同卷沈石田《与友笺》："一花一竹一炉一几，诗篇经卷以送残日。交游止于田父，谈话止于烟霞，生涯止于蒔艺。朝市升沉之事，绝不到门；即到门，辄有松风吹之而去。"风格大多类此。

除了摘录这些诗意栖居、陶怡性情的文句外，作者对《徐霞客游记》《长安客话》《（雍正）畿辅通志》等前人著作中记录自然山水、风景名胜的内容也多有摘录，有不少条目是位于今天京津冀地区的风景名胜，如石景山、瓮山、碧云寺、卧佛寺、香山、盘山等。是书总体表现出作者热爱自然人文景观的个人旨趣。

4.《祖茔讼案》不分卷

《祖茔讼案》为胡嗣超所记，主要记录了清常州府武进县胡氏宗族内部围绕祖茔盗葬以及醮赘、冒姓等问题展开的诉讼案。原告方以胡嗣超、胡之富、胡之润、胡杍、胡梦渔等人为代表，被告方为胡俊承（即蒋阿全，诉讼期间亡故）、胡双幅（原告称其蒋双幅）父子。除了地方官府外，还涉及图耆、地保、邻佑、族亲等众多人物。胡氏宗族对此次涉墓诉讼非常重视，出现了阖族参与的现象，并在家谱中记载诉讼的过程和结果，作为宗族财产权利合法性的证明。

此诉讼案从清道光二十四年（1844）八月开始，持续到道光二十六年（1846）九月，长达两年多时间，未记录判决结果。共抄录原告诉状 11 件，被告 8 件，官府批文 24 件，另涉及区书、地保、差役、图耆、族亲等证明或回复等 8 件。地方官府充分利用《大清律例》相关规定，作为此一诉讼案的司法审判依据，如提供远年旧契、家谱、山地字号、亩数及库贮鳞册并完粮印串等材料，以证明家族的墓地所有权，有助于了解清代司法审判的过程和依据。《祖茔讼案》真实反映了清代常州地区基层社会的宗族观念、民间习俗以及地权争夺与权利冲突等方方面面。说明了在以宗族为中心的古代地方社会，祖茔不仅是家族慎终追远的祭拜和归葬之地，也是家族利益的特殊载体。

整理凡例

（一）本次整理所用底本为：《海隐书屋诗稿》，清咸丰四年（1854）手稿本；《海隐杂记》，清咸丰二年（1852）手稿本；《海隐书屋名胜纪游集》，清咸丰五年（1855）手稿本；《祖茔讼案》，清道光二十六年（1846）手稿本。原书文字为繁体，整理后用简体。

（二）原书数量词"一"多写作"乙"，整理本全部改为"一"；代表山岭等的"岭"多写作"领"，全部改为"岭"；代表办事等的"办"多写作"辨"，全部改为"办"；代表彩色等的"彩"多写作"采"，全部改为"彩"；代表瓷器等的"瓷"皆写作"磁"，全部改为"瓷"；代表癖好的"癖"皆写作"僻"，全部改为"癖"；代表地址的"址"皆写作"趾"，全部改为"址"；代表歌唱的"歌"皆写作"哥"，全部改为"歌"。正文中不再另外注明。

（三）原书稿中的避讳字、异体字，一般改为规范字。

（四）书稿中原有夹注，字号缩小。

（五）对原诗稿的标题不做标点。

（六）对正文中出现的人物，特别是以字、号称者，一般皆作注解。

（七）正文中的地名、疑难字词，通常也作注释。

（八）原书稿中书叶残损或文字脱漏处，整理时以□表示缺损文字。

（九）整理者补充内容，一律加〔　〕，以示区别。

书前题识

　　海隐书屋四种，武进胡鹤生手稿本。胡于道咸间宦游南北，见闻甚广。其《海隐杂记》二卷多记都中旧事，《日下旧闻》①《藤阴杂记》②之类也。惟随手条记，不加诠次，失之芜杂，暇当为之删辑成书焉。

　　　　　　　　　　　　　　　辛亥国变后燕市所得笔记之一③

---

　　① 《日下旧闻》四十二卷，清人朱彝尊撰。全书分十三门，计星土、世纪、形胜、宫室、城市、郊坰、京畿、侨治、边障、户版、风俗、物产、杂缀（又石鼓考），是第一次系统地介绍关于北京的地方文献。乾隆间，于敏中、英廉、窦光鼐、朱筠等在此书基础上进行考证和补充，撰成《日下旧闻考》一百六十卷。

　　② 《藤阴杂记》十二卷，清人戴璐撰。作者用时数十年，以笔记形式对京师五城沿革进行精审考证，并陆续增辑，录存了诸多当时名家诗词题咏。

　　③ 此题识未署作者姓名，或出自孙殿起之手。孙氏《贩书偶记》著录有《海隐书屋诗稿》一卷、《海隐杂记》二卷。

海隐书屋诗稿

海隐书屋诗稿序

予少好博涉群书，嗜吟咏，而性不耐读，心所爱者，辄手录一过以代诵。作诗文喜腹稿，出之甚易，多简率。先君子因诲之曰："作文之法，必须多读、多做、多改。日久而无间断，功到纯熟，则精气入而粗气除，意深辞达，气体高华，如天上云霞，光腾五采，舒卷自如，无一点尘俗气，能令读者心神爽朗，顾探深微，方是上乘文字。小子勉之。"予服膺斯训而时习焉。

弱冠学制艺①，就试南北省，屡黜者有年；家贫，亲友为之纳资作吏，宦于潞河②者有年；解组归，游姑苏者有年；谋食秦蜀者有年；家居者有年；亲老无旧业，复行出山，奔走于燕赵间又有年；都门守藏③又有年。自少至老，五十年间，身行万余里，足迹半天下。

或朋从欢呼于花月楼台，或风雨凄其于山村旅馆，或长亭送客，或远涉边关。以及春秋佳日，陈迹兴怀其间，有中心欲言而不可明言之隐，又有许多可喜、可愕、可歌、可感之事，而莫可告语，往往寄之诗酒，陶写性情焉。

今闲居无事，捡点旧篇，觉昔日跋涉山川，交游聚散，悲欢离合，

---

① 指明清科举考试的八股文。

② 今属北京市通州区。作者曾任通州库大使。

③ 守藏，看管财库，保管财物。作者曾任崇文门副使一职。

恍在眼在①。乃删其繁杂,得诗百余首,而不知味殊酸咸盐,与世俗嗜好如何,于庭训如何。夫文之佳恶,我自得之,而不能自言之,世之君子必有能定吾文者。

　　咸丰四年八月中秋前三日,鹤生胡嗣超自序于崖东别业

---

　　① "在"当为"前"之误。

登雨花台

独立高台上,苍茫见四隅。山形到海尽,塔势入云孤。烟柳依然在,雨花今已无。可怜江国恨,处处满平芜。

夜饮读东坡诗即效其体

夜饮消寒对短灯,吟哦聊尔学崔丞①。坐间毡冷青成片,瓦上霜飞白几层。浊酒渐醒如过客,新诗熟读胜良朋。醉来卧向黄泥壁,栩栩浑疑欲化鹏。

见山东邀小饮走笔答之并戏简同学庄生

几日不见故人面,心中日夜车轮转。帘前胡蝶数数飞,谁惜梨花满庭院。君今邀我过清斋,不放春光去如箭。明朝三径有人来,不事高谈事拇战②。定拼一饮醉如泥,无论日色惟存线。吾生但愿五斗及花朝,不愿撑肠文字一万卷。此意只许与君知,休遣少年兄弟心思羡。

寄陈二柳北

寄远无长物,挥毫十样笺。相思何尽日,离索已经年。雄论犹能记,新诗可许传。郁金春酒熟,忆否潞城边。

---

① 崔丞,即崔立之,唐博陵(今河北定州)人,字斯立,德宗贞元间进士。官蓝田丞,与韩愈、刘禹锡相唱和。

② 即猜拳。酒令的一种,民间饮酒时一种助兴取乐的游戏。其法两人同时出一手,各猜两人所伸手指合计的数目,以决胜负。明人谢肇淛《五杂俎》卷六《人部二》有关于汉代手势酒令的记载。

得蕉衫兖州书却寄

朔风吹日夜,旅梦落东山。忽报双鱼至,如亲千里颜。海青琼树远,塞黑暮云还。乱写离思语,临封不忍删。

题韩昌黎张中丞传后序

双庙在何处,睢阳①古战场。同心摧逆虏,孤掌障淮扬。将尽田横客②,神如涿鹿张③。成仁有先后,日月可争光。

寄史六蕉衫并索诗时春雪正甚 二首

大雪纷如此,故人今若何。城空春色薄,地迥雁声多。无日不诗酒,有时自啸歌。闲斋在幽僻,宾客少经过。

蕉衫赋游览,语妙逼阴何④。绿野南徐远,青山北海多。兴来因纵目,醉后想高歌。莫使天边雁,空闻日日过。

次前韵简杨大见山二首

忆昨竟相别,空斋独坐何。日昨途遇见山,邀至寓不果。霰花春日短,城曲晚风多。扫雪供游戏,浮觞恣笑歌。知君闻此语,应悔未曾过。

---

①　今河南省商丘市睢阳区。

②　田横,秦末起义首领,原为齐国贵族。陈胜、吴广大泽乡起义后,田横兄弟占据齐地为王。后刘邦建汉,田横不肯称臣,率五百门客逃往海岛。刘邦派人招抚,田横不屈,赴洛阳途中自杀。海岛五百部属闻田横死,全部自杀。

③　这里指张巡。安史之乱爆发后,睢阳太守许远向河南节度副使张巡求援,张巡率三千兵马守卫睢阳,多次打败叛军,最后城中弹尽粮绝,城破,张巡为叛军所杀。

④　阴何,指南朝诗人阴铿和何逊。

冷屋无冗事,搜奇学沈何①。雪深新月淡,灯尬落花多。拙官终非计,狂吟且当歌。城边桃李动,莫厌日相过。

春日饮见山答次李玉溪水斋诗见赠原韵

两载无聊住异邦,临风把酒气横江。眼前俗物不经意,天外海云时到窗。古调忽闻歌《白纻》②,放怀且喜醉春缸。扬雄③自古擅奇字,此日吟成定可双。

孤桐鹤

孤桐生朝阳,百尺而无枝。飞来一白鹤,矫矫青云姿。朝戏蓬莱岛,暮宿昆仑池。翱翔九万里,寥廓任所之。栖宿既不苟,饮啄自有时。问彼网罗者,今复何能为?

元墓二首

独上绝幽境,山空落照多。万家香雪海,一色洞庭波。岫浅还飞雨,松奇不附萝。青州留片石,长此镇岩阿。

邓尉山头路,松梢响暮钟。夕阳明别浦,拳石秀群峰。是山皆黄石,惟万峰堂畔一青石,特起数丈,最为灵奇。何处风帆疾,此村烟树浓。结庐吾有愿,老去倚疏筇。

相思曲

妾是断肠草,君是断肠花。花红有人看,草绿空天涯。

---

① 指南朝文学家沈约、何逊。《南史·何逊传》:"沈约尝谓逊曰:'吾每读卿诗,一日三复,犹不能已。'"

② 乐府吴舞曲名。南朝宋鲍照《白纻歌》:"古称《渌水》今《白纻》,催弦急管为君舞。"

③ 扬雄,字子云。蜀郡成都(今四川成都)人。西汉官员、学者、辞赋家。

晚晴登擅胜阁有感

天末晚苍苍,登临忆故乡。烟青山敛气,湖白水生光。望眼穿归雁,愁心过夕阳。去年魂梦里,身未在东冈。

西碛歌

今我不乐有所思,起看落日飞崦嵫。试登绝顶望乡国,具区八百何所之? 但见远山积空翠,一点两点天之涯。千尺归樯晚霞外,水云滚滚纷交驰。我欲乘风破巨浪,先愁鼓棹无凭夷。或向山人买石壁,又恐终被愚公移。彳亍山谷心曲乱,人影在地树垂垂。潭东潭西觅村酒,浇愁惟有倾千卮。醉倒梅边花满地,正是东方月上时。

从元墓至吾山司徒庙探梅

能着几两屐,探梅不厌孤。墓留晋刺史[①],庙访汉司徒[②]。大树阅今昔,一枝若有无。花间聊纵酒,牛马任人呼。

古柏行

司徒庙外梅如雪,司徒庙里柏奇绝。夭矫纷披有四株,最南两树干交折。回身便作连理枝,傍缀一树临清池。直临清池不肯曲,一曲穿云如蛟螭。就中一树北最古,上栖凤皇根卧虎。滴翠浮青四十围,空空鳞甲声铜鼓。君不见五陵无树宝衣灰,松柏尽已为薪摧。此树无乃神物护,千载偃蹇青山隈。由来材大世难用,不作梁栋宁蒿莱。呜呼长歌兮歌声哀,古柏为我生风雷。

---

① 玄墓位今苏州市光福镇南玄墓山,东晋青州刺史郁泰玄隐居并墓葬于此。

② 司徒庙位今苏州市光福镇邓尉山麓,为东汉光武帝时大司徒邓禹的祠庙。

函谷关

乍听鸡声逐晓风,纡回势若鸟盘空。河分晋界山川险,地到秦关气象雄。霜拥二陵沙自白,云开太华日初红。古今无限苍茫意,尽在村烟远树中。

秦关道中

秋色满襟袖,千山入马蹄。十年仍忽忽,万里又栖栖。有梦如庄诞,无家拟杜题。风声今已惯,何处暮鸦啼。

经渭南白香山故里有怀

渭水城边万里桥,我来沽酒永今朝。文章只可名山贮,长庆何曾换一绡。

雨后自长安还鄠

都会求知己,昨来今复还。离怀寄风雨,诗思在云山。树杪秋涛白,城隅落日殷。驰驱伤老大,添得鬓毛斑。

凌霄花

昔日闻秦中,胜地有鄠杜。今我游西郊,渼陂种禾黍。惟有玉蟾台,百尺凌霄古。松柏纷交缠,天半蛟龙舞。飞虹映日色,霞光满村坞。宋时富郑公①,曾闻献当宁②。一时比群芳,千载知其故。物奇要人识,花贵在名圃。寂寂荒村间,世俗那肯顾。攀条感慨多,操笔

---

① 富郑公,即富弼,字彦国,河南洛阳人,北宋著名官员、文学家,历仕仁、英、神三朝。

② 当宁(zhù),宁,古代宫室门内屏外之地。后以"当宁"指皇帝临朝听政,也代指皇帝。

为尔赋。

九日登钓台

　　鄠县城南有钓台,汤汤涝水自潆回。陂头日落群鸦起,塞上风高一雁来。作客每愁游眼倦,登临且喜笑颜开。黄花到处催人老,坐对南山数举杯。

马嵬驿

　　昔日销魂地,春风吹白沙。君王行不得,兵将忽争哗。甲帐无遗挂①,倾城有怨嗟。谁知狐貉穴,玉树一邱斜。

山溪涨有引

　　三月十六日宿南星,是夜大雷雨,山溪骤涨,闻五星台松林驿人家多漂溺。南星距涧谷稍远,得无恙,因作此纪异,且志感焉。

　　空山夜半人声寂,忽听奔腾风雨急。雷电交驰江海翻,千岩万壑皆摇兀。骇胆何曾闭眼眠,惊魂唯异东方白。侵晨起户看云山,溪流飞涌如潮汐。波撼空梁斗百雷,浪浮栈阁高千尺。闻道松林及五星,居人游子多漂溺。客途听此最伤心,我亦曾经留古驿昨在五星台种火。一旦山村忽变迁,可怜花鸟皆陈迹。今我依然得坐观,天心如此还须忆。沽酒长吟作浩歌,客愁尽向天边掷。

纪游诗九首

发凤县

　　晓起摄征衣,冲烟望前岭。迢递入青苍,孤高自天挺。飞鸟不闻声,健步无由骋。拄杖复攀崖,人马皆引领。危阁横云霄,落星摘鬼

---

　　①　遗挂,死者遗物,指可以悬挂的服饰之类。

井。九点空青苍，咫尺天疑尽。昔为扼要区，日夜风尘警。今我来长安，万里星辰静。俯视岩谷中，旭日初流影。倘非行路难，焉得窥奇境。嗟尔远道人，莫负春山景。

留侯庙

汉代韩张良①，功成隐白石。已从赤松游，尚有林泉宅。翠屏森四围，雪浪啮云壁。松柏丽峰峦，直上青天碧。仰止山水间，迟回畏日夕。何时释征鞍，访彼餐霞客。

马　道

春山含烟青，春溪争涨绿。十日苦风尘，对此豁双目。野店倚山桥，风香村酒熟。饮罢出门去，江上云相逐。

青桥驿

四山忽壁立，万点青云中。是谁开绝巘，嵌此千虬松。清江泻寒玉，惟闻声淙淙。苍烟起深谷，石栈悬飞虹。残照自明灭，墟里无西东。村花灿平陆，猿鸟呼春风。顿忘蜀道苦，反觉春光浓。寄语后来客，过此莫匆匆。

鸡头山

日日行山中，突兀生万象。一朝登七盘，千里平如掌。倦眼豁然开，心神俱爽朗。饮马汉江滨，廉让②空悬想。挥策注长坡，回首云

———————————

①　张良，字子房。颍川城父（今河南宝丰）人。秦末汉初杰出谋士、大臣，与韩信、萧何并称为"汉初三杰"。因张良的父祖辈在韩国的首都阳翟（今河南禹州）任过五代韩王之相，故又称韩张良。

②　廉让，廉泉、让水的简称。原比喻为官清廉，后也比喻风土习俗醇美。出自《南史·胡谐之传》。

烟荡。游子将何投,城薄钟声响。

滴水崖

晓月隐山丛,马上残梦兀。苍壁挂飞泉,到地百余尺。天风吹不断,满壑生虚白。树杪忽闻猿,吾方事行役。

五漫岭川陕分界处

谁言五盘高,登山今已惯。僮仆厌攀援,我正舒流盼。峰势自阴阳,秦蜀分一涧。山色映江村,墟烟时变幻。佳景固难名,跋涉亦多患。愿告南来人,归时话亲串。

天雄关

绝顶开雄关,虚阁但烟雾。放眼天地间,山奔水亦注。荒村俯平冈,江合春涛怒。麦浪交远风,望尽唯云树。我从栈道来,无日敢回顾。倚剑碧天外,始识山奇处。莫问古战场,时平久无戍。

芙蓉溪

鸡鸣渡潼川,今复见江水。疲马缘山行,断石更累累。驻足芙蓉溪,江声清到耳。少陵此观鱼,我来津不改。往还江之滨,何曾有赪尾①。无乃入数罟,一朝尽为醢。或者怒蛟龙,飞腾东去海。道傍问居人,居人徒唯唯。物类偶然聚,天意洵难解。请看川上波,逝者已如此。

答杨大少白见赠原韵

十年浪迹青山头,五湖四海成淹留。逢迎多被世人笑,有时独自酣高楼。长安谁②好不称意,棹头又向西川游。入门自恨识君晚,风

---

① 赪尾,赤色的鱼尾,也借指鱼。
② "谁"当为"虽"字之误。

流儒雅谁能侪。谈天不觉星在牖，故乡遥忆因回首。昔年意气凌诸
侯，往往狂歌逐花柳。势随时去门张罗，不见晋钟与秦缶。作吏原非
慕荣华，世俗胡乃相争夸。黄绫拥卧不知晓，冷官无事如无衙。易面
未能满吾腹，小隐拟欲安身家。半生漂泊难称意，有如涸鲋沾泥沙。
君才如此岂贫贱，会须高举先百花。囊中佳句妙天下，升庵①应自羞
三巴。王杨卢骆②当时体，每嗤寒瘦嘲烟霞。即今株守似迫促，好恶
盐酸异流俗。垒魂须浇三百杯，胸怀久陋千钟粟。如水年华秋复春，
残杯冷炙徒悲辛。草堂玉局今籍甚，也是当年沦落人。人生失意多
郁郁，可怜谁解穷途哭。君从巫峡听猿声，长句赠我不平鸣。昨夜锦
江风雨黑，诗成势与蛟龙争。自叹何门可执鞭，归去为氓无一廛。明
朝且访城南杜，便当醉酒吟长篇。

题吴梅村集二首

风流才调绝追攀，独惜归来未掩关。最是送人游海外，不堪回首
自京还。新词解撰《青门曲》，遗老谁怜乌目山。当世一官犹落拓，何
如十亩赋闲闲。

燕京往事恨难平，海户松山寄远情。不是一番经世变，漫言今日
有诗名。当年应被多才误，尚口方知下士轻。纵有文章何足贵，谁怜
将死只哀鸣。

五月二十五日初食荔支和东坡韵

江乡雨雪拥杨卢，元年春，江南大雪，橘树、杨梅多冻死。而今十载愁
肠枯。我来那复见佳品，幸有涪荔争驰驱。满盘玉粒披红襦，厚味高
格香生肤。当日按谱不知味，今乃亲睹倾城姝。只觉风味果中无，妍
丑岂辩交州隅。初食未暇论所似，但嫌橘柚何其粗。先生去后谁浇

① 升庵，即杨慎，四川新都(今四川成都)人，明代学者、文学家、官员。
② 指"初唐四杰"王勃、杨炯、卢照邻、骆宾王。

醲,百世空洒鲛人珠。怅然有作继公后,敢云新诗清且腴。何日归去对妻子,挂帆日钓寒江鲈。自古飘流同有慨,久羁万里非初图。

谒少陵草堂祠

千载复有何? 空余一草堂。我来思仰止,遥念日苍黄。江汉孤忠泪,风尘老大伤。谁能怜寄迹,咏罢亦傍徨。

薛涛井有引

秋初与少白过万里桥,访薛涛井,于松竹间烹茶小憩,令人忘返。

出门靡所适,城南万里桥。桥南有古井,传名自薛涛①。孤墟尽松竹,清绝尘氛消。坐久时闻响,江干来清飔。甘泉烹活火,烟雾纷林梢。潞公②学西蜀,何如此一瓢。畏晚寻归路,羊牛下荒郊。归来向人说,知者何寥寥。

留别杨大少白四首

蜀道长驱破晓烟,江城漠漠欲摇天。浮沉自古多奇数,聚散从来是偶然。倘遇秋风知别苦,莫贪山色尚流连。离怀到此应难尽,斜日苍茫落雁边。

下笔神来破万书,曾将词赋拟相如。碎琴未必传三峡,听雨何堪共一庐。游子离心秋夜笛,春风识面故人车。时少白拟南还应乡试。锦江自古通秦楚,道远休言少鲤鱼。

关山重叠剑门秋,此去应过几戍楼。世上谁为真国士? 天涯犹喜识荆州。风高海鹤摩空势,云冷江猿度远愁。分手锦官城外路,踟

---

① 薛涛,字洪度,长安(今陕西西安)人,唐代女诗人。曾制作桃红色小笺用来写诗,后人仿制,称"薛涛笺"。

② 潞公,指文彦博,字宽夫,号伊叟,汾州介休(今山西介休)人,北宋官员、文学家、书法家。宋仁宗时加封潞国公。

蹰无语只搔头。

秋高风景正宜看,把酒休歌蜀道难。白浪喧崖连栈动,碧云拥树一山寒。虫吟烟月留孤馆,马踏霜花度七盘。他日相逢携手笑,论文重忆蜡灰残。

登 楼

为客不称意,愁来一上楼。夕阳孤鸟没,画角万山秋。蛇豕盘斜谷,烽烟阻益州。时秦中有警。登临此怅望,无计任淹留。

秋雨有怀即酬少白

休忆年来事不平,且将诗酒慰闲情。雨余山郭浮云气,风入秋江落雁声。卖卜无人空旧宅,望乡何处是归程。君才如此犹留滞,况我飘零已半生。

城东晚霁

初秋风日佳,雨霁步城曲。清池散浮萍,村烟出丛竹。余霞树端明,归鸟一何速。羡彼农圃人,逍遥自扪腹。忽忽过此生,无心惊宠辱。何当赋归与①,筑室老空谷。

夜读渔洋山人②水月庵诗枨触旧怀援笔和之仍用东坡清虚堂韵

三年游宦如淘沙,高眠不碍闲曹衙。有时园林纵游目,水月未及观荷花。挂怀到今岂能已,四海无如长为家。昂昂千里似野鹤,纷纷鸣噪皆昏鸦。当时卓老虽落拓,文誉早已流芳葩。笔墨新奇更痛快,

---

① 《论语》卷三《公冶长第五》载:"子在陈曰:归与!归与!吾党之小子狂简,斐然成章,不知所以裁之!"
② 王士禛,字贻上,号阮亭,别号渔洋山人。山东新城人。清初官员、诗人。

直如痒倩姑搔爬。孤墓荒凉惟一树,未遭斤斧烹芽茶。渔洋诗句足感慨,对听街鼓方三挝。夜半危坐百忧集,鸡栖不觉多吟嗟。举头一望旧游地,天南天北飞云霞。

和杨大少白池上玩月再用清虚堂韵

新月朗朗浮虚沙,隔岸古树森排衙。水面青萍忽卷去,琉璃一顷风生花。恍如西湖好风月,对此便拟长浮家。数星野火映池上,树杪惊起栖枝鸦。君今挥毫自雄放,欲与坡老争奇葩。我愧枯肠无佳句,剔抉已尽空搜爬。狂歌安能得浊酒,逢友尚喜分清茶。至人处世忌太洁,何必蚁视渔阳挝。贫富一旦云聚散,回首变灭徒咨嗟。即今归途渐昏黑,月光淡荡生烟霞。

何　事

何事尚羁留,虫鸣四野秋。万方征士日,一剑未能售。诗酒饥寒减,风霜岁月流。蜀中真鸟道,无地骋骅骝。

闻杨大见山将自邠还蜀遥有此寄

乍传家语自邠州,犹忆春登卖酒楼。鞍马未能知几日,归心应亦念同游。十年旅梦关山月,万里空江夜雨秋。自叹望乡天更远,白云渺渺去悠悠。

偶于成都市上得先君子前在粤东所刻
庄子独见感事写怀得诗二十韵

谁是忘情者,愁来况客中。几番闻画角,万里欲乘风。蜂趸烦群吏,熊罴劳上公。据鞍夸有力,囊笔叹无功。目断南飞雁,心悬北去骢。一身仍蠖屈,六月寄蚕丛。偶过君平①宅,闲寻孟昶宫。室边峰

---

① 君平,指汉高士严遵,字君平。隐居不仕,卖卜于成都。后常用指隐士或精于卜卦的典型。

峭蒨,炉畔蔓青葱。玉局知何在,草堂今已空。遣怀搜地志,排闷觅书简。梨枣多鱼豕,缥缃少蠹虫。不禁悲事往,且喜见文同。诵读如亲炙,提撕记折蒌^①。庸才无骨相,旧业悔箕弓。纨绔今犹饿,儒冠古亦穷。浮生嗟泛梗,振翮羡飞鸿。鄠杜音方阻,褒斜路岂通。凄凉残月柳,惆怅晓霜枫。兀坐频看剑,高歌漫倚桐。片帆何日挂,归老大江东。

万里桥

锦官城外散闲愁,送客当年赋远游。从此筑桥名万里,江声日夜向东流。

薛涛井

心思巧绝制名笺,女子多能亦可怜。一种到今难泯处,万竿修竹护清泉。

百花潭

百花潭上日初曛,翠竹摇风水漾纹。山鸟不知游客过,一声飞逐度溪云。

秋日早起

游意忽不惬,愁思日夜添。轻寒惊蝶梦,晓雾失山尖。善舞夸长袖,从军笑短髯。由来风景异,客子畏人嫌。

丞相祠堂_{祠西即惠陵}

功垂蜀地名难没,庙貌偏传自李雄。万古树留丞相柏,至今人识惠陵宫。列阶碑石岁时远,逸事儿童歌舞中。更有子孙能报国,一门

---

① 折蒌,折取细枝。

忠孝见家风。

忆　蟹

八月稻初熟,江南蟹正肥。不堪重九近,风雨菊花稀。

剑　关

剑阁千山似剑铓,高楼百尺入青苍。我来两度骑驴过,割得闲愁几许肠。

利州闻雁

兀兀蹇驴背,何来归雁鸣。一声残梦断,万壑晓烟平。塞上无多日,秦关尚几程。江干春草绿,闻见总关情。

沔县谒蜀相祠武侯墓在隔江定军山

沔江岸北武侯祠,民到于今犹颂之。二表三分觇学力,一身两代系安危。琴留白石传遗爱,墓在青山世共知。贤圣从来不封树,何人定向立丰碑。

秋日偕潘蕭堂赵酝秋金柏如游高墅桥
潘凤三居士庄即赠四首

啸侣复呼俦,郊原纵步游。江乡多胜景,风日正清秋。船趁墟烟集,村依竹树幽。主人能爱客,斗酒不须谋。

场圃对清斋,溪边落日佳。树疏蝉欲敛,风冷雁初排。豪饮绿知己,高吟各有怀。柴门相送罢,新月挂天涯。

林外钟声响,归来晚气凉。荒寻闻吠豹,倦憩听鸣螀。淡月碎清濑,轻烟聚野塘。举头城郭近,缓缓步康庄。

如此清天月,兹游亦壮哉。况从三子后,正及九秋来。名岂因狂著,交缘仰别裁。应怜书数字,莫说项斯才。

答赵九笏山见赠原韵四首

秋窗夜静诵新诗,独坐挑灯一和之。万里有谁怜我倦,千年自恨识君迟。此中垒块须浇酒,回首浮华却似棋。几次同游知雅度,岂徒吟咏系人思。

云溪联步晚烟平,醉里谈心见性情。季诺共传金比重,白诗争买绢犹轻。放怀莫负清秋节,话旧还思白帝城。笑我追随何太晚,交欢惟有酒频倾。

年来但觉酒杯宽,况遇良朋举座欢。不是情深交岂易,只缘性懒事多难。微官到我原无补,豪兴于今半欲阑。却喜新知心甚洽,菊花开处约相看。

携手看花阴复晴,偶然得句许相评。一时名士倾高谊,百首新诗动上卿。何幸此生能附骥,遥知他日定迁莺。若逢交好应怜我,才尽深惭极意营。

赠潘大黼堂

良朋不易得,会合终有时。衡宇遥相望,识面何迟迟。忆昔少年日,侪辈相游戏。归来方数载,故旧各奔驰。何幸今识君,入室香兰芝。照人神气清,美玉浑无玼。金赵时经过,题襟多好辞。往往竟日聚,快乐何如之。迩来交态薄,人情如九疑。都言桃李好,何如青松枝。悠悠市道交,谁人是我师?得君数晨夕,便当心不移。但愿淡以成,勿为后世嗤。

淡园再集和赵笏山原韵二首

回廊曲槛小池环,雅集知音忍独还。秋馆欣逢金谷酒,雨窗共看米家山。阶前流水心无竞,天外浮云意自闲。饮兴方浓当秉烛,任他①

---

① 原作"地",误,今改。

新月挂弓弯。

　　方听歌残又阮咸,小亭列坐傍山岩。菊枝浥露堪簪帽,草色留青欲上衫。颠倒狂花须史佐,别裁伪体立诗监。何时再订白莲社,莫厌陶家居士馋。

秋日至余墅访陈二柳北即赠

　　去年游东郊,赋诗赠三子。今年游西郊,访旧寻居士。溯洄复溯游,恍在水中沚。纵目望秋原,风物正闲美。平壤树扶疏,小桥水清沘。迷津问老农,答言三二里。修竹绕屋庐,弦歌声盈耳。遥望见衡门,犬吠隔溪墅。趋走上高堂,握手忘尔汝。未见情绪多,相对竟无语。呼儿罗酒浆,开轩具鸡黍。举杯各尽欢,安知日夕矣。风雨响空林,晚云连日紫。归来不能寐,挑灯记所履。倘不厌经过,游兴从兹始。

后饮酒+首

　　草间响候虫,秋声四野动。胡雁日飞鸣,偏向耳边送。年来不解愁,心愚亦无梦。劝尔莫哀吟,休作不平哼。问我何能然,臣今时一中。

　　居贫乏旧业,曷敢辞奔驰。远游山海间,所向无颜仪。热既不因人,清唯我自知。万里仍归来,聊得借一枝。静中忽失笑,此行真如痴。自古有穷达,营营将何为。徜徉以卒岁,饮酒复奚疑。

　　窗前落桐叶,冷月上东嶂。故人过我庐,开尊共欣赏。一瓢聊尽欢,抗怀千载上。卓然发高论,相笑大拊掌。但识此中趣,各言酒无量。仰观河汉间,秋风引圆吭。送罢小桥西,夜色随天旷。明日便陈迹,此景难摹想。

　　饮酒何必多,须得酒中趣。作诗何必工,须得言外味。醉来一挥毫,别有会心处。远水不皴波,点睛便飞去。画意与诗情,得心应手悟。勿谓醉饶舌,难与俗人语。

萧萧数竿竹，结根在石砌。乏实栖凤皇，无隙生虫螅。惟有清风来，叶乱鸣如沸。持杯对此君，终日无厌意。高唱和微吟，酒倾壶屡觋。醉后乐陶陶，身世忽如寄。

避俗宜寡欲，何必在山林。小人居近市，而无城府心。草色当阶绿，高树迎风吟。调琴坐白石，有酒时自斟。游览诗书间，骋怀古与今。聊以自怡悦，放浪谁能禁。

心闲无杂事，有酒不须醒。妻孥愁吾过，规劝宜戒饮。我闻大笑之，妇言不可听。人生贵适意，夭寿付天命。吾亦有片言，殷劝以为赠。宁可爨无烟，毋使瓶中罄。

性懒世情疏，睡起霜天晓。启户检诗章，兀坐闻啼鸟。野草蔓难除，落花闲未扫。远望白云来，清空忽萦绕。微风与之俱，飞雨洒林表。出岫本非心，过眼原无了。吾已掩柴关，久厌从纷扰。

晓酌儿辈喧，争持壶屡倒。弄盏湿衣襟，折梅堆破帽。大似我少时，转瞬如我老。世上苦多忙，我亦闲时少。幸得话团栾，莫负尊中好。

日晚噪寒鸦，犁星挂高屋。何以遣良宵，小饮温枵腹。心有不平事，尽付杯中浊。百年草草过，有酒万事足。

杂拟三十首　有序

昔李、苏[①]之拟仿自汉人，陆、谢[②]之才称于晋代。江郎[③]而后，杂拟无闻矣。予闲居多暇，挥翰无题，爰自唐初，迄于明季，

① 指汉李陵、苏武。李陵，字少卿，少时为侍中建章监，后降匈奴为右校王，病死。其五言杂诗《与苏武三首》入选萧统《文选》。苏武，字子卿，以中郎将持节出使匈奴十九年，归拜为典属国，病卒。其杂诗《诗四首》入选萧统《文选》。

② 指陆机、谢灵运。陆机，字士衡，西晋文学家。有《拟古诗》十二首等入选萧统《文选》。谢灵运，东晋南朝文学家。其《拟魏太子邺中集诗八首》入选萧统《文选》。

③ 江淹，字文通，南朝著名文学家。擅长写拟古诗，以《杂体三十首》成就最高，入选萧统《文选》。

得体凡三,皆因类聚,拟诗各十,不以代分。虽风格未逮前人,或矩步足资来者云耳。

拟李青莲①金陵酒市留别

野店花逐春风开,真珠酒滴砗磲杯。吴姬劝酒子弟送,劳劳亭畔相徘徊。纷纷离绪知何似?应似江潮日夜来。

拟杜工部②高都护骢马行

都护青骢八尺高,权奇骨相身腾骁。此是大宛真龙种,惠养恩深手謩调。金鞍鞴出香罗覆,驰骤容与顾盼豪。临阵便可一当百,夜发渭水天山朝。汗血方思驻逸足,余力还堪万里遥。长安观者嗟神骏,谁怜伏枥心徒劳。恋君轩墀志未已,辣身屹向长风号。

拟高达夫③燕歌行

漠北风云杀气昏,汉家五道出将军。羽书晓驰白榆塞,猎火夜照飞狐城。城边黄沙浩无极,短兵日夜相争接。帐里何人舞与歌,苦乐相看奈若何。昨夜虏骑纷沓至,转战又须数千里。望远征人空断肠,闺中少妇梦茫茫。男儿岂畏裹马革,但愁何日烟尘息。

拟岑嘉州④梁州馆中与诸判官夜集

梁州城头看新月,新月高高海上出。天浩浩兮夜何其,琵琶声里风凄凄。故人别来今几载,秋草春花等闲改。眼前但见风月清,心中万事如流水。莫在他乡愁落拓,且凭斗酒欢高阁。

拟张正言①湖中对酒作

朝来看云湖上山,暮来酌酒湖上月。湖山湖月日往还,万里清光荡胸臆。主人爱客开东轩,糟邱高筑不论钱。闲时相对不快饮,风光一别知何年。故乡迢迢千万路,欲归未能劝君住。且看好景对酒歌,湖上云山变朝暮。

拟元漫叟②石鱼湖上醉歌

石鱼湖,坐酒徒,觥筹交错相欢娱。石鱼湖,浮小舫,环湖曲曲恣游赏。洞庭水渌君山青,酒船泛泛往来轻。醉倒湖头歌狂诗,风流不减襄阳池。

拟韩昌黎③郑群赠簟

蒸腾溽暑薰风扬,汗从背下如流浆。行立坐卧体难适,正愁无法回骄阳。深荷故人知我意,赠我八尺新流黄。法曹贫甚岂能买,况此来自潇湘旁。硬节不随刀斧碎,清标却与编排长。到眼已惊光雪亮,坐地弥觉身清凉。不用奴子摇大扇,俄看蝇虱潜逃藏。胸中烦热都扫尽,冷风习习生空堂。从此斋头得高卧,胜似窗北夸羲皇。聊吟长句志厚德,古人一饭何时忘。

---

①　张谓,字正言。河内(今河南沁阳)人。唐代诗人。

②　元结,字次山,号漫叟、聱叟。河南鲁山人。唐代文学家,有《元次山集》传世。

③　韩愈,字退之,河南河阳(今河南孟州)人,世称"韩昌黎""昌黎先生"。唐代杰出的文学家、思想家、哲学家、政治家。

拟柳柳州①渔父

渔翁一叶扁舟小，柳阴趁市墟烟袅。换酒归来自棹歌，漠漠野田江渺渺。醉卧船头月满身，醒来不觉霜天晓。

拟李长吉②将进酒

敞华阁，垂珠箔，博炉香绕重罗幕。金盘银鲙琼筵开，兰陵美酒鸬鹚杯。吹洞箫，歌流水。烟雨迷离莺蝶喧，风翻红绿春如海。举手进玉斗，莫羡王乔③寿。纵能相等期，谁见酒到仙人口。

拟苏东坡④九日黄楼作

黄楼高筑正重九，开筵列坐当窗牖。山色河声迢递来，秋空如洗无尘垢。忽忆去年重九时，夜发千泅荡陵阜。破地河流雷电驰，压山波浪蛟龙吼。城头便是海茫茫，日愁涛卷空城走。那知尚复有今日，坐对南山开笑口。满堂豪杰三十人，燕歌吴曲兼秦缶。此生佳会能有几，城坚不怕秋涛又。休道明年更若何，万事且先杯在手。

拟陈拾遗⑤送魏大从军

圣祖静边燧，秋来胡马骄。护军班令史，命将霍嫖姚。兵骑连燕

① 柳宗元，字子厚。河东（今山西运城、芮城一带）人。世称"柳河东""河东先生"，又因终官柳州刺史，又称"柳柳州""柳愚溪"。唐代著名文学家。
② 李贺，字长吉。河南福昌（今河南宜阳）人，因家居福昌昌谷，后世称李昌谷。唐代著名诗人，有"诗鬼"之称，著有《昌谷集》。
③ 王乔，即王子乔，周灵王太子晋。传说能吹笙作凤凰鸣，是道教崇奉的神仙。
④ 苏轼，字子瞻，号东坡居士，世称苏东坡、苏仙。眉州眉山（今四川眉山）人。北宋官员、著名文学家、书画家。
⑤ 陈子昂，字伯玉。梓州射洪（今四川射洪）人。官至右拾遗，后世称为陈拾遗。初唐著名诗人、文学家。

郡,霓旌接渭桥。仁闻稽落战,一虏未曾逃。

拟张曲江①望月怀远

西风惊客梦,望远动离怀。素月秋千里,故人天一涯。斗杓斜到地,竹影半侵阶。转辗浑能寐,帘钩色更佳。

拟杜膳部②夏日过郑七山斋

山斋在何处,谷口好相从。一径风泉响,绕庐烟树浓。岩回留霁日,云起乱晴峰。杯酒消烦暑,兹游足荡胸。

拟宋长史③扈从登封途中作

凤辇过伊洛,川原献瑞图。五云环旆转,万壑应山呼。佳气萦峦嶂,祥风满道途。无才歌圣德,载笔日驰驱。

拟张燕公④幽州夜饮

悲筑和夜雪,万里一声寒。挟纩知恩重,披裘怯岁阑。那堪鲁酒薄,聊作塞城欢。天外人迟暮,酬高倍觉难。

拟崔司勋⑤题潼关楼

万里层阴霁,征人倦眼开。楼高余晚照,涛怒响空雷。谁念弃

---

① 张九龄,字子寿,一名博物,谥文献。韶州曲江(今广东韶关)人,世称"张曲江"或"文献公"。唐朝开元年间名相,诗人。

② 杜审言,字必简。襄州襄阳(今湖北襄阳)人。唐代著名诗人。官至膳部员外郎,世称杜膳部,传世有《杜审言诗集》。

③ 宋湜,字茂之。官司徒右长史,后隐惠山,筑草堂读书其中。唐代诗人。

④ 张说,字道济,一字说之。河南洛阳人。唐代官员、文学家。开元初,拜为中书令,封燕国公。有《张燕公集》传世。

⑤ 崔颢,汴州(今河南开封)人。唐代诗人,官至太仆寺丞,天宝中为司勋员外郎,世称崔司勋。著有《崔颢集》。

繻客,遥思勒剑才。关城一怅望,箛鼓暮吹哀。

拟王右丞①送梓州李使君

送客到何处,崎岖古漏天。剑山青万点,栈树碧千年。秦塞春来雨,巴江日暮烟。汉夷交杂地,行矣继先贤。

拟祖驾部②泊子岸

岸泊孤舟客,愁思倚短篷。云还遥浦疾,天尽远江空。初月隐乡树,归鸦趁晚风。征衣今日薄,不与故园同。

拟孟襄阳③与诸子登岘山

万古江山胜,千回不厌看。况从诸子辈,遥上白云端。深谷松风静,秋池日色寒。何人一片石,今尚泪阑干。

拟钱考功④谷口书斋寄杨八补阙

日昨看花约,车声未见过。柴门怜旧月,秋涧听新波。阶砌缘云石,藩篱护薜萝。何时对尊酒,风雨夜来多。

拟李新乡⑤送魏万入京

我亦年来事远征,那堪送友入西京。青春都似浮云过,白发偏从

---

①　王维,字摩诘,号摩诘居士。河东蒲州(今山西运城)人。唐朝著名诗人、画家。唐肃宗乾元年间任尚书右丞,故世称"王右丞"。有《王摩诘文集》传世。

②　祖咏,洛阳(今属河南)人。唐代诗人。曾任官驾部员外郎。

③　孟浩然,名浩,字浩然。襄州襄阳(今湖北襄阳)人,世称孟襄阳。因他未曾入仕,又称之为孟山人,唐代著名山水田园派诗人。

④　钱起,字仲文。吴兴(今浙江湖州)人。天宝进士,曾任考功郎中,故世称钱考功。唐代诗人,大历十才子之一。

⑤　李颀,河南颍阳(今河南登封)人,唐边塞诗人,与王维、高适、王昌龄等著名诗人皆有来往。曾任新乡县尉,后辞官归隐。

客舍生。江上孤帆明月影，关头初日晓鸡声。长安不少逢迎者，珍重秋风副盛名。

拟刘尚书①西塞山怀古

铁索横流南北分，谁知天上下将军。片帆飞渡一江水，烈火烧空千里云。白下无山不绕郭，清秋有客发高文。豪华已去石城在，今古青青对日曛。

拟杜樊川②九日齐山登高

九日齐山气象清，翠微高处御风行。黄花伴我几番醉，秋色向人分外明。世事大都鸣雁过，兴酣那管莫烟横。吾生正欲千场笑，笑指金罍劝客倾。

拟李义山③隋宫

隋家三十六离宫，别馆迤逦曲径通。不待锦帆归海角，空余汴水到江东。玉钩斜畔参差草，金柳堤边上下风。试看芜城新雨后，流萤点点旧时同。

拟许丁卯④咸阳城东楼

怀古登临情易伤，况经秋色满咸阳。岸风过水波横绿，野气沉关

---

①　刘禹锡，字梦得。洛阳（今属河南）人。唐代文学家、哲学家，有"诗豪"之称。唐会昌间，加检校礼部尚书，卒赠户部尚书。

②　杜牧，字牧之，号樊川居士。京兆万年（今陕西西安）人。唐代杰出诗人、散文家。

③　李商隐，字义山，号玉溪生，又号樊南生，原籍怀州河内（今河南沁阳），祖辈迁荥阳（今河南荥阳）。晚唐著名诗人。

④　许浑，字用晦，润州丹阳（今江苏丹阳）人，唐代诗人。曾任官润州司马，居于丁卯涧村舍，辑缀诗作，因名《丁卯集》。后因官郢州刺史，世称许郢州。

日半黄。汉苑凄凉思茂草，蜀山突兀想阿房。当年只有桥边月，依旧清辉照女墙。

拟赵倚楼[①]长安秋望

城阙风高秋意浓，举头天外见山峰。淡云散作寒林雨，归鸟声随晚寺钟。霜信不堪听白雁，客思无那倚青松。他乡苦忆莼鲈好，忆到莼鲈愁几重。

拟温飞卿[②]赠蜀将

蜀江万事付风烟，分手关河已十年。草绿秋原窥牧马，云黄春色断征鞭。功成孤绩人无论，醉后宵行吏岂怜。今日相逢莫惆怅，汉家尚未勒燕然。

拟陆放翁[③]月下醉题

团团白露满前檐，个个鸟飞绕树尖。少日担簦无舌剑，老来刈藿只腰镰。东山太傅谁如谢，北伐将军岂姓廉。醉里题诗一慷慨，月明遥下水晶帘。

拟元遗山[④]晨起正月九日

晨起梳头怯老夫，春寒犹饮剩屠苏。朝暾海外红霞举，明镜堂前

①　赵嘏，字承祐。山阳(今江苏淮安)人。唐代诗人。大中年间官终渭南尉，世称赵渭南。其《长安秋望》诗中有"残星数点雁横塞，长笛一声人倚楼"，诗人杜牧甚为赞赏，并送其雅号"赵倚楼"。

②　温庭筠，字飞卿。太原祁(今山西祁县)人。晚唐著名诗人、词人。

③　陆游，字务观，号放翁。越州山阴(今浙江绍兴)人。南宋著名文学家、史学家、爱国诗人。

④　元好问，字裕之，号遗山，世称遗山先生。太原秀容(今山西忻州)人。金末元初著名文学家、史学家。

黑发无。行药闭帘终乏术，误身乞食总因儒。教他铁砚逢今日，那待磨穿始改图。

拟高青邱①送沈左司从汪参政分省陕西汪由御史中丞出

兰台久已擅青骢，宾从陪行步亦工。赐履俨如分陕日，收图正及入关中。山经华麓看牛马，川渡河阳咏雁鸿。想见郊迎诸父老，衣冠复是汉时风。

秋日北上留别诸子四首

年华似水已堪惊，况复秋光照眼明。篱舍正看黄菊放，湖山难洽白鸥盟。时逢岁俭愁行远，人到中年气渐平。多少闲情遣不去，关心都向别离生。

又将车马逐风尘，丘壑仍难置此身。半世疏狂非纵酒，一生冷暖不因人。他山有石堪为错，负郭无田孰厌贫。最是庭前旧松柏，岁寒霜雪倍精神。

岁时过从馨交欢，尔我忘行礼数宽。自笑远游缘底事？却怜衣食误儒冠。宦情昔日随云淡，离绪今朝对月寒。回首宴游成往迹，归来应作雪泥看。

布帆高挂意纷纷，落叶寒蝉讵可闻。堪叹白头犹作客，唯将青眼望诸君。满天风雨楼中酒，明日相思江上云。珍重加餐各努力，人生何必惜离群。

晓发居庸关至延庆呈吴小匏刺史三首

禹奠不到处，何年辟此门。千山盘上谷，一线出中原。日照关河壮，陉开车马繁。昔称天下险，废垒半犹存。

----

① 高启，字季迪。长洲（今江苏苏州）人。元末曾隐居吴淞江畔的青丘，因自号青丘子。明代诗人、文学家。

南北五十里,纵横千百年。城长应到海,岭峻欲摩天。榆柳边关树,云霞山市烟。舆图大一统,中外事耕田。

出关尽平麓,无地不桑麻。雨后农耕野,庭闲吏扫花。弦歌今富庶,楼观昔繁华。那有惊人句,使君且谩夸。

解小亭大令之任永安属书扇头口号二首

长乐分飞二十秋,雪泥鸿爪记淹留。一回握手一回笑,酒兴犹能胜昔不?

闻道征帆赴粤东,知君到处扇仁风。八千里外如相忆,即在先生掌握中。

壬寅五月林至山世讲索画诗以志之

作客三十年,江乡久不记。偶一写云山,便有归与志。回忆少年时,富贵拾芥易。今老不如人,市朝作隐吏。宦海苦茫茫,大都牛马计。焉得买山钱,诗酒日游戏。何时遂初心,冉冉老将至。高歌志岁月,青眼望枚季。

东园三首　有序

东园者,嘉定城东张子渊先生乔梓之世居也。先生少颖悟,而性豪迈。工诗善画,郡中诸名士皆乐与之游。尤喜探奇山水间,南游黄海,北登泰山。凡游屐所至,必以诗纪之,读者如身历其境。东园有山溪花木之胜,诗酒自娱,不慕荣利,乃当世之隐君子也。甲辰岁,少渊过寓课儿辈,乃以先生东园述略征诗。予谢不敏,而不获辞,遂作诗三首以应。弄斧之诮,自知不免矣。

良友应同声,千里如咫尺。四海皆弟兄,何必曾相识。昔读登岱诗,今见东园述。文章本天成,妙手偶然得。君家黄花句,风流继五百。恨我知君迟,未克从游屐。纵有翰墨缘,纸短情难极。

东园在何许,娄江仙溪东。种梅依旧址,石台眺远空。小池观鱼跃,香屿来春风。碧云不受暑,听雨有蕉桐。浦帆浮槛外,落照明青峰。药圃杂篱菊,藤萝曲径通。六山对雪坞,玉照光玲珑。柴门间岁月,诗酒兴无穷。他日若归去,卜筑为邻翁。

宦游四十年,负郭无二顷。总为衣食谋,老犹朝市隐。骨傲难谐俗,身懒习成性。益友想后凋,新知乐先进。我羡张夫子,家世素信谨。诗书夙所敦,名利久已摈。阶前兰桂森,堂上客豪俊。雅集发高吟,看花宜小饮。窃意仙山居,何如此肥遁。地似辟疆园[①],诗拟辋川咏。自愧索枯肠,借作抛砖引。倘许报琼瑶,什袭秘诸枕。

送张大少渊春试后归嘉定

携手河梁属后期,再来得意未为迟。文章他日逢知己,良友今朝惜暂离。茅店鸡声初上月,江干日落好吟诗。归与且慰庭闱望,年半休忘临别辞。

读张子渊却荐诗即寄

古今圣明世,不乏隐君子。娄江有张翁,人皆称高士。作画仿宋元,吟诗追杜李。尚义惠亲知,力疾救桑梓。令闻传日下,缙绅公牍举。却荐卧林泉,肥遁不肯起。故旧或劝驾,讵识乐山意。我年七十五,心枯如井废。日昨诵君诗,不觉见猎喜。乘兴一挥豪,竟忘今老矣。论文贵同声,何妨隔千里。景行望高山,向往歌仰止。

题春明话别图

日下凉风生,我友将远别。车马夹路旁,祖道离筵列。送者八九辈,公卿与豪杰。人各有赠答,后会长来日。谁为年最高,惟我近八十。相知我独深,彼此忘形迹。诗酒每相逢,谈笑无休歇。数日各不见,便似三秋隔。如此十七年,终始心仪一。讵料时势异,风云有不

---

① 晋顾辟疆的名园,唐时尚存。园址在今江苏苏州。

测。羁旅难久留,即作东归客。道左诉离怀,尊酒壮行色。挥手南北驰,马鸣风萧飒。望尘已黯然,别后愁肠结。肠结徒苦耳,有离自有合。时来倘归去,磻溪访君宅。山川同游赏,海黄与岳白。旧友有张子,与君姑表戚。亲串悦情话,论交必我及。寄声先问讯,著作何如昔。闭户保天真,卫生各努力。人人享天年,期颐或良觌。寿朋友三人,悟言共一室。有志事竟成,食柑闻先哲。嘉话俟将来,书此识岁月。

咸丰四年后七月望前三日

潞河送别图

潞河桥畔夕阳低,送客登舟水正肥。南北风烟波浪静,蒲帆安稳到磻溪。

海隐杂记

予自辛丑岁都门守藏,朝夕从公,人事景物颇多闻见。乃与昔日谋食四方,跋涉山川,并古今诗文随手零星条记,消遣岁月。历时既久,共约四百廿三条,分为上下二卷,名曰《海隐杂记》。时咸丰二年二月春分后七日。

卷 上

昔年曾至邓尉山,探梅香雪海。是日,天气清和,花光明媚,舆马纷腾,士女无数。予沿途沽酒,纵步览胜,忘路远近。约一时许,已至太湖边之西碛山。遂摄衣登眺,见湖中诸山缥缈烟云间,沙鸟风帆出没白浪中,心旷神怡,竟有江山风月,海鹤同栖,即是天际真人本来面目,何必左拍右挹方为仙侣耶?

石状元名韫玉,苏州人,家本寒素。其封翁①年少时,曾在太湖边村中训蒙,与村中某意气相投,朝夕往还,遂为莫逆交。后封翁游幕江广间,有时解馆归,必至村中访旧,或盘桓数日、或半月、或数十日方别去,如此者数十年如一日。封翁暮年多疾,携子归,借居某家养病。性豪迈,不惜费用,药炉酒铛无虚日。数年后,幕资告匮,抑郁而卒,一切殡殓之费悉系某为摒挡措置,遂瘗于太湖边沙滩间,当时亦不过以入土为安耳。不十余年间,韫玉以状元显,请假扫墓,仆从如云,金鼓震山谷。村中闻有此事,扶老携幼,观者如堵,莫不啧啧称道。今西碛山之南沙滩荒冢中丰碑特立,即其封翁之墓也。

---

① 封翁,指因子孙显贵而受封的人。

通州城外东南角城河之南,有闸曰南浦。每年三四月间,闸下生枪头鱼数百尾,色白无鳞,约长三四寸,嘴长一寸有余,利如银针,故土人谓之枪头鱼,其实即江南之秦鳇鱼。盖在江海,故大至数百十斤,在沟渠则小耳。然不知其种类何以至此。

京师瑠璃厂、火神庙,每年正月初三四起会,十六七止。凡古今书籍、字画法帖、金玉玩好、奇货异物,以及新鲜花卉,莫不罗列庙中,五色灿烂,光怪陆离,真大观也。厂东门至厂西门,各铺户檐际及空地亦铺设书画古玩、食物糕点、通草花、金鱼、风筝、芦管、皮鼓、耍货。上自王侯公卿、名人学士,下至愚夫奴隶、妇女小儿,皆来游玩。肩相摩,毂相击,填街塞巷,呼号嬉笑之声殆不可辨。有竟日徘徊不能入庙者,有在庙半日不得出庙者,斯亦新年佳会升平之盛事也。

白云观在西便门外西北里许,相传是元时邱长春真人习静处。每年正月十七起,十九日止,有僧道数十百人道旁打坐,或念经,或敲木鱼,其状不一。传说三日内必有仙人度化众生,故僧道纷至,装做奇形怪状,耸动愚蒙,为募化计。观前殿有木钵一具,是真人旧物,上刻有纯皇帝①御制诗。其大门内东庑曰丰仙之殿,塑三丰②像;西庑曰儒仙之殿,或曰是宋翰林张本③像,或云是我祖

---

① 指清高宗爱新觉罗·弘历,谥法天隆运至诚先觉体元立极敷文奋武钦明孝慈神圣纯皇帝。

② 张三丰,名君实(另一说法为君宝),字全一,又号张邋遢。辽东懿州(今属辽宁黑山)人。另有一说其为福建邵武人,名子冲,一名元实,三丰其号。元末明初儒者、武当派祖师。善书画,工诗词。

③ 张本,字敬之。观津(今属河北)人。金宣宗贞祐元年(1213)癸酉科状元,历官翰林学士,后入燕京长春宫(今北京白云观)为道士。工书法,尤其擅长大篆、八分两体。

忠安公①像，缘忠安公于永乐时有特访三丰事，故两人对殿云。今吾常尚有胡老尚书赶张邋遢之谚。然二者均无碑记可考，未知孰是。观内外烧香者数千人，喧哗拥挤，颇有进退两难之势。所卖者惟农具、要货而已。茶棚酒馆，比比皆是，水苦酒劣，实难下咽耳。目所及惟锣鼓喧阗，车马驰骤，尘土涨天，无可游玩也。

俗以六月六日为竹醉日，移竹则易生。山谷②诗："夏栽醉竹余千个，春种辰瓜满万区。"③

西汉志："盐，食殽之将；酒，百药之长。"④

明时彰仪门外有蓼户数百家，每岁纳蓼花数万斤，今其地久废。通州新年宴客，必有蓼芽拌菜一器，其色鲜红可爱，其味辛苦而甘，是亦树花辛盘之遗意欤？抑是明时之旧俗耶？都中无此物，亦未闻有食之者。

歙县程蕉云水部，性豪迈，善饮，工诗文。道光十五年为督漕使者，登通州北关外坝楼，纵目瞻眺，欣赏不已，乃制楹联，刻木置柱，句云："高处不胜寒，溯沙鸟风帆七十二沽丁字水；夕阳无限好，看燕云蓟树百千万叠米家山。"清新超脱，不愧才人之笔。昨见《楹帖丛话》，以为程玉樵作，误甚。此予在通州共事一方所目睹者，故特正之。

南西门外有地一区，土人种紫萝卜，色深紫，辛甘而脆。都人取汁，染通草作花，鲜艳无比。或移种他处，则皮紫瓤白，取汁无色。

陕西鄠县城隍庙二门之右，有古柏一株，大二围，高三丈许，通体作旋丝纹，如云头皱，节目磊落，枝叶扶疏，峭蒨可爱。其细枝弱条折

① 即胡濙，字源洁，号洁庵。武进（今江苏常州）人。明代重臣，文学家、医学家。历仕六朝，任礼部尚书三十二年，累加至太子太师，年八十九卒，赠太保，谥号忠安。
② 指黄庭坚，字鲁直，号山谷道人，晚号涪翁。洪州分宁（今江西修水县）人。北宋著名文学家、书法家。
③ 黄庭坚《山谷外集》卷六《寅庵诗寄鲁直》作"春粪辰瓜满百区"。
④ 见汉班固《汉书》卷二四下《食货志四下》。

而焚之，香气郁烈而耐久。土人云：乾隆年间曾有人住庙中数月，欲买树运京献一豪贵，愿出价银八千两。地方绅士等因大树年久，关系阖邑风水，不敢伐而止。或曰与净土树皆千余年物也。

鄠县南门外十余里，有苻秦时鸠摩罗什庙一所，墙垣俱无。偏东有小屋一楹，肖其像，甚简陋。中庭有树一株，是其从西方携来者。其树分为六岐，每枝相去三五尺不等，条干纵横，荫蔽数亩。树土色而皮薄，颇似紫薇，叶如鸭脚，三四月间开小黄花，秋间结子，其形色与去黑皮之桂元核末层无二，剖之惟黄土一小块，嗅之土也，故曰净土树。

狄仁杰为相，有卢氏堂姨居午桥别墅，仁杰伏腊修礼甚谨。尝雪后休沐，暇候卢氏，适见表弟挟弧矢携雉兔归，羞味进于堂上，顾揖仁杰，意甚轻傲。仁杰因启曰："某幸为相，表弟有所欲，愿悉力从其请。"姨曰："吾止有一子，不愿令事女主。"仁杰惭而去。

黄太史①曰："士大夫三日不读书，则理义不交于胸中，便觉面目可憎，语言无味。"②

许敬宗见人多忘之，或谓其不聪，曰：卿自难记，若遇何、刘、沈、谢③，暗中摸索亦可得。

以上三条见《世说补》④。

鄠县西关外有竹园数十亩，笋味甚佳。

玉蟾台在鄠县之西南，即渼陂故址，或曰白玉蟾⑤曾于此讲道，

---

①　即黄庭坚。

②　此句见明何良俊《语林》卷五《言语第二下》。

③　指南朝文学家何逊、刘孝绰、沈约、谢朓。

④　当指明何良俊撰补、王世贞删定、张文柱校注、凌濛初考订《世说新语补》。

⑤　白玉蟾，本姓葛，名长庚。为白氏继子，故又名白玉蟾。字如晦、紫清、白叟，号海琼子、海南翁、武夷散人等。道教金丹派南五祖之一，内丹理论家，道教内丹派南宗的实际创始者。著有《玉隆集》《上清集》《武夷集》，后由其弟子编为《海琼玉蟾先生文集》。

明王尚书①渼陂别墅也。台宇三楹，庭中古柏二株，凌霄倚之，围尺许，高数丈，屈曲夭矫，如龙蛇之盘空。夏秋间开花时，光彩腾霄，远耀数里，如朱霞散彩，雌霓连蜷，真异观也。

涝水出紫阁峰下山涧中，历鄠县城西入于渭。每至夏秋，山水瀑涨，猴儿木顺流而下，不计其数，大约至西关外桥边而止，木客积之数十堆而后货之。嘉庆十三年大水，曾有夜光木冲下，仆人拾得数根，刻作鱼形，放水中，置暗处，浮游水上，绿光高腾于水面，亦一异景。然不过一二日后，为阳气所烁，则无光矣。

渼陂旧址，地卑下而沮洳，宜稻宜荷，土人相间而莳之。开花时，人行阡陌中，清香芬芳，拂拂在人眉宇间，较之池莲可远观而不可近玩者，别有新趣。

汾水出管涔山，至太原西门外，势甚浩瀚。南至韩信岭，流入岭下，洞中伏流数百里而后出。又栈道中金鳌岭之涧水亦伏流过山而后见，可知伏流之水不独济水为然也。

河南辉县之西北隅，有山曰苏门，即孙登②啸处也。山顶龛中有像，山足有泉，有亭碑，刻"石泉"二字，是东坡所书。康熙年间曾驻跸于泉之东，今废。泉之中有亭翼然，极清旷。泉之西有二孙祠，修竹数十竿，亦幽静。泉之南有小石梁，为出入必由之径，水至此流，淙淙可听。泉之大约百余亩，泛滥旋涡，或上或下，或大或小，或远或近，无片刻停。水极清洁，而深不见底，游鳞甚多。钓而烹之，鲜而腴。泉之南大桥外，有水碓、水磨，绝似江南风景。

古今言医者，于痘症之源流，绝无定见，或曰胎毒所致，或曰由于膏粱。胎毒之说，甚属鄙陋，姑不必辨。若膏粱所因，则云南猓猡、金川夷人、北口蒙古、西域回部，彼亦人也，其饮食无非膻肉酪浆，何以

---

①　即王九思，字敬夫，号渼陂。陕西鄠县（今户县）人。明代文学家。

②　孙登，三国魏隐士，长年隐居汲郡苏门山，喜长啸，以抒发情怀。后世将孙登长啸用作咏隐士高雅情怀的典故。

出痘者绝无而仅有,而内地都鄙乡村食藜藿者何以亦有此症? 又何以有不可救药者? 又何以有壮年出痘者、老年出痘者? 亦有终身不出痘者? 而且富贵之家亦有轻症,则肥甘之说亦非确论。程郊倩[1]曰:"古无痘症而有热病,今无热病而有痘症,其发热传经日期与热病无异,则今之痘症即古之热病也。"其卓识伟论真是千古只眼。盖痘症与瘟疫一类,乃天地四时不正之淫气也。云南等处,其人日食牛羊,腠理紧密,邪不易入。地高风烈,淫气易散放,出痘者间有一二。中国地暖风和,烟火万家,污秽繁多,其气不无凝结深藏,有时蒸腾扇烁,最能伤人,故多不免。况小儿肌肤本嫩,易于感冒缠染,或轻或重,或多或少,随其人之强弱而异也。症自外来,与身中之精血相揉杂,故必发于皮毛而为疮,其郁结始散,而气血调,方能全愈也。今之业医者不知此理,专以攻毒为主,及至杀人,反以毒盛为词,罪不容诛矣。或曰痘症来自安南,中国渐染,日久积习相沿,遂为风气云。

灵宝县西南曰宏农涧,涧西即函谷关,土壁如削,高十数丈,无可攀援。进关门即入土山,夹道盘旋,纡回约二十里。至山顶远看,诸山如培塿,黄河如带,颇有身在天半,"遥望齐州九点烟"[2]之概。

利玛窦墓在阜城门外三里许。

偃师,古滑国,宋太祖陵庙俱在东郊。

铁门有王乔洞,古柏森列,最高一株上有磁碯覆之,相传为王乔仙迹。

渑池县西门外有会盟台,台畔有蔺家营、廉家营。

熊耳山在渑池县西南二十五里,两峰对峙,中有壑口,状如熊耳,地名熊家营。

金鱼池在东小市之东南,水浊而臭,夏月尤甚。陕甘之人在京染莺桃红雨缨者,用其水染色,则光亮鲜娇。畜金鱼者,大小池塘甚多,

————————

[1] 程郊倩,清新安县(今属河南)人,著有《伤寒论后条辨》。

[2] 此句出自唐李贺《李贺歌诗集》歌诗编第一《梦天》。

易于肥大鲜妍。盖物性土宜适其用,则相得也。

崇效寺在白纸坊之南,牡丹开时,为各寺院之冠。游人往观,终日无已,或花下饮酒,或壁上题诗,亦时序之雅游也。

居庸关在前明十三陵之西南,南北五十里,南属昌平,北属延庆。南口山之北麓有美人沟,中有青龙桥,北有梳妆楼诸胜。山上高垒长垣,星罗棋布,密密层层,千里不断。八搭岭为极北山顶,车马人夫努力至此驰驱八九步,而后得到顶上,故曰"八搭岭"。关楼高敞,四顾远眺,一览众山小矣。

保定府完、唐两县①山中出不灰木,土人削如大针,蘸油以代灯草燃火,油干则灭,而木如故,故以"不灰"名之。浸水中十数日,烂甚,捣如泥,制为火盆、火炉之属,质轻色白,愈烧愈坚,真奇物也。近时有仿铁煤炉形者,大小不一,外以四方木架盛之,发火甚炽,举之可东可西,日来盛行。而卖者多掺以石灰,价则日贱,而物不如前矣。

陶然亭在南下洼高阜上,昔已毁,近有江西人修整,可以眺远纳凉。

龙爪槐禅院,龙泉寺之别室也。其中树石花木、长廊静室,处处清幽。每当节序清和,都人多雅集焉。

保定省城,乾隆三十年以前不通水道。地当冲途,供役繁兴,官民交困。方大中丞名观承②督直时,相度地势,疏通满城鸡爪河之水,由大激店、小激店至西城,过南关,由新安、安州等处入淀,通天津,于是大小商船毕集于南关桥下,物阜民丰,称乐土焉。

直省向不种棉花,方大中丞召募南人来直,教以种植之法,土地之宜,灌溉之时,纺织之巧,种种悉备。后十余年,省之南北棉如山

---

①　今河北省顺平县、唐县。

②　方观承,字遐谷,号问亭,一号宜田。安徽桐城人。历任直隶清河道台、直隶按察使、直隶布政使、直隶总督。卒谥恪敏,入祀贤良祠。著有《述本堂诗集》《御题棉花图》《问亭集》。

积，仁人之利普哉！

《棉花图》，方大中丞督直时绘图进御者，共十六事，有跋有诗，并原奏及御制诗句，工精艺巧，可与康熙年间《耕织图》相伯仲。现嵌莲花书院壁间，第历年既久，拓者日多，颇有漶漫处，不及初拓远甚。

泗州妇女但勤耕种，不知织纴。左杏庄①作牧时悯之，乃专人回常制备器具，并雇老妇数十人至泗，分置四乡，教以纺线织布之法。不一年，男女皆善其事矣，至今州人犹称其功德云。

定州西北两关外为南北孔道，昔时滱水由西关至北关外东去，其北又有唐河一道。予于嘉庆初年经其地，北关外滱水两岸居民、铺户甚盛，夹岸俱是膏腴之地，滱水亦大，唐河仅一沟耳。唐城在河之南，昔尧初封于此，故城曰"唐城"，河曰"唐河"。道光三年再经其地，唐水甚旺，滱水已竭。土人云：嘉庆六年洪水横流，两河异涨，滱水两岸人家田地化为沙碛，其水竟断。现在唐河与昔年滱水相似矣。

长安为周、秦、汉、隋、唐所都，历代位置亦非一处，然皆不出五十里之外。公刘居邠，太王迁岐，文王迁丰，武王都镐，秦都咸阳，汉都长安。城在龙首山上，周丰、镐之东北也。龙首来自樊川，长六十里，头入渭水，尾连樊川，头高二十丈，尾低六、七丈，色赤，汉于其上立未央宫。坡东下为龙首原，原有六坡，象《易》乾卦。隋包六坡为都城，大兴宫在第二坡，应第二爻。唐建都因之，大明宫括其趋东之陇，故含元殿高平地四十尺也，乃名大兴为西内，大明为东内，又别建兴庆宫为南内。此五代都长安大略也。山以南为阳，水以北为阳，故曰咸阳。咸阳有三，秦在本朝县东三十里，隋在县东北二十里，唐在渭水北，杜邮馆西。汉都在渭水之南，秦之东南也。隋都在汉城东南十三里。今西安府坐龙首山南十里，未央宫东南十四里，则今城正当大兴宫旧址。节

----

① 即左辅，字仲甫，一字蔼友，号杏庄。江苏阳湖（今江苏常州）人。乾隆进士，以知县官安徽，后官至湖南巡抚。

《贾氏谈录》①云：天祐初年，曲江地方因大风雨，波涛震荡，累日不止，一夕无故而水尽竭，自后宫阙成荆棘矣。今为耕民畜作陂塘，资灌溉之用。每至清明，都人士女犹有泛舟宴赏于其间者。若今日即泛舟之处②，亦为子虚乌有矣。节。

嘉靖丁未六月，澄城县山崩为二，初为一山，东西分驰二十里，遗址平陷。又宋绍兴十四年六月，乐平有司奏言，河冲里田水中类为物所吸，聚为一直，高平地数尺，不假堤防而水自行；里南程氏家井水溢出，亦高数丈，夭矫如长虹，声如雷，穿壁破楼。二水斗于杉墩，且前且却，十余刻乃解③。

凉州称凉者，以西北风高气寒而名也。五六月白日中如雪瞹瞹，谓之明霜。

河曲之地，取义于黄河一曲也。宋时为火山军，以其地有火山，岩石隙缝处烟气透出，投以竹皮、木屑则焦，架以鬲、釜，水半则熟，其下似一团纯火，而山仍有草，根株不灼，事理之甚奇者。

以上五条见明沈继山《秦晋录》。

景州，古广川地，董仲舒、冯道之故里也。有塔在城内西北隅，建自隋时，虽不高大，而精坚无比，有门有梯，可登眺。常有怪在塔上攫人，今已砖泥封闭矣。土人云：后院有池，清澈而深，隆冬不涸。每年中秋节高塔生日，万塔来朝，影在池中历历可数，有识之者能指其影为某处塔，无一相似者，未知确否。东边有殿宇数处，为南巡驻跸地，

①　亦作《贾氏谭录》，宋张洎撰，有清文渊阁《四库全书》本、清守山阁丛书本及清沈曾植海日楼钞本传世。
②　《贾氏谈录》"曲江变异"条，此句作"九龙池，上巳日亦为士女泛舟之所"。另，下句"亦为子虚乌有矣"或为胡氏自言，《贾氏谈录》无此句。
③　《宋史》卷六二《五行志一下》载此事云："绍兴十四年，乐平县河冲里田陇数十百顷，田中水类为物所吸，聚为一直行，高平地数尺，不假堤防而水自行；里南程氏家井水溢，亦高数尺，夭矫如长虹，声如雷，穿墙毁楼。二水斗于杉墩，且前且却，约十刻乃解，各复故。"

今废。

汉光武莱芜亭在柏乡县北大道路西，有庙。

嘉庆六年六七月，大雨四五十日，昆明湖水陡涨，平地水深数尺，湖中鼋将军浮水纷出，大者如车轮，如大圆桌面，小者如釜如盆，顺流而行，水势随之汹涌。有一大鼋游至彰仪门外石桥边，不能过，急昂首数尺，搭住石桥阑干，将身一翻，声如水中放大炮，已过桥南矣。桥之西南有西人典当一所，墙屋极坚固。水已至其墙下，鼋至，绕墙而游，水作旋涡不已，但见当房墙壁如风吹败叶一般，顷刻之间，人物荡然。后桥之西南有一大坑，即其故址也。昨询之故老，今已填平，并有起屋其上者。

予在延庆时，夜间无事，诸友小饮。一人云：出北关外十余里山脚下，有一庙，颇可纵目。予闻之，游兴勃然。明日早起，结伴五人，令仆役、厨夫持酒物食具等先行，予与友人乘骑而去。未至庙二里许，过一小村，约二三十家，村东北皆沮洳乱石，小泉上溢，细流南注。水中小鱼逐队游泳，两岸石上，大小田螺殆遍。夹岸疏柳数株，大有清幽之致。庙在山足下，极高旷，布席饮酒，目无障碍，乐甚。予因言前村田螺甚好，惜不得吃。旁一仆，江南人，曰："离此不远，可买也。"乃与筐并钱同一役骑马飞去，数刻二人返，绿螺满筐，如小鸡子。厨人视而笑曰："此间不曾吃过此物，不知如何做法？"仆乃教之，先将绿泥洗尽，再用清水洗过，盐酒葱姜煮熟可也。厨人如法做好，送来席上，入口鲜嫩，案上诸肴皆出其下。于是畅饮大嚼，醉饱而归，日落西山矣。数日后，仆来告曰："大堂外已有货田螺者矣。"

肴谷在峡石驿西。南陵，夏后皋之墓；北陵，文王避风雨处也。

关龙逄[1]墓在灵宝县城南五里。

山高俯视曰阆。阌乡县五里为秦岭，女娲陵在邑西北黄河之滨，

---

[1]　关龙逄，夏桀时大臣，因忠谏被桀所杀。故里在今河南省灵宝市恼里镇龙相村，古称龙城。

名风陵。黄帝陵在邑南十里,名铸鼎原。县西南有《三鳢堂碑》,曰"关西夫子杨伯起①校书处"。

　　岳大将军名钟琪,四川人。多智谋,善铜椎。平定金川时,夷民数千至军门请降,大将军受之于营外,赏酒食,大开营门,先命夷民数人抬两大铜椎列营外,乃升帐用膳。菜饭三席摆于前,俄顷之间,如残云风卷,一扫而空。旋命夷民将两铜椎抬入帐中,更衣而出,手执铜椎至营前舞弄,半晌回营,仍令夷民抬置营前。众夷观之,莫不颠头桥舌,唧唧互语,以为将军神力,心悦诚服而去。其征西藏也,先以大炮轰其殿之东脊,大喇吗惊惧告于众曰:"岳大将军,天上黑虎星也!我等抗违,恐遭不测之祸。"乃率其国人请降于军门,至今殿脊不敢修整云。同乡许八先生游其幕中十年,老而归。人闻将军神力,咸惊异之。及许归自岳幕,争往问之,许笑曰:"其饮食时,帐中侍从及我辈等数十人摄而分食,故顷刻即卷。铜椎系空壳柄,间有机关可开。置于营前,则将水银灌满,故非数人不能抬。舞则将水银倾出。"兵不掩诈,此类是也。

　　西岳庙在华阴县东五里,庙中古柏老槐森蔚蔽日。商、周、汉、唐各有碑记,"颜鲁公②纪游"字在碑侧。

　　华州东二十里小溪中出风龟,小如钱,置之匣笥中,不饮食,累月经年,见风即活。道旁有卖者,或曰可以辟蠹。

　　临潼山上烽火台即幽王举烽燧处,其墓在焉。

　　秦阿房自骊山至咸阳,杜牧所谓"复道行空",今石柱尚有存者。

　　扬州江都县典史某人本粗俗,忽一日喝道观梅,人以诗嘲之曰:"红帽哼来黑帽哈,江都典史看梅花。梅花忽地开言道,小的梅花接老爷。"

　　张家口为黑龙江口北等处驿站总汇之所,在宣府之北,万全县之

---

①　即杨震,字伯起。弘农华阴(今陕西华阴东)人。东汉名臣。
②　即颜真卿,字清臣,生于京兆(今陕西西安)。历任唐吏部尚书、刑部尚书等要职,封鲁郡开国公,世称"颜鲁公"。

南,上堡在大禁门①东,下堡在张家口城中,茶馆酒店、戏院饭庄,歌童流妓,以及关门内外各种应用器物,无不备具。五方杂处,百货云集,亦近边一大都会也。地高风劲,牛羊肉不膻。硝皮作房数十处,不臭。草长而肥,蚊大如蜂,骒马放青不十日即膘壮异常。土人喜食莜麦面、胡麻油,气味甚恶,南人绝不能下咽也。夏月早晚必穿棉夹衣服,下雨亦然。纻葛之制,不过贵官豪客应时披挂而已。西为茨儿山②,东有溪河一道,水自关外来,以大石桥跨之,流急而迂东南,行至宣府以下,合众流穿山入内地。予在口上三月,秋初旋省,起身时犹穿皮马褂、棉袄,至南口一齐脱去,着大衫一件,熏风南来,挥汗不止。数百里之间,寒暄不同有如此。

通州丁某为予言:故老相传,天启最昏庸,不辨贤愚,独信服孙高阳③,凡其指陈奏对,皆允行无驳斥者。高阳镇山海关时,拟以边情面奏,借除奄党,拜本后即日起程。魏奄闻之骇极,遂矫诏三道,飞骑阻之,并有"速回本镇,倘入都门,即行处斩"之语。时高阳已至通州,不能入都。通城适有敌警之报,州守僚属、阖邑绅士等惊惶无措。或曰:"城中既无兵,何以御敌?孙高阳智勇无双,威名素著,现在此,盍往乞之?"于是相率跽请,救阖郡生灵。高阳许诺,遂巡城而视,对众曰:"公等可速觅健夫数百名,各带水桶扁担一具,齐集时听吾令。"众人分头召募,不半日,民夫千余人欣然毕集。高阳率诸人上城,命民夫担水上城,从女墙缺处缓缓倾下,须络绎不绝,毋得断续。时方隆冬,自西至寅,积冰厚二三尺,坚如石,四面一色,如生成一般。高阳对诸人曰:"公等各归治事,高枕无忧矣。"明日烟尘涨天,敌骑突至,望州城如水晶山一般,骇而驻兵十数里外,执乡人问城中何人在此,

①　即大境门。
②　即赐儿山。
③　即孙承宗,字稚绳。高阳(今属河北)人。明末著名忠义之臣,《明史》有传。

答以孙高阳大将军在城中。敌人闻之皆摇头色变,至夜而遁。

沔县东十里江湄有武侯祠,建自蜀汉,规模宏整。隔江定军山即其葬处,不封不树,亦无碑石。毕中丞秋帆①抚陕时,遣人定其葬之方向,刻石立碑,以为当年葬处必应如是云云。予尝谓天下大富贵人作事多拙,此类是也。夫古来陵墓犁为田,松柏薪,其葬处埋没无可考者,不知凡几,况葬之方向乎?况葬书始自郭璞乎?且考古人碑铭墓志,从无一语及葬之方向者,则秋帆此举可谓愚而好自用者矣。

宋时宫中所用瓷器悉用定州所进,谓之定窑。洁白光润,文细碎者为上,土色者最劣,亦有明花、暗花之别,今人家多有珍藏者。或曰:凡瓷器碎后锋芒甚利,惟定窑碎后即如末,无成块者,故宫禁重之。今定州无窑,惟磁州彭城镇尚有烧窑者,亦有土、白二种,甚粗恶,不堪入目。或加工亦有佳者,永年沈大令曾专人监制,色白如建窑而无纹,颇精好。惜所费甚钜,不能多制云。

予尝谓“太极生两仪”等句为撲著说法,与画卦毫不相干,故作《补太极图说》以正之。昨见吴郡陆深《豫章漫录》②云“予尝疑‘气以成形而理亦赋焉’为有语病,今见许司徒函谷论辩,诸公并以‘性即理也’为不通之论,周子③《太极图》为真赃现获”④云云,可见前人已有辩之者。

自入南栈,沿溪越岭,日日行万山中,人困马殆。忽一日,有上无下,遥见杰阁高悬关门一线,所谓“剑阁”是也。入关后,纵目所之,千里青青,远山点点,别有天地,精神顿爽。

----

① 即毕沅,字纕蘅,亦字秋帆,因从沈德潜学于灵岩山,自号灵岩山人,镇洋(今江苏太仓)人。清代官员、学者。

② 当为《豫章漫抄》,见明陆深《俨山外集》卷一八至卷二一,清文渊阁《四库全书》本。

③ 即周敦颐,字茂叔,号濂溪。道州(今湖南道县)人。北宋思想家、理学家、哲学家、文学家,理学鼻祖,称“周子”。

④ 本段见陆深《俨山外集》卷一九《豫章漫抄二》,有删节。

钜鹿县大佛寺,唐时古刹也。庙基极宽大,山门、大殿俱毁,惟藏经楼尚存,廊深丈许,有木刻坐佛像一躯,阔七八尺,高一丈有余,从头至坐处是一段大木制成,面目衣褶雕刻甚精。惜庙中无碑记,不可考。

道光三年五月廿五日以前,直省旱①甚,是晚,大雨连绵,昼夜不绝,官廨民房倒塌无数。西城墙倒,压毙数人,桥亦冲断。城中街道似河流,人行有跋涉之苦,车马以不颠覆为幸,如是者五十余日。

[道光]三年七月杪,予赴河间办赈。南关外下船,船形如梭而小,撑篙荡桨,无蓬,舱甚低,不能直身。出二闸,惟见水尽处是天,天尽处是水。纵一苇,凌万顷,波浪滔天,心神俱荡。因见水手以篙探水而行,询其故,并问其向在何处谋生。答云:“向在淀河及天津七十二沽中弄船为业。今年之水大略与嘉庆六年相似,小人前曾到过保定,昨日到此,两番于役矣。自此至河间原非河道,以篙试探,则水之浅深,有无木石阻碍,随时应变,庶几无误耳。”听其言,神稍定。是晚宿安州。明早开船,遥见鄚州及二三高阜村庄,缥缈于云烟水光中,随波上下,或隐或见,如海岛,如仙山,真是天涯海角光景。晚宿任邱。自鄚州以南,舟行大道中,以两边柳树为岸,至河间东关上岸。予行役数十年,忽逢洪水,舟行陆地,浑如飘洋之估客,至今思之,心犹怦怦也。

邯郸,古赵都。城外有高阜数处,并城东北高阁皆赵时之丛台故址也。其地妇女多白皙姣好,与他处迥别。古诗云“燕赵多佳人”②,自古已然。

临洺关有冉子祠,在北关内。

拉旗关有杨六将军庙,在北关外,铁鞭在焉。

蜀中有火井、油井、盐井,皆深二三十丈。江油县水上有油,可以

---

① 原书作“旱”。

② 见南北朝徐陵《玉台新咏》卷一枚乘《杂诗九首》。

燃火。又有明木,与夜光木一类。

通州文昌阁在城东南隅,城墙上为阁,郡生童肄业之所,高朗无纤尘。惜年曾与陈莲史①、程蕉云、魏笛生诸先生宴集其上,高谈雄辨,饮酒歌诗,日没兴尽而后返,亦宦游中之雅事也。年来"东飞伯劳西飞燕"②,云散风流,此等豪举恍如隔世,能不惘然?

唐宋广平③之墓在南和县之北,沙河县境内。其碑乃颜鲁公④所书,俗谓之"四面碑"是也,谈木庵大令以亭覆之。碑极高大,且在荒僻,颇不易拓,故至今不甚剥落。碑阴题名不著姓名,骨秀神清,大有虞、褚⑤丰度。唐代重字学,故人人能书也。

剑州至梓潼县境古柏千百株,为前明州牧李璧所植。地平道阔,有土埂延长里许,其形如堤,名"天然桥"。两旁柏树大者三五围,小者亦径三四尺,枝叶青葱,不见天日。北坊曰长桥卧波,南坊曰彩彻云衢,两边邱壑广阔,约一二里。一角远山,半塘绿水,人家都在陂头溪畔茂林芳草间,鸡犬桑麻亦在云烟有无中,大有与世隔绝,可望而不可即景象。

烟枪以竹为之,约长一尺三四寸,粗如酒杯,两头镶以金玉。烟斗以山泥烧成,状如荸荠,扁而大,中空,下有蒂二三分,装在枪末,上有小孔。挑烟入孔中,对灯而吸,或两三口,或七八口,谓之"过引"。否则口不能言,四支不举,涕泪俱下矣。雅片烟绝似膏子药,挑起有丝,黑土为上,白土为下。乾隆年间,惟闽广人多服之者,后来流毒江浙,今则遍及畿辅矣。连宵达旦,费时失业,为害甚大。近已奉旨严

---

　① 即陈继昌,原名守睿,字哲臣,号莲史。桂林临桂人。官至江苏巡抚。

　② 此诗句出自南朝梁武帝萧衍《东飞伯劳歌》,见宋郭茂倩《乐府诗集》卷六八。

　③ 即宋璟,字广平,今河北邢台南和县人。唐代名相。

　④ 颜鲁公,颜真卿,字清臣,生于京兆(今陕西西安)。历官吏部尚书、刑部尚书,封鲁郡开国公,人称颜鲁公。唐代名书法家。

　⑤ 指唐代书法家虞世南、褚遂良。

禁,然亦不能遏止也。有人作对曰:"得意在嫖赌逍遥之间,长命灯竟向生时点;丧身于风劳蛊鬲以外,哭丧棒反是死人拿。"

犴打儿犴①,口外兽名,形似驼面,两角如人掌五指分岐,甚坚洁,亦庶类中之一种也。皮可为障泥,谓之"暖鞯",价甚昂。匠人锯角为搬指,发箭甚灵活,虽夏月出汗,不滑不臭,若翡翠、白玉等制。不过带于大指,以为夸耀,不能控弦也。

鼻烟壶颇似古时小花瓶,惟项短顶平,两肩微阔,口小为异。虽有大小方圆之不同,统以口小塘②大,日久而烟不干者为贵。其盖则顶高底平,中嵌以小扁匙,以便挖烟,匙以金银、象牙为之。塞口处缠以桦皮,插入壶中,紧而不滑,故烟味不走。都人相见,以互换烟壶为敬,大约此风始于国初。其制有水晶、玛瑙、翡翠、瓷壶,又有套蓝、套红烧料等制,式样极多,难以悉数。

本朝大小文武官弁在军营效力者,有赏翎之典。翎分二等,五品以上戴花翎,五品以下戴蓝翎。凡戴翎者,虽七、八、九品官均换六品顶子,惟三眼花翎、双眼、单眼者与侍卫等不在此例。其制以孔雀毛染色编成,翎管则以金玉为之,系在顶梁,拖于帽后,红缨与花、蓝之色相掩映,大壮观瞻。

烟草本名淡巴菰,来自外洋吕宋,能辟污秽瘴气,明末始入中国,先及闽、广等郡,今则遍海内外矣。烟有湖广、关东、苏杭、易州、山东、黄叶、黑丝,名类实繁。烟管则有烟筒、烟袋之称,长短、大小、粗细之不同,竹木、铜铁之异。烟袋头以铜制或以铁铸成,嘴则以金玉不等,形亦不一。都人多用短者,南人多用长者。近时又有水烟、潮烟之分。山陬僻壤,男女大小,无不吃烟,以为消闲之兴。此亦耗费钱财之一端,不知何所底止而后已。

———————

① 亦作"堪达罕""汗达罕""犴大罕"等,学名驼鹿。
② 当作"膛"。

纪文达①公好吃济宁油丝烟,烟袋头大如小茶杯,可装烟两许,有盖有孔,透气不灭,终日不离口。在彼以为香甜美品,他人闻之几于呕哕难忍。同乡刘某有烟管数十枝,竹木、藤条凡可以为烟管者无不备,擦摩光亮,五彩夺目。排列墙边,清晨后第一枝吃烟起,周而复始,无日不然。彼二人者真可谓之烟癖。

乌须药方法甚多,不知起自何时。作官者恐以须白年老见黜,无不染者,光亮而黑,真佳制也。

眼镜以水晶做成,明时始来自外洋满列加国②,名曰"叆叇",一枚价值百金,宣宗赐胡宗伯③者即此。国初方有两枚连在一处,架于鼻间,式样亦多,且有老花、近视、平光各种制度,又有墨晶、茶晶之分,更有玻璃、烧料、风镜等样,价值不等,人人得而戴之矣。乾隆年间大考时,纯皇帝以《眼镜》为题,得"他"字五言八韵,阮芸台④有句云:"四目何须此,重瞳不用他。"深契宸衷,不一年致位中丞矣。

兰花来自福建龙岩者,谓之"锅兰";自江西赣州由粮船来者,谓之"赣兰"。建以锅莳,赣以盆种。夏秋开花,香气盈庭,大有雅趣。灌溉得法,收藏以时,尚可二三年观玩。迩来草兰、蕙兰来自河南卢氏者,不能种植,露根装筐,由旱路载至,时方春初,天气尚寒,北人不知养法,扶花以苇,束叶以草,一盆十数枝,花多下垂而不开,即开亦不香,望之如栽葱蒜然,殊煞风景。吁!兰蕙至此竟不得与建、赣同芳,可谓不幸极矣。

---

① 即纪昀,字晓岚,一字春帆,晚号石云。卒后谥号文达,乡里世称文达公。直隶献县(今河北沧州)人。清代官员、学者。

② 十四至十五世纪马来亚封建王国,约在今马来西亚马六甲州。

③ 即胡濙。

④ 即阮元,字伯元,号芸台,又号雷塘庵主,晚号怡性老人。江苏扬州人,占籍仪征。清代官员、学者。

　　查初白①《人海记》云：每年十一月朔传暖耳。传百官衣不谢，传暖耳独谢。按唐《边塞曲》"装金腰带重，锦缝耳衣寒"②，暖耳即耳衣也。今无传暖耳、传衣之制，不论何人皆得戴之，惟见尊长则取下以为敬，眼镜亦然。

　　银鱼出宝坻县窑头湾，长寸许，色白如银针，眼红而突。渔人冬月圆以冰，如水晶球，都中以为肴馔上品。

　　本朝衣服之制，合缝处必有钮子、钮绊以系之。钮绊有二，以本色绸缎剪作细条，缝为小圆绦形，一穿在钮子小环内，长约一寸二三分，缀在衣之左；一约寸五六分，作小元圈，缀在衣之右，钮、绊相对，将绊套住钮子，则衣缝相合而不开。钮子以五个为率，外套自项至脐上约离二寸许一个，袍子自项斜至肩及腰以下，亦以五个为率，其形如樱桃、如棉子蒂，间缀以铜环以便穿绊。钮子或大如核桃，旗人妇女多用之，或花或素不等，或用宝石大珠镶成，虽费千金不惜也。

　　古者五金并用，有黄金而无黄铜，有红铜、青铜而无白铜。考三代至唐宋，彝、鼎、钟、泉、觯、印、镜、布、鼓、弩、瓶、钩诸物，但有红、青两种，绝无黄、白者。或曰黄铜始自明初，彰仪门外天宁寺铜佛之类；或曰自宣炉始，今之宣德炉是也。青铜出四川，在四川点成白铜者，日久则色带青；云南点成者，历久不变。或曰两地之水不同，故有变、不变之异，犹之蜀江之水淬剑则利也。或曰以青铜和红铜谓之对铜，其色黑而光亮；以锡和铜谓之响铜，其声清越以长；以铅和红铜谓之黄铜，今之通行者是也。又闻甘肃人能以铁点铜而白，未知确否。

　　枕头瓜出阜城县，形长如枕，瓢色黄，香甜多汁。

　　肃宁桃七八月间采下，以棉纸裹好藏柜中，不见风，至十月间取

────────────

　　①　即查慎行，字悔余，号他山，晚年居于初白庵，故又称查初白。浙江海宁人。清代官员、诗人。
　　②　原作"腰装金带重，锦线耳衣寒"，据宋计有功《唐诗纪事》卷六〇李廓《送振武将军》改。

出，去纸，将桃皮揭去少许，一吸而尽，味如蜜水而清香，无筋渣，惟剩桃皮与核也。

河间古九河下流，水草碱甚，难于种植，惟宜牧羊。羊食水草则不羶，故贩羊者千百成群，牧于空旷处三二十日，即贩至保定等处，谓之瀛羊。其价较他羊昂甚。

大兴县采育地方出山药，明时充贡品。

杨椒山①先生墓在定兴县北河路南。

赵侪鹤②先生，高邑人也，生时有星自南而落于其家，故取名南星。今落星石尚在祠中，大如五斗斛，色苍黑而理粗，不类山石。

同州西瓜有重至二三十斤者，羊尾亦有重至十余斤者。

渭南杏大如小茶杯。

孙文正公名承宗③，高阳县人，才兼文武，载在《明史》，一代名臣也。墓在县东门外数里，墓上有柏树八十余株，土人云是公生时按阵图手植者。

山东乐陵县枣无核。

露瓢核桃出永平府，皮薄如纸，多自剥落。

伏羲墓在陈州府北关外，墓上生蓍草。

魏忠贤，肃宁县魏家庄人。有魏姓祠堂在村外，大厅木植已运京修隆福寺，惟后楼尚在，甚雄壮。

延庆州山中出野参，状如小白萝卜，长六七寸，煎膏服颇有效。蔚州等处亦有之。近时都人收买晒干，充入党参中货买④。

---

① 即杨继盛，字仲芳，号椒山，直隶容城（今河北容城）人。明官员。因弹劾严嵩被害，谥"忠愍"。

② 即赵南星，字梦白，号侪鹤，别号清都散客。高邑（今属河北）人。明代官员、散曲作家。

③ 孙承宗，字稚绳，号恺阳。北直隶保定高阳（今属河北）人。明末军事战略家。

④ 当作"卖"。

　　吾乡刘青恒喜诙谐，有族兄小名阿男者，瘦而长，诨号"偷瓦贼"，青恒赠以诗，题曰《赋得偷瓦贼》，诗云："肩与屋檐齐，千家一望低。宜男偏弄瓦，做贼不须梯。忘却二句。袖中铜雀砚，块块赛端溪。"

　　解小亭大令，天津人，言其尊人以举班选邯郸教谕，偕一仆，雇五套大车一辆赴任。车夫年约四十余，长大健壮，而性和顺。一日见其额上瘢痕如碗口研伤者，异之，问其故，车夫笑曰："我言之老爷幸不惊恐。我本山东人，年少时颇有膂力，在绿林中做好汉，同党三十余人，强抢碢夺，无所不为，然不曾害人。一日，为首者对我等道：'访得某村某财主家于十月初旬娶现任布政司之女为儿媳，金银衣资甚多，我等合伙而去，不怕不发大财。'众皆应允。届时我等分班潜藏近村破庙。初更时候，听得锣鼓喧阗，火光烛天，人夫、轿马奔驰阡陌中，仪从执事约有里许，远近村庄看热闹的男女老少与娶亲、送亲的，约有数百人。我等混迹其间，探望出入道路。四更后，宾客去者去而宿者宿，庄门已闭，绝无响动，我等分头而进。其家庄房六层，东为偏院，前为客坐，后为仓库，西边是从房数十间，马棚、车夫、工人等所居。新房在第四层，院子甚大，东西墙均有便门通前后路。正房五间，西为使女仆妇下房，东即新房。从窗中觑见箱柜重叠，红烛高烧，尚未灭也。我等一齐动手，将窗子挖开。闻有女子声，问是甚么人，我等答以过路好汉借盘缠的。女子答曰：'有。'从幔中掷出小包袱一个至窗前，落地有声。我等正欲从窗中入室，搜金银，搬箱子。突见一女子红绸缠头，身穿红衣裤，手执双刀，从幔中飞出，已至窗外。众人吃惊，大家发喊赴斗。但见女子飞腾两道刀光，若远若近，忽高忽低，疾似星流，明同电激，光芒射人，个个头昏目眩，不能招架。又见伊家丁壮数十人火把、枪棒幺喝而来。我等惊慌，只得各逃性命。有一二人跌倒在地，庄丁方欲赶去，忽闻女子喝曰：'不要赶，不要打。这般狗强盗实属无用，不足污我宝刀，让他们逃命去罢。倘若再来，不留一个活的去。'我等慌忙跑出庄子，仍旧分藏庙中。明早聚在一处，人人额上各有碗口伤痕一处。众人惊叹不已，为首的道：'这女子本事实在利害,而其心甚善,不肯杀人,故将我辈各留伤痕以为记号。我们明日上街被人看见,无言遮饰,羞耻难当。看来这碗饭不好吃,终非久计,不如洗手为是。'众人听了,欣然从之,对天立誓,各自谋生,叩头而散。我稍有余资,成家生子,赶车为业,今已十八九年矣。老爷日后倘见额上伤痕如我者,皆我辈当年同道中人也。"

从前都中只有马车、驴车,乾隆年间开四库馆,于是有后挡车、过桥篷、开旁门等制。偶有以骡驾车者,快而且稳。在馆者皆豪贵子弟,人人效之,概用骡子套车,其价十倍于前矣。今则驴、骡车到处皆是,马车不过十中之一二矣。

京都风筝之制,样式甚多,大小不论,总以彩画为工。昔年只有丝弦,近有带钟鼓者,甚巧。按,高骈诗云:"昨夜风筝响碧空,宫商信任往来风。依稀似曲才堪听,又被吹将别调中。"①盖有所谓而作,然恰似咏此风筝者。

东便门内桥南塊下,每年三月初一有蟠桃庙会。下斜街土地庙每月逢三,花儿市每月逢四,药王庙每月朔望,护国寺每月逢七、八,隆福寺每月逢九、十,东岳庙每月初一、初二、十五、十六,以上俱是会集日期,货物杂陈,男女纷纭,日暮始散。

都中通草花鲜艳而灵活,他处所无,遍行天下且及海外矣。其市在崇文门之东南,羊市口之东,卖者、买者不下千余人。每日清晨毕至,巳刻即散,故名其地曰花儿市。

海棠果与山查无二,不甚酸而可口。

近时有人以梨枝接于频果树上,结梨名曰白梨,松脆香甜,真异品也。

四月八日,东顶丫髻山,西顶西直门外。五月五日,南顶马驹桥。

_____

①　此诗出自唐代诗人高骈《风筝》,载五代韦縠《才调集》卷一,惟第一句稍有差别,别本作"夜静弦声响碧空"或"昨夜筝声响碧空"。

六月一日，中顶南西门外；八日，北顶德胜门外①。

烂面和同②查宅房后有大楼七间，内有嵌螺钿圆桌一张，相传是严嵩万花楼圆桌，是在楼中做成者，楼门、窗间均不能出，故至今尚存。

芹黄、韭黄出临潼，近温泉者最佳。

嘉庆二十年八月，藁城县大雨雹，打死压毙人畜一千有余。见邸抄。

吴桥县南门外有堤，与开州大堤相连，堤岸南北相去二十余里或十余里，皆沙碛，不能种植，乃古时黄河故道也。

聚头扇即折叠扇，贡于永乐间，盛行于国。东坡"白松扇展之广尺，合之如两指"，倭人所制泥金面乌竹扇即此。予至京，有外国道人利玛窦③赐予倭扇四柄，合之不能一指，甚轻而有风，又坚致。道人又出番琴，其制与中国不同，铜铁丝为弦，不用指弹，只以小板按，其声更清越。又有自鸣钟，仅如小香盒，精金为之，日十二时，凡十二次鸣，亦异物也。

尝谓泉、石、竹、树，地之四美；霞、月、雨、雪，天之四美。非山居人不能领略其妙。

华阳狂生粗知押韵，乘醄访邻曲隐翁，见主人庭中月色如画，梅花盛开，乃朗诵宋人诗曰："窗前一样梅花月，添个诗人便不同。"盖自负也。主人亦朗诵宋人诗曰："自从和靖先生死，见说梅花不要诗。"盖恐其作诗唐突梅花。狂生忿主人嘲己，肆诟而去。明日主人到县

---

①　北京旧有三山五顶娘娘庙，即八个碧霞元君祠。三山为今平谷丫髻山、门头沟妙峰山、石景山天台山；五顶即东顶、西顶、南顶、北顶、中顶。实际上，东顶娘娘庙（俗称行宫庙）位于东直门外，作者将其与丫髻山娘娘庙混为一谈。文中的日期为各顶庙会时间。

②　今作"胡同"。

③　利玛窦（1552—1610），号西泰，又号清泰、西江。意大利天主教耶稣会传教士、学者。明万历二十九年（1601）来到中国北京传播基督教。

讼之，县官呼狂生试诗，甚劣，笑谓狂生曰："姑免开罪，押发去百花潭上看守杜工部祠堂。"闻者绝倒。

雨于行路颇厌，独在园亭静坐高眠，听其与竹树飕飕相应，大有佳趣。

以上四条见冯时可《篷窗杂录》。

都中清明日，家家插杨柳于门，近时有折枝唱卖者。

都中八月中秋节前卖鸡冠花，人家买者插瓶为佳玩。汴城谓之洗手花，中元节前儿童唱卖，以供祖先。

南西门外竹园颇盛，四月间亦有卖鲜笋者，味似江南而不嫩。

白蛤出玉田、丰润稻田间。近来又有青蛤，鲜肥而大，远在白蛤之上。

常州二月二日为土地生日，庙内灯彩陈设，处处争奇赌胜，极一时之盛。北通州各衙门演戏，而仓场①、坐粮厅②两处庙中灯彩等大略与常州相似。陕西则当街搭台唱戏，有至四月间唱土地戏，徽州亦然。可见四方风气颇有相同者。

四川地暖不见霜雪，蚕豆至十月尚有青者，大而且贱，谓之"吴豆"。土人黄昏时必沽酒买炒豆，合家饮食，名曰"夜消"。

宝鸡县龙幡山为明张三丰得道处，有洞有泉，田园高下树木参差于板屋窑居间，人家鸡犬都在溪洞之畔，别有一种风景。

柴关岭亦名分水岭，有树两株，左枝插右，若合而生者，名曰"连理树"。昔有亭，今废。

留坝南有一龙王庙，门联最为简切，不知何人所作，句云："雨应

----

① 仓场为官方收纳粮食或其他物资的场所。清置仓场衙门，以户部侍郎主之，掌京仓（京城内外粮仓）、通仓（通州粮仓）的政令。

② 清官署名，属户部，掌验收漕粮，由通州至北京水陆转运、北运河河工及通济库出纳等事。主官亦称坐粮厅，满、汉各一人，由十一仓监督内补用，二年一期。

十日五日,泽遍千山万山。"

甘肃靖远县北关外即黄河,十一月冰厚三二丈,如有狐狸脚迹,即垫草于上,虽大车、驼只日过千百,如履平地。开春二月间如无狸迹,即不可行。俗云"天下黄河一道桥",即此,名曰"冰桥"。

黄河至孟津,两岸相去二三十里,势最汪洋,隆冬不冻。凡有紧要文件事务,他处不可渡,必由此过河。

予自朝邑进省,出城后渡黄河,时值冬月,河阔不过半里,两岸树以大木,系粗绳于两端,船至中流,水溜高一尺有余,水手攀绳用力打号,始能过去,得登彼岸也。

小沙铫有黑白两种,出山西平定州核桃园,价甚贱而开水极快。但各处卖者俱是黑的,不知何故。

盘香不知起于何时,古刹大庙悬于殿中者,可点三两月。都中人家或用铜盘,或用木盘,中竖一竿约尺许,用铜铁丝六根总系于竿顶,下分扣于盘边,香则周遭十数层,上窄下宽,可点一昼夜,以便吃烟取火。同乡刘芙初有《盘香诗》一百韵,最灵巧。

前门外与菜市口岁暮春初菜摊上,有卖黄瓜、豌豆、椿芽等物,豪富之家竞相寻觅,不论价值。是以各物皆从暖洞中烘出,其培养之法真有巧夺化工之妙。

戊申嘉平①廿一日,门丁以捧匣至,云:"卖菜佣以鲜物求售。"遂视之,黄瓜两枚,粗如大指,长三寸许,有藤有叶,并黄花两朵。问其价,非京钱三十千不卖,许以青蚨二千,其人笑而去。

川省以小黑瓶盛酒糟,半瓶上蒙以麻布,中插一芦管,如欲饮,将开水冲入瓶中,口衔芦管而吸之,不论几人,各吸一口,周而复始,名曰咂酒,即古之郫筒也。器陋酒劣,犹是蛮风。

涪州荔芰至成都尚鲜好,其色味与杨梅相等,香甜去枇杷远甚。

夔州鸭,头似鹅而小,身如鸭而大,肥嫩可食。

_____

　　① 即道光二十八年(1848)农历十二月。

陕西无白酒,予于嘉庆十二年入栈道中,各店寓门前清晨有卖白酒、煮鸡蛋者。土人名白酒为捞糟,既可解渴,又能果腹,逆旅得此,不异琼浆。二十三年,再到陕西,则自朝至暮,各街俱有卖捞糟者矣。

陕省熟羊肉担子最洁净,担边镶以锡片,宽二三寸,将羊肉切好,一簇三文,一簇五文,摆在担边锡片上。土人买馍就担吃肉,与钱后,卖者以三指捻肉一簇,塞人口中,谓之"一嘴"。

陕州一带有独辕车,端有横木,驾两牛以行,甚稳,当是古制。又有铁轮车,轮以生铁铸成,约高二尺许,若数十辆同行,则响震山谷。

河南省城及各州县与直省极南州县俱有四轮车,无辕,车箱长方,高一尺七八寸,长三四尺,阔三尺许。轮矮而小,夹箱之旁、前、后各有大铁环八九个,套长一丈二三尺,上系铁钩,欲前行则将铁钩搭在前环,后行亦然。装货物高二三丈,不能入店,或行或止,皆在村外空旷处。道路平整,日夜可行二百余里。或者此制犹是古时田车之遗意欤?

云南葛根大如臂,或如瓜,剖开多汁,甘如蔗,白似藕,解渴消热毒,最为妙品,并可为粉。粤东亦有之。

四川各种花卉俱有,而山茶尤盛,四季开花,甚娇妍。若兰桂等亦有四季开花者,惟不大香。缘天气过暖,易于发泄之故耳。

川椒出清溪县,一大一小,谓之"子母椒"。地方官于三伏时檄人捡晒,凡一日曝干者,色红而香烈,否则色味俱减。充贡仅百斤,而陪贡非数千斤不办。或曰三藏回中国时携黎人椒杖植于其地,后结椒皆子母,故又谓之"黎树"。

黄连出雅州府山中,其真者如小盘香六七层,高三四寸,在本处亦须一二十金方能得真者。

川贝味甜而松脆,生用则效,熟则无力,形如观音兜,故又谓之"观音贝"。

　　《读史吟评》①有曰"梁公忠足匡主,智能全躯"云云,吾不知此"主"字,指高宗则已死,中宗尚未复,然则是武后淫乱之"主"耳,匡其淫乱耶?则二张等同朝,未闻其斥逐,既明且哲耶?则俊臣之诬,一身几不免,任至平章,忠于周可知矣!而不忘旧君,谓之忠于唐亦可说。盖其甘心逐流波,柔顺事女主,万万不能掩;而善政可称,亦当分别以褒之。所谓善善恶恶,各得其实,方昭平允。作者以时文手眼骋其臆说,但知字面好看,不觉赞扬太过。事无征而文更谬,盖有无知而妄作者,此等笔墨是也。

　　常郡某少习吏事,性豪放,好救人缓急,无所不为。中年为府署书吏,当承发房,遇事敢言,郡尊特优待之,以为实能办事者。名闻阖郡,人皆敬惮焉。某本无妻,素与一茶馆妇处最密最久,既而强占之以为妻;某无子,即以其妇之子为子。于是府署书役、邻人及亲戚等毕集称贺,酬谢宾客十数日方已。江阴县有会匪一案,知县禀请太尊过县会办,太尊即带某吏前往。至县,知县将全案面呈太尊,作别而去。太尊阅之,自午后至黄昏,缘全案人众全无定见,乃命传某吏至,谕曰:"此案人数过多,汝将全卷细细看过,应该如何办法,明早即禀我知。"某吏应诺,携卷回寓,看过数次,主意已定。明晨抱卷呈太尊,禀曰:"昨晚书吏将全卷逐一细看,此是局骗愚乡、设会敛钱之案。虽有簿子一本,不过存记姓名,并无聚众别生事端实据。若照会匪查办,不特牵连千百无辜,且按名查拿,必有逃亡,此案何时是了?且于大老爷不便。书吏愚见,不如将已获各犯按例定拟,其簿子销毁,不必追究,如此则无辜可免,而一详亦可完结矣。"太尊曰:"汝说极是!俟县尊来面商。"少顷,知县来,太尊将已获各犯照例办理,其余概行删毁之意说知。知县曰:"卑县亦有此意,不敢独断独行耳。"于是府、县二人会同讯问,即着某吏录供办理,照诓骗乡愚、设会敛钱定案,删除一干人犯,并将簿子销毁,一详完案。初,太守至江阴时,各乡镇人

────────────

　　① 清人黄鹏扬撰,一卷。内容为杂咏史事,每诗之后附以论断。

等心怀疑惧，男女不安，入城探行者百十人，昼夜不绝于道。及至定案时，不传一人，阖县称府、县二人为清天父母，欢腾远迩。太尊回常时，邑人执香跪送者数十里不断。上宪近在苏州，颇有闻见，即登荐剡太守，旋擢苏抚，开府三江，后为大学士。知县官至粮道。某吏享上寿，膺四品封，子孙登甲科，位通显，方兴未艾也。

查初白《人海记》云：黄石斋①先生著《孝经集传》，又奉命纂《洪范明义》四卷。戊寅谪官，即进呈云："臣某考篇中有错简者三、讹字者三。错简如'五纪''三德'敷言在前，错而在后；'威福建极'敷言错而在前。讹字如'晨'为'农'、'弋'②为'弍'、'殛'为'极'之类，皆伏晁之所不稽，郑孔之所未说。宋元诸儒稍发其端，明兴诸儒未竟厥绪。"云云。

《闲中今古录》③：奉化应方伯履平，洪武进士，德化县知县。三年考满，吏部试论，文虽优，而貌颇侏儒，不得列。乃题诗于部门之前，云："为官不用好文章，只要胡须及胖长。更有一般堪笑处，衣裳糨得硬绷绷。"闻者以此呈冢宰，冢宰奏升，终云南左布政使。

今人池塘所畜鱼，其种皆出于九江，谓之鱼苗，或曰鱼秧。南至闽广，北越淮泗，东至于海，无别种也。盖江湖交会之间，气候所钟。每岁于三月初旬挹取于水，其细如发，养之舟中，其人名曰绞户。

长子羊头山秬黍可以累律，河内葭灰可以布琯，非其地则无验。今长子与河内地相连属，岂天地之气钟于此耶？

邢子才有书甚多，而不甚校雠。见人校书，常笑曰："何愚之甚！天下书至死读不可遍，焉能始复校此？且误书。思之，亦是一适。"

"制笔之法，桀者居前，毳者居后。强者为刃，软者为辅。参之以

---

① 即黄道周，字幼玄，又字螭若、螭平、幼平，号石斋。福建漳浦（今福建东山）人。明末官员、学者、书画家、文学家。

② 清光绪正觉楼丛刻本《人海记》作"式"，当为是。

③ 明人黄溥撰。

苘，束之以管。固以漆液，泽以海藻。濡墨而试，直中绳，勾中钩，方圆中规矩，终日握而不败，故曰笔妙。"此数言简约，未知谁所作，可题为笔经。

以上四条见《春风堂随笔》①。

兖州尼山砚发墨稍粗，细腻者绝少，且石性坚硬，雕琢甚难。然不滑不干，颇适于用。近已严禁，粗者亦不可得。

京师清明前开沟，臭泥堆在街上，车马经过，惟有掩鼻而已。或曰误入沟中，必有奇遇。同乡刘某在京二十年，十科不中，蹭蹬已极。一日醉而夜行，失足堕沟中，倩人扶归。是年领乡荐，明年成进士，官江西知县。予介堂三兄在方略馆十余年，潦倒不堪。一日夜行，烛为风灭，误陷沟内，但呼号而不能出。人闻之，以绳系腰扶出，乘舆而返。浑身衣服椎洗至破，臭气犹存。是秋上军营，明年得知县，官至兴安太守。二人者，予所亲见，知遇之奇，可谓验极。

丹阳笪重光②太史未第时，梦其先人告之曰："南京某道士，汝功名在他身上，可结纳之，毋忽。"醒而异之，至南京访之。某道士善书，遂定交，往还无虚日。是年乡试，主考及提调恐书吏舞弊，乃选道士能书者填榜，众以某道士应之。放榜日，书吏拆弥封，高唱曰："第一名笪重光。"主考恶其姓，欲易之，急呼且慢填榜。而道士素悉其名，闻之，振笔如飞，及闻主考云云，"笪重光"三字，已填好榜上矣，不能移换，遂为魁首焉。

蔚州山中出一种煤，初烧时烟大而臭，必须先在空旷处烧透，烟尽，置炉中，则终日不灭，灰白如粉，名曰白煤。

土玛瑙出保安县山溪中，有五色者，制为几案陈设，亦可玩。近

---

①　明人陆深撰，一卷。

②　笪重光，字在辛，号君宣，又号蟾光、逸叟、江上外史等。晚年居茅山学道，改名传光、蟾光，亦署逸光，号奉真、始青道人。江苏句容人，一作江苏丹徒人。清书画家。

时有做鼻烟壶者,价颇重。

明张瑞图①,人本平庸,字亦险怪。然其死后,相传为水神,字能辟火灾,人争买之挂壁间,可免回禄之厄。

顾况从辟,与府公相失,揖出幕。况曰:"某梦鼻与口争高下,口曰:我谈古今是非,尔何能居我上? 鼻曰:饮食非我不能辨。眼曰:我近鉴毫端,远察天际,惟我当先。又谓眉曰:尔有何能居我上? 眉曰:我虽无用,亦如世有宾客,何益主人? 无即不成礼仪。若无眉,成何面目?"府公悟其讥已,待之如初。

茶拓子,始建中蜀相崔宁之女以茶杯无衬,病其熨手,取楪子承之。既啜,杯倾,乃以蜡环楪中央,其杯遂定。即以漆环代蜡,宁善之,为制名,遂行于世。其后传者更环其底,以为百状焉。原注:贞元初,青、郓间犹绘为楪形以衬茶楪,别为一家之样。后人多云拓子,非也。蜀相,升平崔家。

大中十二年,李藩侍郎下、崔相沆、长安令卢彖②同年。上巳日期集,卢称病不至。沆忽于曲巷遇彖,侧席帽,映一毡车以避。沆时主罚,因举词曰:"低垂席帽,遥映毡车。白日在天,不识同年之面;青云得路,可知异日之心。"时人比之崔颢、施肩吾③。

进士放榜讫,群谒宰相。其道启词者出状元,举止尤宜精密。时卢肇、丁稜及第,肇有故,次乃至稜。稜口讷,貌寝陋。迨引见,连曰:"稜等登……"盖言"登科"而卒莫成语,左右莫不大笑。后为人所谯云:"先辈善弹筝。"稜曰:"无有。"曰:"诸公谒宰相日,先辈献艺,曰

① 张瑞图,字长公、无画,号二水、果亭山人、芥子、白毫庵主等。福建晋江人。明代官员、书画家。

② 李藩,李叔翰,唐宪宗时拜门下侍郎,同平章事。崔沆,字内融,唐僖宗时,以户部侍郎同中书门下平章事。卢彖,长安县令。崔、卢同年,为李藩门生。

③ 宋计有功《唐诗纪事》卷五十"崔颢"条载:"施肩吾与崔颢同年,不睦。颢旧失一目,以珠代之。施嘲之曰:'二十九人及第,五十七眼看花。'"

'稜等登,稜等登'。"

以上四条见《唐语林》①。

房山县西有地名老人村,在万山乱石中,车马不通,奇险之至,婚姻死丧不与外人相往还。每岁春秋两季,有十数老人至城纳钱粮,买山中所无之物即去。或云是涿州所属,在州治三百里以外,未知孰是。

扬子《方言》曰:秦晋言非其事谓之皮傅。今人以事相强,索缠不已,谓之硬皮傅。

畔,藏也。吴越小儿以躲藏不见为"畔",故有迷藏之戏曰"藏头畔"。按,陈后主兴齐云观,谣曰:齐云观,寇来无处畔。

昔在保阳,尝见三足杌,或曰此洋制也,入都以来不复见此。按,永叔《女奴弹琵琶》②诗云:"娇儿两幅青布裙,三足木杌坐弹曲。"盖宋时三足杌,大家坐歌妓者,名曰"鼎杌",其后流传于外洋,亦未可知。

昔有友人游口外十余年始归,晤于保阳。问其在外衣食何如,曰:"沙漠之地,衣以火羊皮为贵,食以驼峰为最。"予曰:"何如?"曰:"凡羊一年者,一更后即寒,二年者亦如之。惟五年后者,其皮至五更亦不寒,皮厚六七分,揉以奶子,虽大风奇寒不为动。本处惟蒙古王公方能以重价购之,名曰火羊皮。驼峰者,未经骑负之小驼。如有嘉宾贵客,方宰小驼,将峰洗净,蒸而食之,味在鹿尾之间。"古称驼峰为八珍之一,或即此欤?

宋开宝五年,诏开封府禁士民之家丧葬不得用僧道盛仪前引。今俗,疾病、死葬无不用之者。在愚民无知,固无足怪,乃士大夫之家亦然,真可笑也。

---

①　宋王谠撰,八卷,有清惜阴轩丛书本传世。

②　原诗题作《于刘功曹家见杨直讲女奴弹琵琶戏作呈圣俞》,后一句为"三脚木床坐调曲",见欧阳修《欧阳文忠公集·居士集卷七》。

　　岕茶出宜兴山中，叶大梗多。其精者谓之岕片，明时为江南第一品，与杭州龙井相抗。今无此制，即有之，亦不见重于时矣。

　　宋明帝时，太官①进裹蒸，帝曰："我食此不尽，可四破之，余充晚膳。"《言鲭录》②以为即今之角黍。按，裹蒸是以面裹馅，非谓以竹、苇叶裹物也，盖即今起面饼之类，度必扁而大，故"可四破，余作晚膳"。若角黍，其形圆小有尖，煮而食，人人知之，从未闻有蒸之者。为物甚小，亦断无"四破作晚膳"之理。一大一小，一蒸一煮，顾名思义，毫无相似，其说不亦谬乎？

　　宁羌州③西南百余里山中，有桃千余株，春花冬实，名曰龙洞仙桃。实多则年丰民安，居民以占岁，恒不爽。

　　今之紧急公文特插鸡毛于其上，亦有所本。《唐语林》云：魏晋奏事之有紧急者，辄露布插羽。

　　桃叶珊瑚生江浙间，长尺余，叶似桃，子如天竹，每穗一二十粒，隆冬下垂，红绿相间，亦雅玩也。

　　北方以荞麦面填木窍中，从上压下，为合落。合，齐也；落，下也，言其面从孔中齐下也。其床以短木作四足，如小屏风架，横贯两木以束之。次以大木长五六尺、厚六七寸装在横贯木间，约离一尺许。凿窍如碗口大，以铁片有孔一二十钉于口下。次以略细长木一根，与大木长短相若，装一垂下小杵，与凿窍相对，粗细亦相等，亦嵌于大木之上，名曰合落床。置床于灶上，窍对锅中，纳面于窍内，用小木杵对窍压下，则面从铁片孔中缕缕齐下。以手断之入锅内，或多或少，随时分别，卖与人吃。

　　回回入中国最久，其衣服、居处虽遵国制，而立寺及岁时昏葬等

---

　　①　原作"大官"，据《资治通鉴》改。
　　②　清人吕种玉撰《言鲭》二卷，收入《说铃》丛书。不见《言鲭录》书名。
　　③　明成化二十一年（1485）改宁羌卫置，治今陕西省宁强县，属汉中府。辖境相当于今陕西省宁强、略阳两县地。清不辖县。1913年降为县。

事与汉人迥别。其葬法，先将坟上掘一南北坑，不论方向，棺底用活版，可抽出。尸以白布缠好，不用衣履等物。抬棺者俱本教人异，至坟上将棺底抽出，尸落坑中，头北脚南，扶正掩土而已。妇女概不送葬，殡出门时，送至大门，守节者足在门槛内，改嫁者足在门槛外，未定者一足在槛外，一足在槛内。此其异于内地之一端也。

畿辅之南并河南等处有扯面匠，其法以盐水和面，揉至熟透，将面一团两手扯之长三五尺，于案上掷之后，将面合在一处，两手再扯再掷，如是者三五次，便成千条万缕矣。或粗或细，随时扯掷，无不如意。一人可供数十人之食，可称绝技。

今州县每驿站凡有紧要差务，先有文移，饬备车马单子，谓之传单。即唐时御史所过饬备驿马之排马牒也。

道光九年春间，白气见于西南向东稍北，长竟天，或曰大水之兆。其时西口用兵，未几削平。按《旷园杂志》①：康熙庚申十一月朔，白气二丈余见于西南，月余不消。兵部侍郎成其范奏曰："此主吴逆连灭之兆。"无何，滇黔皆平。

河间县大令赵某，陕西人。妻已亡数年，家有一妾，颇贤淑。在任时署中无人照料，伊兄劝其再娶，遂续洞庭席氏女。女文墨颇佳，貌亦好而性妒，夫妇甚相得。未几，伊兄将其妾送至河间，某惧席氏妒，不敢同居，寄养同乡分府署中。正月间，某进省，席氏遣人请妾过署家宴，置毒于中，酒半，兼挞以棍，旋即殒命。同乡某即禀请委员相验，实属因毒兼伤身死。拟偿后，席氏毙于狱中，当时相传为妒妇之话柄云。

常州城内房舍、庙宇、街巷，城外市镇、田亩，远近高低，皆有鱼鳞册，在图正②处备查。父老相传，此册辟自明初，惟苏、常二府有之，

---

① 清吴陈琰撰，二卷。
② 图正，清代职役名，掌鱼鳞图册征催之役。

他处则无。或曰洪武以后无暇及此也。考《古今原始》①，但言明太祖遣武淳等集粮正、耆民亲履田亩以量度之，图其田之方圆，次第书名及田之四至，编汇为册。其法甚备，而不言屋基。予尝见城中鱼鳞册，凡人家屋址、庙宇、宫地等处，图画四至，依次注明，一一具悉，分毫不爽，详细极矣。

《汉书·霍去病传》："流落不偶②"，"流落"犹"蹭蹬"也。孔氏以"流"字应作"留"③，非是。

予于骡马市得彝器一件，是陕西人初从土中掘得，货于都中者。携归，洗去黄泥，摩擦数月，斑驳陆离，精光灿烂。内有古篆三字，似鸟首形，不可识。有博古者见之曰："此商时鸡彝也。真数千年物，不易得也。"属予宝之，未知何如。

丰台芍药亦都门佳景。予少时曾至其地，红白相杂，一望无际，色艳花香，信可乐也。近来游人无闻，惟卖折枝花者如旧，并有连根刨出，或色好，或种盆。土地庙花局内外甚多，弄奇争巧，日胜一日矣。

朱桐乡《杂记》④云：武后之还庐陵王，群臣请之者多矣。后知天下不与己也，故卒还之。如张文宗⑤之子锡、吉顼、李昭德、苏安常辈皆言之，惟狄仁杰言尤切耳。王及善密赞后乞中宗出外，以安群心。

今俗掷钱为博戏，以其阴为幕，"幕"音"漫"，钱背也。汉《西域传》：罽宾国钱文为骑马，幕为人面。师古曰：幕即漫也。

---

① 明人赵钺撰，十四卷。
② 《汉书》卷五五《霍去病传》作"留落不耦"。
③ 本句"孔氏"当指宋孔平仲，其所撰《孔氏杂说》卷二有：《霍去病传》"诸宿将尝留落不耦"，注"留"谓"迟留"，"落"谓"坠落"。今世俗多作"流落"，据出处合作"留"字。
④ 即宋代桐乡人朱翌撰《猗觉寮杂记》，二卷，有清知不足斋丛书本存世。
⑤ 当为张文琮。

酒望子,俗读为幌子。《韩非子》:宋人有酤酒者,悬帜甚高。注:帜,即帘也,亦谓酒旗。《广韵》:青帘,酒家望子也。

盛酒之器,南人曰"酒壶"。《诗》"清酒百壶"是也。北人曰"注子"。崔浩《汉记音义》云"滑稽,酒器也。转注吐酒,终日不已"是也。

凡渡船处,舟子索钱,其来最久。按,《列子》:人有滨河而居者,操舟鬻渡,利供百口。

金山小岳庙中铁铸四圣由海而来,至今尚存。

元丰末,秀州人家屋瓦霜后冰自成花,每瓦一枝,正如画家所为折枝。有大花如牡丹花叶者,细花如萱草、海棠者,皆有枝叶,无毫发不具,虽巧笔不能为之。以纸摹之,无异石刻。

宝圣石佛院在嘉兴县东南。唐至德二年于寺茔掘得石佛四躯,至今见存。天圣中,赐名宝圣。

庚子岁夏旱,湖间可以通轨。有渔舟夜舣水浒,遥见有光烛人,意谓必藏窖,遂于中夜掘之,得砖一井,片长六七寸,两首各有方窍相入,两面皆有手掌纹,极细,宛然可见。不知此砖始于何时,窃意当时陶人手法为之耳。儿童争鬻于市,或取以为砚,清润细腻可爱。余尝得片砖,为好事者取去。

陈山龙王庙后有观音殿,曩年,忽有两石从半山门坠而下。一从殿后滚入观音座下,一坠殿之西屋,瓦无所损,不知从何而得入也,今二石尚存。

有人得青石大如砖,背有鼻,穿铁索长数丈,循环无相断处。海商见之,以数十千易之,云此协金石,垂于海中,经夕引出,上必有金。

以上六条见鲁应龙《闲窗括异志》①。

今乡农以驴能孕育者为草驴。草者,言其生驴驹时必落草上也。

---

① 是书一卷,约撰于南宋理宗时期。皆言神怪之事,而多借以明因果。前半帙皆所闻见,后半帙则杂采古事以足之。大半与唐、五代小说相出入。收入明商浚所编《稗海》丛书。

亦有所本,《淮南子》:"马之为马,草驹之谓。"①此"草"字之所由来也。

东方朔《占书》:正月一日为鸡,二为犬,三为豕,四为羊,五为牛,六为马,七为人,八为谷。

今人以银钱权子母,俗曰放债,或曰生息,或曰起息,曰利息。其来已久,《汉书·谷永传》:至为人起责,分利受谢。师古曰:言富贵有钱,假托其名,代之为主,放于他人以取利息而共分之。

月行至满谓之白分,月亏至晦谓之黑分。白前黑后,合为一月。又曰:日随月后行至十五日,覆日都亏,是名黑半。日在月前行至十五日,俱足圆满,是名白半。

十五夜为半月,两半月为一月,三月为一时,两时为一行,两行为一季,二年半为一双。此由闰,故以闰月兼本月,此为月双,非闰双也,以五年再闰为闰双。

《春秋元命苞》②曰:阴阳合而为雷。《师旷占》曰:春雷始起,其音格格,其霹雳者,雄雷,旱气也;其鸣依音,音不大霹雳者,雌雷,水气也。见《法苑珠林》③。予家有故书一种曰《孝经雌雄图》,云出京房。《易传》亦曰星占相书也。

予按,皇甫松《醉乡日月》三卷,其骰子令等,其法不传于今矣,惟优伶家犹有手打令以为戏云。按,手打令即今俗猜拳,或曰拇战是也。

以上四条见宋永亨《搜采异闻录》④。

近来广东玻璃砖、山东烧料石工人制作妇人首饰及各种玩物,盛

---

① 《淮南子·修务训》作"夫马之为草驹之时"。

② 西汉末年谶纬之士所著,是假托经义宣扬符录瑞应之书。

③ 唐释道世撰,又作《法苑珠林传》《法苑珠林集》。"依"字原阙,据《四部丛刊》本《法苑珠林》补。

④ 全书五卷,收入明商浚所编《稗海》丛书。

行于时。其来已久，按《后山谈丛》①云：淮、扬两州化洛石为假带，质如瑾瑜。然可辨者，以有光也。

又云蜀稻先蒸而后炒，谓之火米，可以久积。

道光三十年九月初，约起更后，黑气自东北至西南，经天十九日，未刻，大雷雨。十月初七日，行出无云而雷者三，或曰天鼓鸣也。

按《尧典》："仲夏，平秩南讹，日长至。"谓从前②日之长到此而至也。"仲冬，平在朔易，日短至。"谓从前日之短到此而至也。今俗以夏至为日短至，谓以后之日自此而短也。冬至为日长至，谓以后之日自此而长也。一前一后，说来皆通。

《张敞集》：朱登为东海相，遗敞蟹，敞报书曰："蘧伯玉受孔氏之赐，必以及乡人。敞谨分斯贶于三老，尊行者，曷敢独享之？"引见《御览》③。其言有儒者风味。《困学纪闻》④

卷　下

扬子《方言》："笔"谓之"不律"。《诗》：墙有茨。注：蒺藜也。此乃辨别一物二名之通称，而顾昆山⑤以为反切自此始。按，"不律""蒺藜"是释物之注解，今以为反切之字母，有是文法乎？且以一物二名之不同，竟以不同者作为反切，仍是一物之名，有是文理乎？文人好奇太过，往往有此欺人笔墨，不可不知。

附辩论二条：

①　宋人陈师道撰，四卷。

②　"日"前原有"白"字，据文义删。

③　见《太平御览》卷四七八《人事部·赠遗》、卷九四二《鳞介部·蟹》。

④　宋人王应麟撰，二十卷。

⑤　顾炎武（1613—1682），原名绛，字忠清，明亡后改名炎武，学者尊称亭林先生。江苏昆山人。明末清初著名思想家、史学家、语言学家。

嘉定张少渊云：此说未可厚非，按《左传》：襄十二年，吴子寿梦卒。服虔注：即吴子乘。盖两言则寿梦，一言则乘。钱氏大昕谓："寿"读若"畴"，与"乘"双声。"梦"古音莫登切，与"乘"叠韵，并两言为一言。又《吴语》：吴子"使行人奚斯释言于齐"，即《檀弓》之"行人仪"也。"奚""斯"叠韵，并言之则成"仪"字。盖古人言语，或校音不校字，故有音同而字异者，有一音破为二字者，二字合为一音者，皆自然之籁，为反切之萌芽，非便以为反切也，"不律""蒺藜"正是此例，特释物者，只是释名，不是释音。亭林之说乃就所以名此之故，说来恰是反切之始，非竟以为释音也。管蠡之见，未知有当否？

鹤生按，古者"六书"有谐声一类，后来种种韵书以及反切、双声、叠韵，皆不过由谐声而推广耳。夫反切来自西南夷，大约似沈氏纽字法，其初以为译佛经之声音，非以为识字之端委。至陆德明以之注经疏，其说始滥。若必以"不律""蒺藜"为反切之始，则《左传》楚人谓"虎"为"於菟"，"菟"字有去、平二音。不更先于汉儒乎？岂非双声叠韵乎？岂非二字一音，一音二字乎？岂非自然之籁乎？岂非反切之萌芽乎？岂非所以名此之故乎？况一物二名，其类甚繁，如《尔雅·释木》"梨，山樆"；扬子《方言》"虎，陈、卫、宋、齐之间谓之李父"，皆可比例，又不特"不律""蒺藜"可为反切之根源矣！鄙人固陋，敢还质之夫子。

南下洼有大青石一块，高八九尺，阔五六尺，上小、中丰、下削，魁梧突兀，宛似猛将舒臂状。乡人或祀而祷之，辄有验。烧香者日众，男女纷纷，昼夜不已。城宪以其惑众，遂移之北城察院署中。今埋植于土地祠前者是也。近土处有"泗滨浮玉"四篆字，后题"元祐元年二月丙申米芾题"十一字。又有诗云："千古人何在？名高百世留。元章遗此石，六百有余秋。康熙五十五年秋八月。"字系小行楷，题款姓名已剥落不可辨。按，元章题字似指"泗滨浮磬"灵壁石而言，但灵壁远在二千里之外,如此大石缘何而至?考元章生平游宦,亦未尝到过燕地,惟所题字天骨开张,雄秀无比,断非他人所能伪者。则此石是否泗滨之产可以无论矣。予拓得数纸什袭藏之,并记以诗云:"泗滨径语古相传,浮玉何由得至燕?赖有元章题数字,竟同石鼓寿千年。"

大兴刘侍御名位坦云:前明米太仆名万钟,号友石,自言系元章后人,性亦好石成癖。涿州桥上金刚石四块,北城察院署中之"泗滨浮玉",均是太仆自江南运来者。石上小字诗句系巡城侍御方姓作,故老相传如此。

近时以木削六觚,而刻一二三四五六,推旋于盘中,久而自倒,中其数者为胜,谓之"凭天倒",即宋时之"倒掷"戏也。

湖州某言:道光间大水时,阖郡雄鸡飞鸣如鸦鹊,爪多一指下地,时见人即啄,是亦鸡祸之一端。

道光初年八、九月间,予因公至献县。是时大令为郎四兄,省中旧好也,相见甚欢,谓予曰:"阁下难得到此,幸有佳肴,为君下酒物何如?"予漫应之。未几,酒馔甫陈。先之以大蟹,肥满异常,予喜甚。郎笑曰:"此物君所嗜好,便可撑肠拄腹,吾不告匮也。"问其故,曰:"城北二十里地名臧家桥,乃滹沱下流所经。往年蟹之有无不可必,今年天津蟹少,渔人闻此地蟹多,俱来负贩,愈取愈多,竟至数万斤尚未已也。阁下小住数日,作持螯佳会,畅叙离怀可也。"予于是醉饱三日而后去。

南京藩司衙署乃有明徐中山王①旧邸,大堂中门不开亦不坐,二堂七间,中三间亦无椅桌,惟中间大木坑②一张。相传两处有坐者必不利。东二间为孙藩伯签押房,西二间为幕友常州徐某办事处。时当秋初将晚,藩伯与徐某于二堂中间谈公事,稍倦,偶向大木坑边略

---

① 徐达,字天德。濠州钟离(今安徽凤阳)人。明开国军事统帅,卒后追赠中山王。

② "坑"疑为"床"字之误。后文同。

坐,忽低头大呼曰:"坑内有大蛇!"众趋而视之,一无所见。是晚藩伯
得病,未三日而卒。徐某亲见其事。

　　徐某又言:后有大楼七间,中设王像。楼上无人洒扫,亦无尘土。
大门楼上亦有王像。朔望之辰,藩伯必亲至两处拈香。或风清月白,
王每出游于堂上或院中,如穿红袍,必有喜庆;如穿黑袍,必有不祥。
书役等往往见之。

　　哈喇出口外诸处,五色俱备,似洋呢而厚重过之,有阔至五尺二
三寸者。浸水中数月晒干,制为雨衣,虽大雨竟日,里衣不湿。其性
不沾尘土,或污油腻,过伏天发霉,即自落无污迹。

　　洋布不知来自何方,阔二尺六七寸,比棉布细薄而不耐久。迩来
好尚做衣服等物,十人八九矣。

　　鲜蛏出乐亭县海边,甚佳。[道光]廿五年十二月间,有人贩至都
中,货于前门外。今二三年不复见矣。

　　前在保阳晤蒲州①赵大令某,据云伊家尚有明时窨房在。用大
木柱子先竖于两旁,端正坚固。次用大木横梁于柱上,次用大木横排
于梁上,次用桬木随窨顶高下次第填塞紧密,一无罅隙。虽经二百余
年,至今不坏。若乡间窨房不过三十年,或有声轰轰然如殷雷,急须
移居,不数日即塌矣。予忆昔有人咏之曰:"入门唯有地,出户始观
天。马走墙头路,牛耕屋上田。莓苔铺作瓦,风雨蔽无椽。倘欲分邻
照,匡衡凿不穿。"

　　畿辅近水地方年来多种荸荠,十年前尚小,今则大而且嫩,几与
江南者无别。

　　保定有红菱而无青菱,都中有青菱而无红菱。从前惟卖生者,今
则煮熟去角而卖,味颇不恶。数十年后其大可知矣。

　　山东章邱县出佛手,乾隆时,中秋前充贡,今免。都中佛手树甚
多,惟莳于盆中,与桂、兰、梅、菊同为雅玩,秋后即入暖洞,不能植于

---

　　①　今山西永济。

地上也。

丰润、玉田、水田处出桃花米，清香之味不异于江南。山东胶州等处亦有之。

周将军名遇吉①，守代州时，兵粮两尽，城破战死。举家老幼妇仆阖门自焚尽节，李闯②以礼葬之于代州北门外大坑中。夏秋之间，坑中水满，坟亦随长，终不为水所没。生而为英，死而为灵，信然！

吾乡李申耆知寿阳时，偶得旧砖一块，制为砚，发墨不干，甚贵重之。遂令人寻觅，于是土人以为奇货可居，发掘古墓，搜寻破庙，或得半砖一角，价比端石数倍。今寿州城内尚有货之者。

西山某寺有牡丹一株，是接于椿树上长成者，高数丈。春杪夏初，花开数百朵，红光烂熳于山谷间，如云霞散彩，天下奇观也。

明末各衙门书吏俱系绍兴人，猾法舞弊，无所不为，无恶不作，因逐之都城之外。众无所归，聚居于涿州之西北乡。无以谋生，共议置地开水田于涿、良、房等处，得膏腴地数千顷，富庶比江南，至今尚赖其利，名其乡曰绍兴村。

张大将军名广泗，汉军人也。征湖南苗寨时，两军合战，获一苗民，即令众兵于山坡前剖其心肝而生嚼之，众苗民于山头望见，以为天生神兵，能生食人，惊窜奔溃。翌日，其头人率众诣军门请降。于是各寨传说，望风而靡，不两月百余寨相率归顺，悉入版图矣。各寨立木主祀之，至今不绝。语云"先人有夺人之心"③，其张将军之谓欤？

涿州，古涿鹿地，为四方进京必经之孔道。仁皇帝④制联曰："日

_____

① 周遇吉，原名时纯。锦州卫（今辽宁锦州）人。明末将领，不屈战死。《明史》有传。

② 即李自成，原名鸿基，小字黄来儿，又字枣儿。世居陕西榆林米脂李继迁寨。明末农民起义领袖，先为闯王高迎祥部下闯将，高牺牲后，继称闯王。

③ 见晋杜预、宋林尧叟注《左传杜林合注》卷一六《文公二》。

④ 即清圣祖玄烨，年号康熙。

边冲要无双地,天下繁难第一州。"今挂于州之北门上。

通州南门外十里张家湾地方,明代为贮粮之所。昔有城,今废。北关外有大铁猫八九个,纵横于地,不知何故。或曰压胜之具,名曰猫将军。

昔年粮艘及一切货载客行船只俱集于张家湾,河干居民客店不下千余家,车马行人昼夜不绝,予于乾隆年间由水路回常所亲见者。嘉庆六年大水后,河道改而东去,其关厢房屋拆毁殆尽,惟南门内外尚余一二百家。数十年之间,盛衰不同有如此。

督亢陂,自涿州、定兴、新城一带皆是,《风俗通》曰:亢,潢也,滮滮潗潗,无涯际也。

范水在涿州西南,故又曰范阳。

世称《纲目》得良史法,足以继《春秋》。予则以为记事失实不足信,如书狄仁杰卒是已。盖时至武后,淫乱已极,而仁杰仕周而大显。观其为相时,乃为妇人所诋,而褫裘纵博,尤非君子之正。且众小盈廷,荼毒无辜,而仁杰立朝十余年,未闻其斥一奸邪,蔽一善类,亦泛泛如水中之凫,与波上下耳。即推其乃心唐室,则前有李昭德,又有安金藏,相王得以不死;又有吉顼之说二张,中宗始还东都。张柬之为相,实由姚元之之荐。是反周为唐,更非仁杰一人之力,况在其死后五年乎!核其生平,虽有嘉言善政,亦不过瑕瑜不相掩者,何以朱子于其为豫州等官则书周,于其为平章与卒时则削周?又不书周内史于姓名上,则是死异其生;冠以中、睿之官爵,则是以后为前,颠之倒之,非纲非目,自乱其例,不可以为训,其去《麟经》①奚啻天渊耶!

尧庙在望都县北城外,古松二株,同根而生,一分三岐,一为五鬣。旁柱有铭曰:"三皇一本,五帝同宗。"青葱蔚茂,荫蔽亩许。尧母

---

① 即《春秋经》。中国古代儒家典籍"六经"之一,是鲁国的编年史,由孔子修订而成。

庙在县城东门内,甚宏整。丹朱①墓在城外东南隅,惟土一堆。昔有片石古篆,今不知何往矣。

定州南门外十余里,有慕容垂②墓。

顺德府,古邢国也。以赵襄子故,秦曰襄国。城内有石桥,在府署东,相传是豫让所伏处。

崆峒山在庆阳、平凉之间,山顶有洞,每天日晴霁,玄鹤一双从洞出,飞翔云际,翅大如车轮。顺治四年复见二小鹤,今遂有四鹤游者,见之以为瑞。

鸟鼠山飞走同穴,相为牝牡,鸟曰鵌,鼠曰鼵。

长子县,丹朱所筑,故以长子名县。

旧传轩辕黄帝都于涿,其旧殿基在涿庶驿前百许步,终日车行其上,无辙迹。

太原县南十里有晋祠,祀唐叔虞。有泉汇而为池,出祠数十步,流渐盛,泓深清澈,为晋中胜游之地。西有奉圣寺,为唐鄂国公尉迟恭所建,王方伯明甫有碑可考。夫以鄂公英勇绝伦,文皇创业,战功当为第一,乃能栖心寂灭,保守令名,虽曰主德克终,其所自全,亦可谓韬光养晦者矣。

《通鉴》:后周郭威③,邢州尧山人。今临洺关西尧山是也。

沙河旧县城北,有“子路问津处”石碑。

安阳之南,汤阴之北,大道西边,有嵇绍④祠。

古称淇园之竹,今已渺然,惟新乡县之西地名清化镇有竹园千

---

① 丹朱,中国上古部落联盟首领尧的长子。相传,因为丹朱不肖,尧把部落联盟首领之位禅让给了舜。

② 慕容垂,字道明,原名霸,字道业。昌黎棘城(今辽宁义县)鲜卑族人。十六国后燕开国君主。

③ 郭威,五代后周太祖,公元951年至954年在位。

④ 嵇绍,字延祖。谯国铚(今安徽濉溪)人。曹魏中散大夫嵇康之子,西晋时期文学家。

亩，其人比千户侯。

苏州狮子林，是倪云林①运石鸠工监造者。东为旱洞，西为水洞。洞北为大池，池北为凉亭，南为假山，高不过二丈许。人游其间，高下盘旋屈曲，出入或仰面，或俯首，或湾腰，或曲膝，上下相离咫尺，可以接谈，而不能来往。人影都在水中，坐凉亭上，可一一数也。山上有白皮松一株，围径四五尺，生在石隙中，石下空空，不知根着何处，亦一异也。

彰德府，古邺下，宋相州也。韩魏公②祠在南门外。

邺下察院署堂名"响琴"，履其中，则梁上应以宫商之音。

山东省历山上有光石，三尺许，照见城市如鉴。

藏红花味辛，治小儿痘疮，大有效。

苦杏仁多食能杀人，见《驳案新编》③。

太仓王云雏言：伊戚某患痰疾，气急痰喘不能寐，不能食饮，已八九日，势甚危。闻名医某，即延至。医入，诊脉讫，徘徊厅中，毫无定见，谬云：且用杏仁二两煎汤服，明早处方。其家日夜忧劳，惊惶已甚，闻医言，即命仆曰：快煎杏仁汤。其仆亦不问应用多少，适有杏仁一包，约七八两，遂倾入罐中，煮汤一碗。病人服之，肠鸣气泄，倒身熟睡。明早精神清爽，便思饮食。医再入诊曰：愈矣！即开方三服而愈。

予外祖段公游幕广东某公署，有一案最奇：某年四月初，主人甫至书房，未坐定，忽闻大堂上喧嚷不已，遂问之门丁，曰："方才半空中堕一人在大堂东边，非妖即怪，众人惊骇耳。"某公即出堂视之，其人

---

① 倪瓒，号云林子，江苏无锡人，元末明初画家、诗人。

② 即韩琦，字稚圭。相州安阳（今河南安阳）人。宋英宗时进右仆射，封魏国公。卒谥忠献。

③ 清人全士潮汇编。此书是清代乾嘉时期的成案编集，也是中国法制史上最为著名的驳案集。

不能言语转动。命以姜汤灌之,数刻即苏。讯之,据云:"小人名某,年若干岁,系直隶邯郸县北乡卢生祠西村人,家有兄弟妻子。我于本月初五日早起背筐拾粪,行至祠北路西土地庙前,天尚未明,我坐庙前地下打火吃烟,闻庙中语云:'明日大仙过,须谨慎。'我急推门寻看,一无所见,心甚诧异。明日午后,复至庙东小桥拾粪,见三个花子坐在桥洞内,手持沙壶一把,三人轮流吃酒,中放青荷叶一张,肉一堆。我心中想道,此地池中荷叶尚未出水,若非仙人,断无此物。遂将筐子等物放下,到桥内求他们超度,三人笑而不理。我就在旁两手拉住一个面色微红的衣服,任他起立,我总不放手。未几,三人吃完,红脸者将沙壶、荷叶藏在怀里,便向北走。我即拉住,随之半里许,红脸者回头笑曰:'汝真要我度耶?'我又跪求,红脸者随将荷叶放于地上,叫我立在上面,闭着眼,万万不可开看。我即听从,但觉脚踏木板,耳闻风吼,身子不能自主。我只拉住仙衣,凭他颠播。到了方才,眼酸脚麻,实在熬不过,微将眼睛开看,不知怎么在此。"云云。某公再三盘诘,细视其人,恰是乡农,暂且收禁;一面录供咨查邯郸是否实有其人。往返六阅月,邯郸回文云:"本年四月初八日,其家具呈,言粪筐等物尚在桥边,人已不知去向,恐被仇人谋害等情到县。今据贵县关查云云,敝县覆查该处实有其人,希即递回可也。"

《宣府志》:市人于五月十三日为父母、妻子或己身疾病,具香纸、牲醴于城隍庙祈祷,且行且拜,至庙乃止,谓之拜愿。今都中小儿女多疾者,带枷锁于清明、中元、十月朔诣城隍庙祈祷亦然。江南赛会时,项带枷、臂挂炉,此风尤盛。

高江村①云:咸阳有六冈,如乾之六爻,故曰咸阳。唐宫殿皆在六冈上,大明宫在九五冈上,百官府在九四冈上。

近时京师通谒,无不称"年家眷"三字者,医卜星相亦然。有无名

---

①　即高士奇,字澹人,号瓶庐,又号江村。卒谥文恪。钱塘(今杭州)人。清官员、学者。有《左传纪事本末》《清吟堂集》等著作传世。

子戏为口号云：也不论医官、道官，也不论云南、四川，但通名一概"年家眷"。

唐学士撰《宫中眠儿歌》，即今剃头文①也。

胡应麟《甲乙剩言》曰：有客谓予曰："尝客安平，其俗男女如厕皆用瓦砾代纸，殊为呕哕。"予曰："安平，晋唐时为博陵县。莺莺，县人也，为奈何？不得不为莺莺要处掩鼻。"客喷饭满案。②

应州木塔甚奇，冯讷生主政，有《登塔诗序》，略云：塔建自辽，叠木为之，七级八面，高见数十里，朱阑碧瓦，玲珑飞甍。登之则海水一杯，孤城如弹也。

宋杨文公③有盛名，常因草制为执政者所点窜，杨甚不平，因取涂抹处用浓墨傅之，为鞋底样，题其旁曰：世业杨家鞋底。人问其故，曰："是他人脚迹。"闻者嗢噱。

澄泥之法，以夹布囊盛墐泥水中摆之，得细者澄之清水，令微干。入飞黄丹，加胡桃油，抟溲如面，入模中压之至坚，微阴干，利刀琢成砚形，曝干。厚以稻草、黄牛粪和烧一伏时，然后入墨蜡、米醋蒸之五七次，含津益墨，不亚于石矣。

绛县澄泥砚，以绢袋置汾水中，逾年取出，则沙泥之细者已入袋内。陶以为砚，水不涸。按，此说有澄法而无陶法，前说有陶法而无澄法，故两存之。

以上七条见《说铃》④。

北五省凡盐、当、商并各铺户做买卖者，人皆以掌柜称之，或加以姓，或加以排行，大概皆然。盖掌柜者，尊重之称也。江南则以"朝

---

① 宋朱胜非《绀珠集》卷十一黄鉴《谈苑·眠儿歌》，清周广业《循陔纂闻》卷二皆作"剃胎头文"。

② 稿本此条天头上有"删"字。

③ 即杨亿，字大年。卒谥文，故称杨文公。建州浦城（今福建浦城）人。北宋官员、诗人，"西昆体"诗歌代表人物。

④ 是书为清人吴震方汇编一部笔记小说。

奉"呼之,犹掌柜之意。

兆溁虞氏论酒,以白为优,红为劣云云①。夫酒以味为厚薄,不以色为重轻,如"黄流在中"②"清酒百壶"③"金杯盛白酒"④"小槽滴酒真珠红"⑤"三杯绿酒何辞醉"⑥,是从来言酒者各色俱有,未闻独以白者为上,况"玉液"等语是形容其醇酿甘美似之,非谓色白如玉而可贵也。其见解迂妄,殊属可笑。

马褂之制,似套子而短,大约以二尺为率,量人之长短而增损之。凡行役穿于缺襟袍上,谓之行装。虽有朝会典礼,均不改。

一裹元,家居、行役之便服也,即袍子。前后不开衩,惟左右开两小衩,夏秋间可以单穿,如遇正事即须换。

搭护比外套稍长,与袍子为长短,以大毛者为之,所以蒙里衣而加暖也。明时甲外以衣被之,盖燕居之服,谓之罩甲。今之套子、搭护是其遗制,常州乡人呼"套子"犹云"罩甲"。

袍子袖口出手处,无论满襟、缺襟,总要接以马蹄袖头,上奢而长,下俭而短,如马蹄然。无事时则将上长处卷起以便作事,如遇朝会、拜谢,则将马蹄袖放直,以为恭敬,旗人谓之"挖行"。

旗人妇女鞋底,或以布,或以木,或以通草,取其不重,便于步履也。高三四寸,上宽下窄,四面皆削,前后尤甚。内城有坤履铺。

本朝帽子有两样,秋、冬、春戴暖帽,夏季戴凉帽。夏以三四月,秋以七八月,随节候迟早,礼部请旨定日期,谓之换季。

都中自十一月起至明春三月间,有卖水萝卜者,或绿、或紫、或

————————

①　语出清虞兆溁撰《天香楼偶得》"白酒"条。

②　见《毛诗》卷一六《棫朴》。

③　见《毛诗》卷一六《烝民》。

④　见南北朝徐陵《玉台新咏》卷一〇《夏歌》。

⑤　《李贺歌诗集》歌诗编第四《将进酒》作"小槽酒滴真珠红"。

⑥　《李太白集》卷二四《赠段七娘》作"千杯绿酒何辞醉"。

白,味极辛甘多汁,可以解渴,兼去煤毒①。

乾隆五十五年,纯皇帝八旬万寿。各省督抚、盐关大员、商总以及外藩,莫不贡献珍奇,分段修整,以备游览,谓之皇会。内城各门街道均以芦席搭盖廊房,彩画如西洋屋式,开设各样铺户,统以小监主其事。间以竹、桂各种花树,或以席作假山,或架高楼彩阁,或就东西牌坊悬灯结彩,并新样戏法,从西直门到海子,一路都是竹木山池,修廊水榭,远景、近景无所不备。如西华门外对门大街搭一高台,高数丈,阔十余丈,缠以五色彩绸,嵌以千百明镜。戏子五百人各穿袈裟,戴假面,如寺中所塑罗汉状,先在高台伺候。驾到时,日出东方,正照大街高台,只见千万道五色祥光中,现出无数罗汉,高下跪近,齐唱"万年无量寿佛",圣颜大悦。是其一也。大抵琼楼玉宇,难称富丽,绣街绮壁,奚比仙山,千奇百巧,非笔墨所能罄。当是时也,商贾珍奇捆载而来,百货云集。菜市口、西河沿、前门外、珠宝市、瑠璃厂,戏园、饭庄、客寓、寺院、铺家等处,人如流水,物如山积,市声灯火,日夜不绝。畿辅近地豪富之家男女看皇会者,外城无安歇地,多在城外客店、寺观暂住,车马喧腾,一无空处。可谓极富贵之华豪,古来未有之盛事者矣!八月初六以前,许士女游观,予幼时在都亲所见闻者。

昔年演戏只有昆腔②、弋腔③、高腔④。自乾隆五十五年皇会,扬州盐院将四徽班来京唱演新戏,踪跳灵巧,曲词易明,都中盛行,而昆腔散矣。内城本有戏园,惟唱高腔。嘉庆年间,内城戏园缘事销毁,不准唱演,而高腔亦亡。近时徽班内亦有唱昆腔者,不过应名敷衍,

---

① 指煤气。

② 昆腔也叫作昆曲、昆山腔、昆剧,是中国古老的戏曲声腔、剧种,元代在江苏昆山产生。明代至清中叶以前非常流行,对于多剧种的形成和发展都有影响。

③ 弋腔也叫弋阳腔,约形成于元代后期的江西广信府(上饶)弋阳县一带。

④ 高腔,又名京腔、北弋腔,由弋腔演变而来,清初进入北京,清中后期逐渐衰落。

不足观也。

乾隆年间宴会时，必有姣童二人，衣帽整齐，极其鲜好。先将红毡铺于席前，次将纸扇开明各种小曲名目呈上，宾主点毕，二人应声唱曲，其师在窗外吹弹，口齿伶俐，声调宛转，进退俯仰备极妖娆。主宾赏以缠头，叩谢而去，不斟酒，不及乱，亦一时之好尚，名曰当子。迨嘉庆年间，甘肃中卫县多佳人，或登场唱戏，或铺毡唱曲，流寓陕西、山西、河南地方，其间亦有山东人，于是有女当子之班，而都中之男当子渐散。按，北地方言，凡财物为人所拐骗，叫做"尚当"。当子者，言其能以色声诓金银，使人尚当也。

都中前三门外十一月，城河冰冻。都人以平板为小木坑①，长三尺许，宽二尺许，四足裹以铁条，一人在前以绳引之，或坐于床上以两足导踏，或从后推之，其行如飞，名曰拖床，又曰冰床，一床可坐四五人。东便门外冰床可至通州北关外。

每年正月廿三日，黑寺喇吗出会，前有戴鬼脸二男二女，男穿白衣、女穿花衣，后扮二十八宿神像，席片做成虎、豹、狮、象各兽形。番乐数十人随其后，手持大圆鼓，径四五尺，号筒长一丈三二尺，亦有笙、笛之类。又有铜像一尊，似韦驮。大喇吗口中念经，头戴黄毡帽，上蟠金龙一条如帚。从大门出，绕寺一遭而回，谓之打鬼。游观者车马奔驰，不下数千人。

古币之制，《通志》②及《路史》③虽载其状，然亦不能备。有如小月牙、铲子，后有管有孔。有如铜笔管者，有如小铃者，有方者，有如货布者。大约三代之币无字者多，即有，亦不可识。春秋之币都有字，似尚可以意会也。

---

① 坑，疑即床。
② 南宋郑樵撰，二百卷，记上古至隋唐的典章制度。
③ 南宋罗泌撰，四十七卷。为杂史，记述上古以来有关历史、地理、风俗、氏族等方面的传说和史事，取材繁博庞杂。

常郡邹衣白先生名之麟，书画之妙，当时无两。而不洽于乡党，有人嘲之云：昔邹恶鲁，以西狩获麟诧于邻国，乃以彩绸蒙狗首，锦绣被其身，使告于鲁曰："吾国于东郊获生麟，汝国死麟，何足异！"门人以告夫子，夫子杖而往观，知其伪，以杖叩之，麟作吠声。夫子不禁喟然叹曰："鲁之麟虽死，麟也；邹之麟虽生，狗也。"闻者莫不绝倒。

吾常张玉川、毕蕉麓二人画山水名重一时，张喜干擦，毕多水墨。当其得意合作，亦能苍劲清润，颇得古人遗意，然少一种书卷秀逸之气。昔人谓字画可传者，传其精神也。在有字画无字画之间，令人看不厌、读不倦，百世如新，方能寿同金石。此非真能读书人不能作，亦不能辩也。

常州五月五日龙舟竞渡，为水嬉之大观。其名有青龙、乌龙、黄龙、老金龙等号，或二三只，或一只，无定数。楼阁三四层，高数丈，旗伞幢幡，无不色色新奇，光华夺目。左右水手十六人，各用短棹刺，船中一人打锣鼓，后一人打招，舟行以锣鼓为进退之节。城中唐家湾白云渡口河道最宽，为龙舟必到之所，游船或荡漾于其间，或排两岸等看，大小不一。其游船装修之华丽，男女衣裳之鲜艳，争奇斗异，目不暇给。猜拳赌酒，吹弹歌唱，嬉笑之声与夫撑船拥挤，篙落窗穿，诟诨呼号，纷纷盈耳。两岸茶坊酒市，门外庭中人人鹄立，直无置足处；即有空地，亦为卖水果人等所据。其水阁人家亦悬灯结彩，茶酒满案，男女亲朋大小纷纭，倚阑观玩。龙舟将至，人如潮涌、如云停，竟有呵气成雾、挥汗如雨之势。凡阖城内外有水阁河道者，必有游船弹唱往来，总以白云渡聚会为最胜，每日清晨至夜阑，举国若狂，或廿日或半月而后已。

淀，浅水也。西自保定，东至天津，凡九十九淀，而以雄县之赵北口①为适中之地。口为南北通衢，有木桥十二，曰十二连桥。上下五

---

① 今河北省安新县赵北口镇，位县东北部，距县城约十五公里，紧依白洋淀东岸。

百里,纵横数州县。水禽鱼虾之属,莲芡苇蒲之区,一望无际,生产之富甲于直省,小民借此谋生者不下千万人,实燕赵之云梦也。至于伏暑炎蒸,辟嚣泛艇,鸳鸟泛浮于梁畔,荷香飞粉于篷窗,柳下风来,一尘不到。真是清凉世界,宛似江南风景也。

道光十年四月杪,直隶磁州地震,城陷桥翻,地裂数丈,出水如墨。北至邯郸,南至彰德,磁州官廨民房无不倾倒,惟大成殿崔府君庙数椽岿然而已。阖州共三百六十余村,大约灾有轻重,无不惊恐呼号者。独东北一小村,草屋十余间,居民二十余人,不摇不动,若无其事者。噫,异矣!

又,沈牧署中幕友四人,在二堂西边一间叶子戏,地动时,阖署乱跑,各顾性命,不相闻问。迨至明早,天将明,动稍定,屋已倒尽。沈公始忆诸友,急至二堂查看,四边砖墙俱向外掷,瓦砾木植飞抛空地,堂中毫无所有,惟顶篷全幅罩于地上。随令人揭去,见四人互相拥抱,于桌下扶持而出,一无所伤。又,一门丁眷属寓外,常不在署住宿。是日不回寓,未晚即睡,竟压毙于门房中。

又,城内某胡同甚湫隘,居民十余家,颇安静。有一木匠与一瓦匠对门而居,瓦匠喜饮,木匠不能饮,彼此和好无嫌。忽一日太阳落山时,木匠大醉归来,与瓦匠相遇于门外,始攀话,继而喧嚷争竞。瓦匠之妻出,木匠之妻亦出,男女嚷闹不已。木匠忽曰:"渠甚属可恶,请众位高邻亲友到大街上讲理去。"于是男女大小一哄而出,巷无居人矣。男与男讲,女与女辩,嗷嗷唧唧。正在无可解释之际,忽鸡犬乱鸣,天地震动。众人头眩脚软,颠扑于地,转辗挤排,各自要命,无暇口舌矣。及至明早,动微止。大家面面相觑,浑身泥土,蓬头跣足。强起坐观,则巷中房子倒塌无遗矣。始则惊呼无措,继则群相慰藉,犹得无恙,各人扶老携幼而散。是役也,木匠不知何故醉而寻衅,数十人齐至大街,得免于难。合前条观之,死生有命,于此可见。

　　道光八年十一月，由杜胜集①旋省，雇山西人大车一辆，行至清风店时，值西口兵差，其人不敢进省，另觅五套大车一辆送予。十二月初七四鼓起身，初八日清晨至方顺桥。种②大雨雪交下，手足俱僵，车篷前后鞍辔等物，以及骡马鬃尾、村中草舍、道旁树枝无非冰片、冰锥，高低远近无二色。车行道上，惟闻丁东郎当之声，如鼓吹然。自方顺桥至省城六十里，未逢一人一骑，土人名曰"地披甲"。

　　扁鹊，鄚州③人也。其墓在城东北隅高阜上，所谓药王庙是也。四月间香火极旺，庙会亦极盛。江海之东南，恒华之西北，凡地道所产各物，无论远近，富商大贾，奇货珍宝，莫不辇运毕集于其间，千捆万箱，如山如阜。城内城外，街道十余里，篷厂百余处，茶坊酒市、赌场妓馆、饭篷茶馆，卖弄戏法，看西洋景，医卜星相，丈寻之地，非千钱不能得。人则推背而行，车马驴驼衔尾而进。白昼则炊烟如云雾，昏夜则灯烛如火城，人马喧腾，鼎沸不已。周围廿余里，前后三四十日，庙会始罢。

　　杨椒山先生故宅今为松筠庵，在炸子桥路南。前殿塑椒山像，后殿为张夫人寝宫。有士人朱姓，须长三尺余，剃下装在椒山像上，自作《捐须歌》一首，和者十余人。又有刘石庵相国所书石碑。庵之西偏有小园林，位置木石，尚清凉，士大夫往往燕集于其间，亦城市嚣尘中胜地也。

　　江浙人家闻鸱鸮鸣则恶之，陕西省城东南隅最多，黄昏时十百成群，飞鸣叫号，土人不以为怪，反以为旺气所钟。夫同一鸱鸮也，在吴越则可厌，在关中则可嘉，人心之不同由其所处之地何如耳！

------

　　①　今山东省东明县马头镇。

　　②　"种"或为讹字。

　　③　今河北省任丘市西北部有鄚州镇。秦时已有鄚县，属上谷郡。唐为鄚州，属河北道。宋代省鄚县入任丘。

钮玉樵①云:关中以黄莺为水鸦儿,鸣则有雨。春在上林则巧同歌凤,雨占下里则拙并啼鸠。

　　常州某公任江西臬司,幕友亦常州人,相处有年,颇相契合。外县有一要案,人犯解省,某公阅卷后即送幕友处,翌日,友来辞馆,公骇而问故,友曰:"昨阅要案行迹,固属可疑。然只有簿子一本,记千百人姓名,毫无实据。若径按名查拿,严刑拷问,何求不得? 此吾所不忍为。若量情度理,分别有无,除却株连,但将获犯照例办理,便可完结。然今上宪好大喜功,不顾他人性命,若见此案避重就轻,必以阁下办事忽略,不胜繁剧见黜,此又我所不肯为。左思右想,直无下笔处,故欲辞馆耳。"某公默然良久,曰:"即如先生言,从重从轻何者为是?"友曰:"从轻为是。"某公曰:"容我思之。"公至书房,终夜辗转不成寐。明早至友人处,曰:"我意已决。舍此一官,救千百人之难。倘有不测,吾二人可买舟同归也。"乃日夜推求,斟酌供词,竟将簿子销毁,删却无辜,照例详结。上宪意欲从严办理,而簿子已无,又无实据,乃以某公遇事草率,不能细心办案罢之。宾主欣然,即日买舟同归。此康熙年间事。其后两家子孙科甲联绵,至今不绝云。

　　汀州太守庄卫生之尊人有铁琴一张,端好奇古,一无伤损,什袭珍藏,故自号铁琴。惜无款识,不知何人所作。前岁卫生奉铁琴出都,已携去汀州署中矣。

　　高江村②云:"《西京杂记》'以象牙为火笼'。慎常《冬日宫词》:'障风貂尾扇,煴火象牙笼。'欧阳玄③诗:'十月都人供暖篝。'予曾于冬日入直,见朝鲜贡使以貂扇障面,盖古制也。"云云。按,象牙笼即今

---

　　① 即钮琇,字玉樵。江南吴江(今江苏苏州)人。清代官员、文学家,有《临野堂集》《觚剩》等。

　　② 此段文字出自高士奇所著《天禄识余》。

　　③ 欧阳玄,字符功,号圭斋,又号平心老人。祖籍庐陵(今江西吉安),后徙居湖南浏阳。元代官员、文学家,有《圭斋文集》传世。

之竹烘笼、紫檀炉之类。今年正月间火神庙会,曾见紫檀木匣两个,其盖两扇如窗棂,开阖如门,提绊如桥,亦以两木分左右焉。中镶以铜片,制甚坚洁,可以熅火,所谓"紫檀炉"是也。

乾隆时,高丽人概穿丝棉衣服。道光丙丁①年间,见其人有穿白羊皮袄子,并有反穿黑羊皮马褂如内地者;有吃烟者;仆从有穿内地黑布鞋者,习俗移人,渐染中华风气矣。又,从前贡使骑马必戴眼纱,今则与貂扇俱无矣。惟山西妇人骑驴尚有戴者,仍古制也。

牡丹与芍药同时而开,丁未②四月稍旱,尚无卖芍药者。忽一日将晚,时雨达旦,明日卖花者唱声不绝。因得句云:"嫩绿枝头落照斜,晚风翻叶作云霞。一宵卧听知时雨,明日天街唱卖花。"

常州北乡黄山桥出蟹,八足,无毛,名玉爪蟹,明时充贡品。又有一种小鱼,大不过五六寸,头似鲇,身黑,眼、腹皆红,专食虾,名曰虾虎。其肉细腻鲜嫩,腹内有肝,如指大,比肉尤美。冬月用纸裹之,由乡进城,可一二日不死。

杨梅有红、白两种,白者尤鲜,不多结,出常州马迹山。

江南人家园林中,太湖石大都从马迹山脚取出。自宋元明以来,如苏州徐氏之瑞云峰,常州陈氏之观音岩,斧凿殆尽,无复玲珑巧妍之石与湖光上下相吞吐于山根矣。

我祖忠安公年七十余致仕归,优游林下,人皆以老尚书呼之。请一地师觅牛眠地,雇南门吴姓船载之。一二年后,地师与吴姓甚接洽,吴姓请于地师曰:"某有双亲未葬,先生意中如有小地一块可用者,希为留意。"地师曰:"汝以摇船为业,那有多钱置地? 老尚书地甚多,如沃科一块,小不合用,汝若当面求之,伊为人忠厚,必可得也。"翌日,公上船与地师闲话,吴姓跪而请曰:"小人有双亲未葬,闻老尚

① 此处原书书写错误,无"丙丁"干支。清道光年间有丙戌(1826)、丙申(1836)、丙午(1846)。或为"丙午"之误。

② 道光二十七年(1847)。

书有沃科地一块,小不合用,可否给与小人葬亲？原价若干,即将船钱折算何如？"公笑曰："足下可买双鹅来,地当奉送,不须船钱折算也。"一二日后,吴姓携双鹅往,公即捡齐契券,并写一诗与之,诗曰："沃科有地四分多,送与南门吴大哥。后世子孙如问及,老夫曾受一双鹅。"地师遂为吴姓葬其亲。其后子若孙登甲科,称巨族焉。此诗闻南门吴姓载家谱中。

青县署西有池甚宽广,一铁锅如小皁盖在中央,或曰此是海眼,昔人恐其泛滥,故以此镇之。曾有大令挖其四旁,挖愈深而锅愈大,竟不得其边际而止。又,县南门外每逢大雨后,土人争往搜寻沙碛中,往往有拾得古钱、铜铁、器具、宝石、珠玉等物。物从何来？难以理测。

鄯善国与甘肃靖远县接壤,其国雨后太阳晒数日,自然结成盐块,上一层是沙土,中一层是盐,洁白而光亮,谓之天生盐,又曰水晶盐。甘肃、宁夏有大小二池亦然。

常城以九月十三日为钉鞋生日,故有"重阳拗不过十三"之谚,谓是日以前必有雨也。按,九月十三日是孟婆生日,昔人以是日雨晴占一冬雨晴,俗讹以为钉鞋生日耳。

虞兆漋言：《拾遗记》轩辕去蚩尤之凶,迁其民善者于邹鲁之地,恶者于有北之乡。《诗经》"取彼谮人,投畀有北"盖用此事云[①]。按,《拾遗记》是晋人王嘉所作,其"有北"之句实用《诗经》,今反谓《诗经》盖用此事,是周人作诗用晋人小说为典故,何其纰缪若此！又云：日月之食乃日月之所喜,当此际者宜为之贺,不必为之护也。此种议论畔经侮圣,真是无忌惮之小人矣！

松江、太仓等处鹌鹑极多,网而食之者,养而善斗者,纷纷不一。兆漋以为惟北方有之,何其少所见多所怪耶！

予闻湖州人种鳖之法,夏时以苋菜同鳖肉切和,于池边近水处掘

小坑，纳切和鳖肉核桃大一丸，将土掩好，俟冬杪春初即成马蹄鳖。故有苋菜不可同鳖食之忌，与虞说亦不同。

璧虱生土中，生育最易而实繁。都中无论贫富人家在所不免，不过有多少之分耳。北五省皆然，江浙亦有，惟杭州最盛。盖生物由于水土，不关休咎，或以为盛衰之征，皆妄言耳。

木棉与棉花大不相同，木棉高丈许，花红；棉花春种秋枯，花黄，高不过三二尺。邱文庄①等以为元时始入中国，非也。史照释文所记的是棉花，而以之解木棉则误。然其本于何处，来自何时，别无记载可考。

卫河冰鲜似银鱼而大，长七八寸，亦水羞中之佳品。

昆明湖大青虾长三寸许，鲜香无偶，可与常州玉爪蟹、虾虎肝鼎足而三，若江瑶柱、西施乳差可比拟，其余皆不足言。

浙江谓办丧事者曰白虫，办喜事者红虫。而江南旧家子弟困顿潦倒之徒，成群聚党，每逢人家庆吊事必往，较量锱铢，喧闹不已，犹以斯文自居，名曰破靴党。专办丧事者曰丧虫，专事房产者曰鸡婆头。《蚓庵琐语》②云：明万历时有邱的笃③，昆山有丧虫。可见江乡地方恶俗相沿其来已久。

唐时宾客宴集，有人起舞，当此礼者必以采物为赠，谓之缠头。

---

①　即丘濬，字仲深、琼山，号深庵、玉峰，别号海山老人。广东琼山府（今海南海口）人。明景泰五年（1454）进士，累官至礼部右侍郎，加太子太保兼文渊阁大学士。死后被追封为太傅左柱国，谥号"文庄"。有《丘文庄集》等著作传世。

②　清人王逋撰，一卷。是书记述明末特大饥荒、农民起义军入京、清兵进军嘉兴、士人厌倦科场等情况甚详。同时记载了明制铜钱的币值、清兵入关的告示，以及康熙曾一度禁止女子裹足、停止八股试士等史料。

③　明万历间，有诸生邱某因形体侏儒，人称之为"邱的笃"。此人贪恋赠金礼，民家昏丧必往贺吊，廉耻扫地，丐者不如。邱死后，传其衣钵者皆故家子弟，潦倒无聊之徒，民间遇此辈辄称之为"邱的笃"。

今宾朋燕会，或妓女当筵，或优人上寿，必有赏赐，即缠头之遗意。

芝麻烧饼其来最远，唐玄宗出奔，日中未食，杨国忠自买胡饼以献。注曰：胡饼即今之蒸饼，以芝麻着之也。

西北方名饼曰馍，每面一斤约用水二三两，揉至和软如脂，做馍烘干。军中及远行者或以囊盛，或以绳挂，数十日不坏，所谓干粮是也。

牛肉煮熟晒干为末，装袋系于身上，无粮时嚼牛干充饥，不致困乏，军营中必须之物。

李义山①《杂纂》有杀风景数事，予拟作八条：雅会谈市井，赏花吟歪诗，旧宣纸写恶札，宋端砚磨臭墨，论诗文瞎赞叹，观字画混指斥，芽茶泡苦水，冬笋炖羊肉。

道光年间，内务府奏明发银五十万两，开钱店②五处：一在珠宝市，一在西河沿，一在西四牌楼，一在后门，一在东四牌楼。

凤翔、汉中一带深山长谷，庶物繁盛，而包谷尤多，艰于出山，故山民鸡豚之畜甚众，皆以包谷饲之，易于肥大，不足贵也。予行栈道中，饭食甚贱，每见村市中男女环坐，饮酒食肉，怡然自乐。《经》云："终南惇物。"③《汉书》："汉中之俗，篷户柴门食必兼肉。"④富庶之风由来远矣。

高江村云：今民间零用，其用纸裹钱赍人者，辄短数文。又云：京

① 即李商隐（约813—约858），字义山，号玉溪生，又号樊南生。原籍怀州河内（今河南沁阳），祖辈迁荥阳（今河南荥阳）。晚唐著名诗人。

② 通常指专营兑换业务的小钱庄。

③ 《尚书注疏》卷六《禹贡·夏书》："终南、惇物，至于鸟鼠。"终南、惇物、鸟鼠为三山名。然宋程大昌《雍录》卷五《南山一》认为"惇物"指终南山高广而物产丰厚，非山名。

④ 此内容见载于明杨慎《升庵集》卷六七"柴门"条，未见《汉书》记载此事。《隋书》卷二九《地理志上·梁州》载："汉中之人质朴无文，不甚趋利，性嗜口腹，多事田渔，虽蓬室柴门食必兼肉。"

师以三十三文为一百，近又减至三十文为一百，席上赉人不以为怪。按，三十三文为一百，即今之关东钱，东八县及关外皆用之，都中不行。概以九十八文为一百，谓之九八钱。欲用足钱，另外加添。至于赉人，亦无辄短数文及卅文为一百者。或有以钱送礼者，务必加足，与前大不相同矣。惟近来钱价日贱，纹银一两可换九八钱二千文，各省皆然，此又古今所罕见闻者。

古来送子婿诗绝少，唐刘长卿《送子婿归长城》即今长兴。^① 诗云：“送君厄酒不成欢，幼女辞家事伯鸾。桃叶宜人诚可咏，柳花如雪若为看。心怜稚齿鸣环去，身愧衰颜对玉难。惆怅暮帆何处落，青山无限水漫漫。”用事典雅，摇曳多姿。

本朝袍子之制有二，凡朝会、庆吊、宴集，概穿满襟袍，行役则穿缺襟袍。按《唐书》，武德元年，诏诸卫将军皆服缺胯袄子^②。即今缺襟袍之类。但唐时惟武人服之，今则文武俱穿，为不同耳。

江南三四月间有淡云微雨，谓之养花天。

越中牡丹开时，赏花者不论亲疏，皆可往观，谓之看花节。常州兰花与菊花开时亦然。

紫柏山在柴关岭之南，有碑曰“张良辟谷处”。有祠，林木幽秀，往来种火者多游憩焉。

今科场有添注涂改之例。考唐试士式，涂几字，乙几字。抹去伪字曰涂。乙音“主”，与注同，字遗落而添注之也。是唐时已有此例。

六月廿四日为观莲节。

岁欲雨，雨草先生，藕也；岁欲旱，旱草先生，蒺藜也。

雨缨出甘肃地方，以牛毛染成者。其牛大倍于黄牛，毛长尺许，名曰牦牛，四川夷地亦有之。

---

① 唐刘长卿《刘随州集》卷八题作《送子婿崔真父归长城》。

② 此事载于五代马缟所撰《中华古今注》卷上，《旧唐书》《新唐书》未见记载。

《东京梦华录》云：串车往往卖糕及糕糜之属，不能载物，即今之二把手独轮车也。

又云：雇觅女使即有牙人引至，即今之媒婆是也。

又云：寻常出街市干事，稍似路远，逐坊巷桥市自有假赁鞍马者，不过百钱。今都中、保定、通州等处骡、驴车在坊市桥巷口等雇，与宋时赁鞍马同。

雅州府产黄连，其根下有小蛇尺许，藏地中，触之伤人。金川羌活高二三尺，嚼之如蔗，可以解渴。根下有水潭，藏鱼一二头，如孩儿鱼，名曰羌活鱼。

四川抚边出金，披沙所得自然成片，谓之"瓜子金"。他处所产谓之"麸金"。大金川、小金川以此得名。

夷人终身不出痘，间有一二患此者，则裹数月粮异置荒僻岩洞中，父母兄弟无一顾者，恐其缠染也。云南猓猡等处亦然。

成都与灌、郫等县二三月桐花开时，有小鸟如拇指大，五色咸备，可比鸾凤，或数百，或数十，飞食桐花。土人网得，可为妇女首饰，名曰"桐花凤"。

宋时十月一日，有司进暖炉炭，民间有暖炉会，元时谓之开炉节。

明时有雕薪画，印者大抵富贵之家，竞相奢华，以为美观。今惟嫁娶人家染红鸡鸭子为贺礼，闲时不用，雕薪之制久无此习矣。

上海李心衡云：军中有瓮听之法，掘地深丈许，可听数十里。自此深一尺，远听十数里，以次递加，可听百里。静夜伏地潜听百里外人马行声，虽衔枚卷甲，历历可闻。

又云：一切无名肿痛毒疮，用桑枝去粗皮，用中层白皮槌烂如泥，蘸生桐油少许，再槌，以桐油渍透为度。视所患大小，将桑皮泥摊盖于上，用帛缠之立效。数年者，每日一换，数次亦愈。

又云：一切砍扑及刀伤血流不止，用生熟松香各半，研细末渗患处，立愈。或五月端午日午时，制好封贮瓷瓶内，陈年者尤佳。

常州有以清钱十文与人赌胜负者，名曰蛤蟆，以其蹲于地下也。

赌者将钱摊开，一字一背，相间隔放在中指间，掷于地上，以六掷为度，如六掷中得成色样则胜，否则负。色样名目甚多，如十字十背，名天地分，是其一也。凡鱼肉食物，一切器具、银钱之属，约价言明而掷，大约十文可赢百文，名曰跌浑成。扬州、淮安此风尤甚，大略与常州同，惟掷时蛤蟆以手托赌者之手腕，然后赌者掷钱为稍异。按《梦华录》云：关扑以一笏可扑三十笏，以至车马地宅、歌妓①舞女皆约以价而扑之。关扑，孟元老不言其扑法，然以一笏可扑三十笏，与今之十可赢百相类，则今之掷钱其犹关扑之遗戏欤？

杭人呼幼小儿童曰牙儿。按《梦华录》云：浴儿毕，落胎发，遍谢坐客，抱牙儿入他人室，谓之移窠。是宋时已有此"牙儿"字，乃《言鲭录》以为当作"㸚"杜撰，可笑。

韩退之诗："虽为②一饷乐，有如聚飞蚊。"《后汉书》"聚蚊成雷"③，退之盖用其事。朱桐乡引《楞严经》语，以为退之虽辟佛，亦常观其书。硬将退之拉入佛门中，殊属无谓。

杜诗"自在莺声恰恰啼"一句中，"声""啼"二字并用，犯复；"恰恰"二字亦是硬凑难解，此乃杜集中劣句。而宋人注"恰恰"二字曰"用心啼"④，竟以注经语意解诗，何异痴人说梦！

煤出西山，每日驼负车载入都者难计其数。按《汉书·地理志》：豫章郡出石为薪⑤。又《水经·魏土记》：搜渠东南火山出石炭，火之，热同樵炭。则石炭汉魏已有，不能如今之普遍，今则呼之为煤耳。

---

① 宋孟元老《东京梦华录》卷七《池苑内纵人关扑游戏》作"姬"。

② 唐韩愈《昌黎先生文集》卷二《醉赠张祕书》作"得"。

③ 原作《汉书》，今改。句见南朝宋范晔《后汉书》卷四一《第五伦列传》。

④ 南朝宋范晔《后汉书》卷四一《第五伦列传》载：杜云"自在娇莺恰恰啼"，《说诗》以谓"恰恰，莺声也"。《广韵》云"恰恰，用心啼尔，非其声也"。

⑤ 查《汉书·地理志》不见此条内容。据宋人朱弁《曲洧旧闻》卷四记载："予观前汉《地里志》，豫章郡出石，可燃为薪。"疑作者乃征引此条而出。

王宛平①《冬夜笺记》:左邱明,盖左邱姓,名明。著《春秋》者,乃左氏。出邓著作名世《姓氏书》②。

王渔洋③云:西番夷人每岁春月携家礼峨嵋,谓普贤为姑娘庙,顶礼瞻恋,或至流涕。其可笑如此。

曾纡④《南游纪旧》云:黄寔自言平生有二事,元丰甲子为淮东提举,尝于除夜泊汴口,见苏子瞻执杖立对岸,若有所俟。归舟中,以扬州厨酿二尊、雍酥一夜遗之。后十五年,为发运使,泊清淮楼,见米元章衣犊鼻自涤砚于淮口,索筐中一无所有,独得小龙团二饼遣人送之,趁其涤砚来此。此二事颇自慰云。

山西巡抚衙署多火灾,后有人画龟、蛇二将于面南照壁上,至今无回禄⑤之厄。予在太原时曾见之。

《通典》载:北齐策秀才书,有滥劣者饮墨水一升。⑥

举案齐眉,案,古"桉"字,犹之近时宾朋宴集,主人献茶酒,宾必拱立举之以致谢,主亦必拱立举手以致敬。其举椀之意大略与此相似,所谓相敬如宾也。虞兆漋以为,鸿去古未远,席地而坐。如今满洲桌子,鸿遵此制,所以可举。夫去古未远,尚无椅杌,反有矮桌,有是理乎?且鸿实至赁春,断无矮桌事。即有之,先置庑下耶?抑其妻

---

① 指王崇简,字敬哉。宛平(今北京市)人。明崇祯癸未(1643)进士,入清补选庶起士,官至礼部尚书。

② 指宋邓名世所撰《古今姓氏书辩证》。邓名世,字符亚。抚州临川(今属江西)人。累官著作佐郎,南宋著名学者,在姓氏考证方面成就尤高。

③ 即王士祯,原名王士禛,字子真,一字贻上,号阮亭,又号渔洋山人,世称王渔洋,谥文简。山东新城(今山东桓台)人,常自称济南人。清初官员、诗人、文学家。

④ 曾纡,字公衮,晚号空青先生。江西临川南丰人。两宋之际散文家、诗人、书法家。

⑤ 相传为火神之名,引申指火灾。

⑥ 见唐杜佑《通典》卷一四《选举二》。

具食时背负而来耶？况夫妇二人席地而坐，共抬矮桌，高举齐眉，自古迄今，有此礼仪乎？说者只顾解释"举案"二字，不管于时势情理上说不去，是亦妄人而已矣。

池盐海眼，江油水脂。

钟乳山髓，西瓜地浆。

京中夏月小儿摘蝉卖之，唐时已有，谓之"青林乐"①。

今州县地方凡乡村中，每处置里长一人，其来最久。按，隋时以百家为里，置里长一人。

今京师语"大"曰"杀大"，"高"曰"杀高"，此假借字也。杀音厦玄声。

俗以金银裹铜铁上谓之包，以金银丝嵌铜铁内谓之鍐。音灭，马融《广成颂》"金鍐玉镶"。

放翁诗"已过浣花天"②，注四月十九日，蜀人于是日游于浣花溪，故云。

《吴志·韦曜传》③：曜素饮不过二升，初见礼异或为裁减，或赐以茶荈当酒。按，"茗茶"字见《晏子春秋》，"买茶"字见汉王褒《僮约》④，自此以后至唐始盛。

饮茶之风近时最盛，凡通都大邑以及市镇乡庄俱有茶坊，无论贫富之家，亦必以茶叶为日用必须之物，人客见面以吃茶为敬。而口外诸藩、外洋诸国皆食牛羊酪浆，非茶不能解其油腻之滞，是以闽、粤、川、陕，居庸、山海各关口，商贩之人船载驼负，往来相继。而榷茶随与烟草相抗，二者比之盐、酒，行贩亦相等。谚云"烟商茶客"，其富盛豪华，概可想矣！

---

① 宋陶谷《清异录》卷三《虫·青林乐》："唐世京城游手夏月采蝉货之，唱曰'只卖青林乐'。妇妾小儿争买，以笼悬窗户间。"
② 诗见宋陆游《剑南诗稿》卷三六《初夏》。
③ 即《三国志·吴书》。
④ 原作《童约》，今改。

　　《卫公兵法》[①]：鼓三百三十三槌为一通，鼓止，角动，十二次为一叠。

　　杜诗"西望瑶池降王母"，因上文用承露事，故以仙禽、紫气作烘托，言宫殿如仙居也。又云"王母画下云旗翻"，因上文是说玄都坛[②]，故以子规、王母、仙禽飞翔作点染，所谓因题写景是也。宋人硬以王母为仙人，与上下文杂而不伦。昔人谓宋人说诗多拗执不通，信然！

　　苏、杨二府畜养幼女，极意修饰，至大卖之，俗云"养瘦马"，见香山诗[③]。

　　江南见人短小者曰矮，北方曰蓬。《唐书·王伾传》"形容蓬陋"[④]。蓬，七禾反。

　　日在午曰"亭"，在未曰"映"。见梁元帝《纂要》。

　　《兖州志》：王潩，东阿人。尝危坐静室，月余不出。日当其静极时，心如皎月当空，平生所疑，触处皆悟。

　　今时凡事教人用心办理曰"子细"。按，《北史·源思礼传》："为政当举大体，不必太子细也。"[⑤]

　　《后汉书·刘宠传》"白首不入市井"，注引《春秋井田记》，云井田之义有五：一曰无泄天时地气；二曰无费；三曰同风俗；四曰合巧拙；五曰通货财。因井为市，交易而退，故称市井也。

---

　　① 即《大唐卫公李靖兵法》，早佚。清人汪宗沂据杜佑《通典》、杜牧《孙子注》及《太平御览》《武经总要》等书所引《李卫公兵法》逸文，辑成《李卫公兵法辑本》共三卷，即上卷《将务兵谋》、中卷《部伍营阵》、下卷《攻守战具》。

　　② 见杜甫《九家集注杜诗》卷一《玄都坛歌寄元逸人》。

　　③ 白居易《白氏长庆集》卷五一《有感三首》："莫养瘦马驹，莫教小妓女。后事在目前，不信君看取。马肥快行走，妓长能歌舞。三年五岁间，已闻换一主。借问新旧主，谁乐谁辛苦？请君大带上，把笔书此语。"

　　④ 原作"唐王伾传"，据明人顾起元《说略》卷一四《典述下》改。考《旧唐书·王伾传》无此句。

　　⑤ 今《北史》无源思礼传。此句当出自明杨慎《升庵集》卷四八"子细"条。

笔四管为一床，银八两为一流。

元世祖作乐名《白翎雀》。塞外沙漠之地白翎最多，状如麻雀而差大，毛色亦相似，惟两翅有白翎，能做百鸟声，故世祖以之名乐，今俗以百伶呼之是也。予在延庆时，有人曾赠一纯白者，声音清亮，异于常雀。因难携带，遂却之。

福郡王名长安①，性奢侈。督闽浙时，亡兄晴溪②在其幕中作记室，凡有书信禀启，福公必先展开，如是长篇累牍，方肯阅看。如遇短章寥寥数语者，即掷去不阅。回书亦必缠绵缕述，亦七纸为率。按，晋何并为相，好侈靡，有以小纸为书，敕书记勿答。何古今豪贵相类若此！

吴郡陈遗至孝，母好食铛底焦饭，即今江南所谓"锅巴"是也，家家都有，京中惟大寺院有之。或仍作饭，或煮粥，颇能益脾胃。北人不知吃法，但以油臭送人。

《曝檐偶记》③云：宋吴子经论性不同，其略云：稚子夜啼，抚背以哀之而不止，取果以与之而不止，许以明早市物而不止，于是其母灭烛，其父伏户下为鬼啸出垣，后为狐鸣，其口如窒。此所以贵乎权也！此等语绝似庄子。

又，东坡云：神胜功用，无捷于酒。

倪高士云林迂而有洁癖，尝偕诸友饮舟中，乐甚。爱一妓女，夜至其家，拟即止宿，遂令妓女洗浴，浴毕，倪视良久，摇首曰："不洁，再濯。"妓复浴毕，倪复审视其面目、手足、胸背，摇首曰："不洁，再洗。"如是者数次，妓不胜其烦，而委顿倚床假寐。倪遥视，摇首怫然曰：

---

① 福长安，满洲富察氏，字诚斋，大学士傅恒第四子，军机大臣福康安弟，清朝将领。

② 即作者胞兄胡嗣起，据《毗陵胡氏世牒》，二十三岁即亡。

③ 此书未检索出为何人所作，明顾元庆著有《檐曝偶谈》。本条所记内容最早见于宋吴曾《能改斋漫录》卷一四《记文类对·吴子经言似庄子》。

“终是不洁！”拂衣径出。

　　苏州人讳“洗”，以其与“死”字同音也。邹平人讳“毕”，以其与“卒”字同音也。王渔洋云，邹平一姻娅病笃，有毕姓者，名医也，其家人以姓故，不肯延请，可谓迂极。

　　鸥鹛，吾常土语呼为喁咯鸥。东门外皇亭内竹木阴森，白日亦有飞鸣者。时届中秋，桂花盛开。太守宴客，先独往散步林下，忽闻鹛鸣，惊而问左右：“这是甚么叫？”一役跪而作官话禀曰：“此鸟叫做葛六鸥。”太守不懂，呵斥之。众役埋怨道：“喁咯鸥是吾常土语，大老爷是旗人，如何懂得！你若说这是鹛鸟，何至受呵斥耶！”其人喜甚，适太守独坐，欣然趋而跪禀曰：“方才那鸟不叫葛六鸥。”太守笑问：“叫甚么？”其人忽忘却“鹛鸟”二字，口开目瞪，只管哼哼。太守怒而问曰：“到底叫甚么？”其人惊惶，不得已只得俯首底声禀道：“还叫葛六鸥。”太守骂而遂出，众人大笑。

　　今县缺有三样：曰繁，曰中，曰简。分别有四字：曰冲，曰烦，曰疲，曰难。又有五等：一字、二字、三字、四字、无字者。大抵各府首县尚不十分烦杂，惟省城首县千头百绪，纷纷纭纭，真有席不暇暖之势。谚曰：“前生不善，今生知县。前世作恶，知县附郭。恶贯满盈，附郭省城。”语虽近谑，情事逼真。

　　《名胜志》：太原府城内有巨铁，露其顶，掘之则深入不出，谓之铁母。今有镔铁祠。

　　长安荐福寺塔俗名小雁塔，唐时建，十三级。嘉靖己卯地震，塔为二；及癸丑地震，复合。滇逆之变[1]，王辅臣[2]据平凉，塔忽中裂。

---

　　[1]　指清康熙时期，平西王吴三桂在云南昆明联合福建靖南王耿精忠、广东平南王尚可喜发动“三藩之乱”，后被平定。

　　[2]　王辅臣，山西大同人，绰号“西路马鹞子”，本为李姓，明末清初军阀。清康熙时期，曾官陕西提督，镇守平凉。后在三藩之乱中，王辅臣首鼠两端，最后畏罪自尽。

乱平,塔复如故。

韩慕庐宗伯名菼①,嗜烟草及酒。康熙戊子,与予同典顺天武闱,酒杯、烟管不离于手。予戏问曰:"二者乃公熊鱼之嗜,则知之矣。必不得已而去二者,何先?"慕庐俯首思之良久,答曰:"去酒。"众为一笑。

以上三条见《分甘余话》②。

自古文人有学问而无品行者,实不可解,如扬子云③之美新,蔡中郎④之荐董,核其心迹,如出一辙。则中郎之死即身膏斧钺亦不为过,何足惜哉!又如刘向、刘歆,穿经穴史,卓然大家。向为忠臣名儒,歆乃甘心逆莽,父子二人邪正悬殊,更属怪事。

古人麦饭统名为饼,不比今时有烧饼、蒸馍、包子、切面种种名目。不托,即今之切面,盖各饼皆可以手托之,惟切面煮熟则不可托之以手,故以不托别之耳。高江村以面裹为不托,面裹乃包子之类,非不托也。

红姑娘俗名鬼灯笼,出沙漠地,甘酸可食。《元故宫记》⑤:欂毛殿前有野果,名红姑娘,外垂绛囊,中含赤子,盈盈绕砌,与翠草同芳。

《淮南子》:淮水浊,宜麻;济水和,宜麦;河水调,宜菽;洛水轻,宜禾;渭水多力,宜黍;江水肥,宜稻。

火有阳有阴。阳火红,阴火绿;阳火如灯烛、木炭之类,阴火如萤

---

① 韩菼,字符少,别号慕庐。长洲(今江苏苏州)人。清康熙十二年(1673)中状元,官至礼部尚书兼翰林院掌院学士。曾裁《大清一统志》。卒谥文懿,人称韩文懿公。

② 清王士禛撰,四卷。

③ 扬雄,字子云。蜀郡成都(今四川成都)人。西汉官员、学者、辞赋家。王莽当政时,任大夫,校书天禄阁。

④ 即蔡邕,字伯喈。蔡文姬之父。陈留郡圉(今河南开封)人。东汉官员、文学家、书法家。权臣董卓当政时拜左中郎将,故后人也称他"蔡中郎"。

⑤ 明徐一夔撰,已佚。

火、磷火、明木之类；阳火昼夜有光焰，阴火昼夜无光焰，为不同耳。《海赋》①"阴火潜然"是也。

凡幼童读书，师每日于其读止处辄以朱乙之。亦有所本，《东方朔传》"止辄乙其处"。"乙"音主，住也。

无锡某寺中有虎刺二株，高一尺三五寸，围径四寸许，枝干诘屈，极其古茂。夏时花白，秋冬子红，盆景巨观。故老云，此树自明万历至今，二百数十年矣。

《刘贡父诗话》②：今人谓狗秃尾者曰厥，衣之短后者亦曰厥。今都中见人衣短者曰短厥。厥，物之短者，亦曰短厥。"厥"盖本诸此。

凡戏庄宴会，午饭无果子、小吃谓之酒席。晚饭惟果子、小吃、点心谓之果席，俗名倒打锣。

胍肫音孤都，宋卤簿中用之，今之长柄手揸，小儿要货中胍肫椎是也。西北人见花蕊大者曰大胍肫，小者曰小胍肫，盖取其形似也。

都中有婚丧等事必搭席篷，或俭或奢，视其家之有无，名曰办句当。

陕西石刻《笔阵图》乃羊欣③作，李后主书。世以为逸少④者，误。

《七贤过关图》，郑广文⑤作。有诗云："二李才名压二张，归鞭遥

① 西晋木华著，木华字玄虚，广川（今河北枣强）人，辞赋家。今存《海赋》一篇，为梁萧统《文选》选录。

② 宋刘攽撰。刘攽，字贡父，一作贡父、赣父，号公非。江西临江（今江西樟树）人。官员，史学家。

③ 羊欣，泰山郡南城县（今山东平邑）人。王献之之甥。东晋、南朝官员、书法家，传世书法作品有《暮春帖》《大观帖》《闲旷帖》等。

④ 即王羲之，字逸少。原籍琅玡临沂（今属山东），后迁居山阴（今浙江绍兴）。东晋书法家，有"书圣"之称，后官拜右军将军，人称王右军。

⑤ 即郑虔，字若齐。河南荥阳人。唐代文学家、诗人、书画家，亦是一代通儒。玄宗曾特置广文馆于国子监，诏授首任博士，从此扬名天下，时号郑广文。

指孟襄阳。"七贤者,张说、张九龄、李白、李颀、郑虔、孟浩然、王维也。过关者,辋川,在蓝田关外也。

陕西省东有函谷,西有散关,南有武关,北有萧关,陇右有大震关,固原有瓦亭关,盩厔有骆谷关,南山有子午关,同州有蒲津关,汉中有豹头关,而长安当其中,故名关中。

秦、蜀出入相通有三谷四道。三谷者,西南曰褒谷,从凤入;南曰骆谷,从洋入;东南曰斜谷,从郿入。四道者,从成、和、阶、文出者为沓中阴平道,邓艾伐蜀由之;从两当出者为故道,汉高祖攻陈仓由之;从褒、凤出者为今栈道,汉王之南郑由之;从城固、洋县出者为斜骆道,武侯屯田渭上由之。

东坡与人书云:令嗣瑰玮奇特,奋鞭一跃,当撞破烟楼。盖以"跨灶"①誉之也。

近得颜《三表》法帖数纸,格局开展,笔墨飞腾,无剑拔弩张之习,而有端庄杂流利之胜,较《争座位》等帖似胜一筹。但帖后无跋,不知何人所刻。而日来已有木刻者,颇能得其形似,须细细详玩,方能无误。

内弟谈鲁卿有蒋南沙②相国金扇面折枝花卉四十幅,予在家时特为审定者。每一展看,如入万花园中,香艳迎人,无美不备。前在保阳时询之,美人已属沙叱利矣,惜哉!

吾乡小南门外五里许陶家园,乃唐荆川先生③别墅也,孙文介

---

①　本义指骏马奔驰时后蹄印反而处在前蹄印之前,引申为儿子胜过父亲。

②　即蒋廷锡,字酉君、扬孙,号南沙、西谷,又号青桐居士。江苏常熟人。清官员、画家,尤精花鸟画。

③　即唐顺之,字应德,一字义修,号荆川。武进(今属江苏常州)人。明代官员、散文家、抗倭英雄。

公①题曰"荆川读书处",刻石嵌壁间,书法古秀雅健。门前有古柏八九株,小池一区,竹木树石亦行列可观。厅楼三间,前有梨树一株,大可合抱,相传是荆川旧物。四月间,花大而繁如堆雪,秋间结梨或多或少,若遇风雨飘堕于地,则细杂无成块者。予少时曾饮其下,摘数枚下酒,香甜而脆,爽口异常品,在涿州、永平诸梨之上,亦可谓之"唐梨"。

李勣墓在东明县杜胜巡司署之西,方广一丈三二尺,地平无邱陇,亦无碑石树木。中有獾穴三两处,人行其上,声空空然。或云昔有人掘之中,惟朱漆大棺铁索悬于石梁上,无他物。按,李勣亦唐时功臣,谥贞武,山东人。不知何故葬此,岂唐时杜胜地方尚属山东耶?

杜胜集多荷池,大小二三十处。花大径尺,叶如雨伞,荷梗粗如人大指,长一丈数尺。白莲池中无红莲,红莲池中无白莲,相杂则不旺。白如积雪,红似朝霞,清风拂面,自有一种香气。秋时莲蓬一文一个,土人不贵,惟知挖藕而已。

窦建德僭号于广平,既卒,即葬于其地,今府署后空地有一冢即是。岁时朔望,太守必亲自行香,大堂中门不开不坐,相传如是。或有不信者,必致不祥,极效,故至今无敢侮之者。夫以建德之强暴,死后尚能为鬼雄,不亦异乎!

定州即汉中山王地,墓在城内西北隅,岁时有司致祭。东北隅乃韩魏公②众春园,内有东坡雪浪石,不知从何处移去。若刘梦得③之陋轩,杜牧之④之竹坞,均不可考矣。

---

① 即孙慎行,字闻斯,号淇澳。江苏武进(今江苏常州)人。唐顺之外孙,卒谥文介。明代官员、思想家。

② 即韩琦,字稚圭,自号赣叟。封魏国公,卒谥忠献。相州安阳(今河南安阳)人。北宋官员、文学家。

③ 即刘禹锡,字梦得。洛阳(今属河南)人。唐代文学家、哲学家。

④ 即杜牧,字牧之,号樊川居士。京兆万年(今陕西西安)人。唐代诗人、散文家。

定州塔在州署之南，高十三层，中空，可缘梯而登。每层有门，可以望远，是北宋时所造。每月朔望，州署发油点灯，光烛霄汉，大观也。土人有许愿点灯者，勿禁。

予于道光二年在定州查赈，一日，至东南某村，天气尚早，独坐无事，散步村外，有古庙一所，不甚高大，无外垣，惟老树数株，扁题"莲花寺"。入门见石桌刻作莲花形状，极精巧，乃四顾墙壁及龛中、椽上，花砖俱作莲花形，雕琢灵动，工费浩繁，非万金不办。其石桌刻有唐时年月、姓名，今已忘。可见唐人佞佛，不惜费用有如此！

赵州大石桥在州南五里，建自隋仁寿年间，高大精坚，江南江北罕见其匹。桥洞内题咏高下不一，字迹完好，不大剥落，缘在桥洞中难于槌拓故也。两岸高数丈，桥下涓涓细流，夏秋水涨，亦惟小船来往。桥当南北要道，北塽客寓亦洁净，所制羊肉最为精美。予屡经其地，必醉饱焉。

塔莫多于正定，有方塔、圆塔、木塔、铁塔，惟花花塔最为穷工极巧，精妙绝伦。予尝过其下，竟未能究其颠末，惟记得铁塔是大匠作尉迟恭监造矣。

广平府地形东、西、北三面高而南下，城河则四面宽广而东北最大。河中鱼虾甚美，荷花极盛。河之北有水榭三楹，为郡僚宴游之所。五、六月间，对花开尊，钓鲜而烹，亦客游中之一乐也。

澶渊周围数十里，在开州南关大堤之外，堤与城连，堤足阔十余丈，高六七丈，为北宋时南北要地。即汉武时河决瓠子，帝亲率公卿伐竹木塞之，所谓千里黄金堤也。予于嘉庆年间经其地，出南关即须绕渊而行，殊觉迂远。及至道光时，再出南关，即驱车直向南去，渊中干涸无滴水，土块作龟纹形，一片荒地，草木俱无。噫！此与滹水皆予所亲见者。桑沧之说，信不诬矣！

予在小广平时，偶有事赴郡，早起日尚未出，出西门数里，忽见西北隅一城，城楼女墙屹然高耸，城门洞开，车马行人不绝，骇甚！车行渐近，定神细看，倏忽无有，但见禾黍高低，荒烟草舍而已。或曰此

“讹城”也，春秋之间往往有之。或城上旌旗密布，或门中人马来往，其状无定。此与闽中之山市，山东之蜃楼，皆山川之精灵，天地之幻化也。

嘉庆二十三年三月初八，予在小广平捕署东书房。约酉初时候，忽见西北红沙障天，以为大风将至，急将门窗紧闭。转瞬天黑如漆，对面不相见，室中点火，举家危坐，惟闻风声如吼，倒山排海而来，屋宇震摇将倾。约两时许，黑气渐退，而风狂不已。天将明，大雨一阵，风渐息。明日，城内外居民有死伤者。是日，友人自县赴郡，日后得来书云：初八日临晚至广郡南关，陡遇黑风，不能行动，直至亥刻，暗中摸索至永年伍公署。

是年四月初八，都中亦于申酉刻黑风陡至，天地昏暗，十三门俱闭。前门外各铺户并摆摊各店，车马惊窜践踏，匪徒乘势抢夺人物，伤损不计其数，各大街皆然。是日，西顶游人甚多，不能进城，男女老少混杂无别，暗中拥挤，莫可言状。迨至天明城开，但见蓬首垢面、手足涂泥男女，纷纷进城，无一衣履完全者，此亦承平时仅见之风灾也。

同乡杨某嘉庆二十四年游幕兰阳县署中，屋宇甚宽，后楼尤高大。某至署时，官眷未来，正值夏日，遂下榻楼中。七月杪，城北堤溃，声如万马奔腾，骇极。而水已至楼下，急登楼，水亦随至楼板。某急上窗檐，水已满楼。某取窗作梯，缘篷竿上楼檐，匍匐至楼脊，水已浩然，不及其足者三尺许。坐脊上稍憩，闻楼东有人呼救声，见一府人自别屋携一木棍作杖至楼墙东，踏篷横竿，无攀援，不得上。某即引手掘其木棍，府人两手握木棍，尽力一蹬，竟得上墙。至楼脊并坐，但见茫茫一片，水与天齐，风水呼号，如万千枪炮，连环不已。人畜、器物顺流如飞，或浮或沉，有瞬息千里光景。府人带有短烟袋并小刀等，烟与火茸虽湿，尚有干者，彼此换吃数口。忽一木瓢浮至足间，府人以烟袋钩上，取水而饮，甚解饥渴。如此一昼夜，无计可施，待死而已。偶见火腿一只，随波荡漾，约离三五尺，两人计议，解带将烟袋缚于木棍上，钩取火腿，以身手助其长，试探之，竟得钩至脚下。府人以小刀割肉，分而生嚼，入口充肠，无异山珍海错也。饮水嚼肉，又一昼夜，救生船驶至，呼而应，乃由楼东墙角下船，仍携火腿皮骨属舟人烧熟分吃。舟人大笑，某曰："此吾二人救命仙丹也，非此则饿死于楼脊矣！盖可忽乎哉？"予晤之于保阳，其自言如此。

句容县茅山有火居道士，山、陕近边处有火居僧人。盖山深地僻，盗贼易藏，僧道有妻子则有家累，盗贼亦无可容身矣。

己酉年①，浙江、江苏、江西、安徽、湖北等处自又四月②至五月，大雨连绵数十日，昼夜不绝，江湖并涨，漂没庐舍田禾不计其数。湖北省城不没者三街，督署水深数尺，南京亦然。而灾区则江浙为尤甚。安徽太平府学院衙门为水冲浸，均行倾圮，卷箱等亦多漂没。于是浙江、江苏、湖北乡试俱改期九月，南京因贡院积水不退，改至十月，此亦年来仅见之水患也。

都门近日菊花最盛，而白牡丹、徐家紫两种，花大如盘而耐久，收藏得法，正月间与牡丹、山茶等同芳竞艳，别有一种萧疏出尘之致，真雅玩也。

二十九年十一月廿九日，前门箭楼灾。先是廿八日夜半，东月墙铺户失火，延烧五十余家，折毁房屋数十间。天将明，火已熄，而前门箭楼兽吻中烟出如雾，未几而火发，声如千万炮竹响于空中。楼高大而坚固，砖瓦、火球如掷如飞，不可向迩。军役千人，水龙百只，环视而不能施力。至己午时，楼尽毁。

太仓王云雏言其同乡老贡生钱某，年七十余，夫妇强健如少年。幼孙出痘，二老为其所染，亦出痘，十余日始愈。即此可见胎毒、食毒之妄。

獭豕见《易经》，驽骤见《楚辞》，犊牛见《说文》，扇马见《五代史》。

---

① 即道光二十九年(1849)。
② 即闰四月。

　　今铨选例年二十岁以上方许出仕。按,宋时铨选法亦有此说。
　　吾乡雇工人等较论钱数多少,谓之身钱。亦有所本,按,《后山谈丛》云:吴越钱氏时,人成丁赋钱三百六十,谓之身钱①。

_____

　　① 见宋陈师道《后山谈丛》卷三。师道,字履常,一字无己,别号后山居士,彭城(今江苏徐州)人。北宋官员、文学家。著有《后山集》《后山诗话》等。该书杂载宋代政事、边防,朝野琐闻,文人轶事。

海隐书屋名胜纪游集

咸丰五年四月芒种前一日鹤生辑

张曲江①曰：学者常想胸次吞云梦泽，笔头涌若耶溪，量既并包，文亦浩瀚。

陆士龙②《谷风诗》云："闲居物外，静言乐幽。绳枢增结，瓮牖绸缪。和神当春，清气③为秋。天地则迩，户庭已悠。"钟④评曰："眼中极静，胸中极廓。"

太白登华山落雁峰曰：此山最高，呼吸之气可通天帝座矣。恨不携谢朓惊人句来，搔首问青天耳！

胡五峰⑤曰：学道者譬如游山，必上东岱，至于绝顶，坐使天下高峰远岫、卷阿大泽悉来献状，岂不伟欤！

吴草庐晦翁⑥赞曰：义理元微，蚕丝牛毛；心胸恢廓，海阔天高。

---

① 张九龄，字子寿。韶州曲江（今广东韶关）人。卒谥文献，世称"张曲江"或"文献公"。唐开元年间名相，诗人。

② 陆云，字士龙。吴郡吴县（今江苏苏州）人。与其兄陆机合称"二陆"，曾任清河内史，故世称"陆清河"。西晋官员、文学家。

③ 陆诗原文作"节"。

④ 钟嵘，字仲伟。颍川长社（今河南长葛）人。南朝文学批评家，著有诗歌评论《诗品》。

⑤ 胡宏，字仁仲，号五峰，人称五峰先生。崇安（今属福建）人。宋代官员、学者，湖湘学派创立人。

⑥ 吴澄，字幼清，晚字伯清，学者称草庐先生。抚州崇仁（今属江西乐安）人。元代理学家、经学家、教育家。

欧阳圭斋《许鲁斋》云："无事而静，则太空晴云，舒卷自如；应物而动，则雷雨满盈，草木甲拆。"①

袁小修②《卷雪楼记》云：中郎③卜居沙市，治一楼曰④"砚北"以瞰江。其前隙地植两楹承雷而出之，如头上髻，始尽得江势。举江自蜀趋⑤吴，奔腾颓叠，澄鲜朗耀，震荡天⑥地，淹润河山者，悉归几席之下。凡巴西之远峰，梦南之芳草，九十九洲乍隐乍现，千帆竞举，惊沙坐飞，棹歌渔唱，接响互答。霁雨旦暮，烟霞⑦万状，于是中郎登而乐之。时暑路方升，九市如炙，而登此楼则大江如积雪晃耀，泠人心脾，字之曰"卷雪"。

隐君⑧云：高峰入云，清流见底，两岸石壁，五色交辉⑨。青林翠竹，四时具⑩备。晓雾⑪将歇，猿鸟乱啼⑫；夕日欲颓，沉鳞竞跃。实欲界之仙都，自康乐以来，未有能与其奇者。

东坡与客游金山，适中秋，天宇四垂，一碧无际。江流倾涌，月色

---

① 此段文字出自欧阳玄《圭斋文集》卷九《文正许先生神道碑》。

② 袁中道，字小修，一作少修，与其兄宗道、宏道并称"公安三袁"。湖广公安（今属湖北）人。明代文学家。

③ 袁宏道，字中郎，又字无学，号石公，又号六休。明代官员、文学家。

④ "曰"，原作"如"，据《珂雪斋近集》卷五《卷雪楼记》、《珂雪斋集》前集卷十三《卷雪楼记》改。

⑤ "趋"，《珂雪斋近集》《珂雪斋集》作"趣"。

⑥ "天"，《珂雪斋近集》《珂雪斋集》作"大"。

⑦ "霞"，《珂雪斋近集》《珂雪斋集》作"景"。

⑧ 陶弘景，字通明，自号华阳居士，卒谥贞白先生。丹阳秣陵（今江苏南京）人。齐梁间道士，医学家、炼丹家、文学家。

⑨ "辉"，南朝陶弘景《华阳陶隐居集》卷下《答谢中书书》作"晖"。

⑩ "具"，《华阳陶隐居集》作"俱"。

⑪ "晓雾"，《华阳陶隐居集》作"晚晓"。唐欧阳询《艺文类聚》卷三七《人部二十一·隐逸下》与本文同。

⑫ "啼"，《华阳陶隐居集》作"鸣"。

如画。登妙高台,歌《水调歌头》。公自起舞,兴会洒脱,千古独绝。

周公谨①诸人邀赵子固②各携书画,放舟湖上,相与评赏。饮酣,子固脱帽,以酒晞发,箕踞,歌《离骚》,傍③若无人。薄暮入西泠,掠孤山,舣棹茂树间,指林麓最幽处,瞪目绝叫曰:"好④洪谷子⑤、董北苑⑥得意笔也!"

莫云卿⑦云:予独居山中时,借榻僧舍。每见林峦新霁,鸟声碎耳,岩扉初晓,云山荡胸,一启⑧山椒紫翠正落枕上。仙仙乎,觉身世之欲浮也⑨。

东坡《与子由⑩书》云:但胸中廓然无一物,即天壤间山川草木虫鱼之类,皆吾作乐事也。

赵子固襟怀潇洒,有六朝诸贤风味。多藏三代以来金石名迹,东西薄游,必挟以自随。一舟横陈,仅留一席为偃息地,随意取之摩抚吟咏,至忘寝食。所至识不识,望而知为子固书画船也。

---

①　周密,字公谨,号草窗,晚年号弁阳老人。吴兴(今浙江湖州)人。南宋词人、文学家。宋亡,入元不仕。

②　赵孟坚,字子固,号彝斋。海盐广陈(今浙江嘉兴)人。南宋宗室,著名画家。

③　"傍",宋周密《齐东野语》卷一九《子固类元章》作"旁"。

④　"好",《齐东野语》作"此真"。

⑤　荆浩,字浩然,号洪谷子。五代后梁画家。

⑥　董源,字叔达。钟陵(今江西进贤)人。五代南唐画家,南派山水画开山鼻祖。南唐中主李璟时任北苑副使,故又称"董北苑"。

⑦　莫是龙,字云卿,号秋水、玉关山人、虚舟子等。南直隶松江府华亭(今上海松江)人。明代文学家、书画家、藏书家。曾得米芾石刻"云卿"二字,因以为字,后以字行。

⑧　"一启",莫云卿山水册页原画页题句作"窗户一开"。

⑨　此段文字又见于明李绍文《皇明世说新语》卷五《豪爽》,稍有出入。

⑩　有误,宋苏轼《苏文忠公全集·东坡续集》卷五作《与子明兄》。

周吉甫①云：冬夜独坐至更深，寒灯少焰，篱犬无声，茶烟不起，鹤梦未醒，此时此心，其与太虚游乎？

晁补之②《照碧堂记》云：花明草薰，百物妩媚③。湖光弥漫，飞射堂栋。长夏畏日，坐见风雨自堤而来，水波纷纭④，柳摇而荷靡，鸥鸟尽舞⑤，客顾而嬉，俯然不能去。

汤霍林⑥作《陈汝砺诗序》云：山水之与人交相益者也。虽有名胜，不经文人笔舌，则黯而⑦不扬。然文人之奇于文，山川⑧之助居其大凡焉，潮之于韩，柳之于柳，儋耳之于苏，尽南方之奇变，以佐数公之吞吐，而数公之文于是⑨始变化而不可穷。

王阳明《平山书院记》云：平山之胜，耸秀奇特，比于峨嵋。望之岩壑⑩壁削，若无所容，而其上乃宽衍平广⑪。俯览大江，烟云杳霭。书院当其麓，其高可以眺，其邃可以隐，其芳可以采，其清可以濯，其幽可以栖。因而望之以含远之楼，蛰之以寒香之坞，揭之以秋芳之

---

① 周晖，字吉甫，号漫士，又号鸣岩山人。上元（今江苏南京）人。明诸生，隐居不仕，有《金陵琐事》等著作传世。

② 晁补之，字无咎，号归来子。济州巨野（今属山东巨野）人。北宋官员、文学家。

③ "妩媚"，宋晁补之《济北晁先生鸡肋集》卷二九《照碧堂记》作"媚妩"。

④ "纭"，原作"籹"，据《济北晁先生鸡肋集》改。

⑤ "舞"，原作"仙"，据《济北晁先生鸡肋集》改。

⑥ 汤宾尹，字嘉宾，号睡庵，别号霍林。安徽宣州人。明万历二十三年（1595）榜眼及第，授翰林院编修，官至南京国子监祭酒。有《睡庵稿》等传世。

⑦ 明汤宾尹《睡庵稿》卷二《陈汝砺诗序》作"晦"。

⑧ "川"，《睡庵稿》作"水"。

⑨ 《睡庵稿》"是"后有一"乎"字。

⑩ "壑"，明杜应芳《补续全蜀艺文志》卷二四王阳明《平山书院记》作"厉"。

⑪ "广"，《补续全蜀艺文志》作"博"。

亭，澄之以洗月之池，息之以栖云之窝。四时交变，风雪晦冥①之朝，花月澄芳②之夕，光景追递③，千态万状。而吾诵读于其间，盖冥然与世相忘，若将终身焉，而不知其他也。

洪五明④《答程虞卿》曰：接⑤手教，知兄有故人想，故人囊空四海，笔破千愁。

苏长公⑥与友书云：东坡居士酒醉饭饱，倚于几上。白云左缭，清江右洄，重门洞开，林峦岔⑦入。当是时，若有思而无所思，以受万物之备。

白玉蟾⑧《涌翠亭记》云：山光浩荡，江势澎湃。松声如涛，月华如水。萤火万点，俯仰浮光。禽簧一声，前后应和。飞青舞碧，凝紫沉苍，于是而曰"涌翠"。芦湾不尽，凫渚无穷。挽回亭前，酌以玄酒，招入酒里，咏以新诗⑨。长篇今，短篇古，莫罄其趣也。最是春雪浮空，高下玉树；夜月浸水，表里冰壶。渔歌断处，碧芷浮天；帆影落时，绿芜涨岸。菰蒲萧瑟，舟楫往来，乐自无穷也。

东坡云：岁行尽矣，风雨凄然，纸窗竹屋，灯火青荧，于此间少得

---

① "风雪晦冥"，《补续全蜀艺文志》作"风雨晦暝"。
② "芳"，《补续全蜀艺文志》作"芬"。
③ "追递"，《补续全蜀艺文志》作"超忽"。
④ 即洪时皋，生平不详。
⑤ "接"，明沈佳胤《翰海》卷三《自叙部·复程虞卿》、卷一二《佳言部·复程虞卿》皆作"出"。
⑥ 即苏轼。
⑦ "岔"，明陈天定《古今小品》卷八苏轼《书临皋亭》作"坌"。
⑧ 白玉蟾，本姓葛，名长庚。为白氏继子，故又名白玉蟾。字如晦、紫清、白叟，号海琼子、海南翁、武夷散人等。道教金丹派南五祖之一，内丹理论家。著有《玉隆集》《上清集》《武夷集》等，后由其弟子编为《海琼玉蟾先生文集》。
⑨ "招入酒里，咏以新诗"，明贺复征《文章辨体汇选》卷五七〇《白玉蟾·涌翠亭记》作"招入酒里，咏入新诗"。

佳趣①。

《寻乐编》②云：每日早起静坐，受天地清气，灵窍自开。

《遵生笺》③云：斋中得古铜汉钟，声清韵远，灵璧石磬，色黑性坚者各一，悬之堂中④，焚香敲击，以清俗耳。古⑤诗有云："数声钟磬是非外，一个闲人天地间。"是真有助于清致⑥。

唐子西⑦有诗云：山静似太古，日长如小年。余花犹可醉，好鸟不妨眠。世味门常掩，时光枕⑧已便。梦中频得句，拈笔又忘筌。

《醒言》云：白云冉冉，落我衣裾。闻村落数声，酷似空中鸡犬。皓月娟娟，入人怀袖。听晚风三弄，恍如天外凤鸾。

李太白云：楼虚月白，秋宇物化，于斯凭栏，身势飞动⑨。

林太华⑩与友笺云：夜半从枕上忽闻岩谷折竹声，亟起褰帘，见六花飞洒，万顷堆琼，璀璨洞心，乃朗吟唐人"地疑明月，山似白云"之句，辄惊喜欲狂，因令小鬟烧松煨酒，连举数白，捉管呵冻，缀成二十

---

① "于此间少得佳趣"，苏轼《苏文忠公全集·东坡续集》卷五《与毛维瞻》作"时于此间得少佳趣"。

② 明人毛元淳撰，一卷。是编乃毛氏所撰语录。序称慕周茂叔寻孔、颜乐处，遇会心辄便记录，故以"寻乐"名编。

③ 通谓《遵生八笺》，二十卷，明高濂撰。全书分八笺：《清修妙论笺》《四时调摄笺》《却病延年笺》《起居安乐笺》《饮馔服食笺》《灵秘丹药笺》《燕闲清赏笺》《尘外遐举笺》，是一部内容广博又切实用的养生专著。

④ "堂中"，明高濂《遵生八笺》卷八《起居安乐笺下卷·钟磬》作"佛堂"。

⑤ "古"，《遵生八笺》作"故"。

⑥ "是真有助于清致"，《遵生八笺》作"是真有得于闲者"。

⑦ 唐庚，字子西，人称鲁国先生。眉州（今四川眉山）人。北宋官员、诗人。

⑧ "枕"，宋唐庚《眉山唐先生文集》卷五《醉眠》作"簟"。

⑨ 此段文字见唐李白《李太白诗集注》卷三〇《诗文拾遗·杂题·其三》。

⑩ 林世卿，明代文学家。

四韵①。

屠赤水②答友笺云：楼前花木渐成林，终日对坐③，每当会心处，欣然独笑。客来略去礼数④，盘礴清阴，有偶及市朝事，急以白麈尾挥去。以故身在城郭，不减⑤桃花源。

晁补之《游新城北山记》⑥云：于时九月，天高露清，山空月明，仰观星斗，皆光大如适在人上。窗间竹数十竿相摩击⑦，切切不已。竹间梅棕森然如鬼魅，离立突髻⑧之状。还家数日，犹恍惚若有遇，往往想见其事也。

谢绛⑨《纪游嵩山》⑩云：是时秋清日阴，天未甚寒，晚花幽草，亏蔽石壁。正当人力清⑪壮之际，加以⑫朋簪谈燕之适，升高蹑险，气豪心果。遇盘石，过大树，必休其上下，酌酒饮茗，傲然者久之。又寻韩文公所谓石室者，因尽诣东峰顶，是夕宿顶上。会几，望天无纤翳，万里在目，疑去月差近，令人浩然，绝世间虑。盘桓清露下，直觉冷透骨发。相与岸帻褫带，环坐满饮，赋诗谈道，间以戏谑⑬，不知形骸之

---

① 此段文字见明沈佳胤《翰海》卷九林太华《与王太史》。

② 屠隆，字长卿，号赤水、鸿苞居士。浙江鄞县（今浙江宁波）人。明代官员、文学家、戏曲家。

③ "对坐"，明屠隆《白榆集》卷一三《再答徐孟孺》作"坐对"。

④ "数"，《白榆集》卷一三作"法"。

⑤ "不减"，《白榆集》卷一三作"何异"。

⑥ "游新城北山记"，宋晁补之《济北晁先生鸡肋集》卷三一作"新城游北山记"。

⑦ "击"，《济北晁先生鸡肋集》作"戛声"。

⑧ "髻"，《济北晁先生鸡肋集》作"鬓"。

⑨ 谢绛，字希深。浙江富阳（今浙江杭州）人。北宋官员、文学家、诗人。

⑩ 《纪游嵩山》，宋吕祖谦《皇朝文鉴》卷一一三作《游嵩山寄梅殿丞》。

⑪ 《皇朝文鉴》作"精"。

⑫ 《皇朝文鉴》作"有"。

⑬ 《皇朝文鉴》作"谑剧"。

累、利欲之萌为何物也。

　　沈攸之①晚好读书，手不释卷，尝叹曰："早知穷达有命，恨不十年读书。"②

　　屠长卿《与王百谷》笺云：仆既贫到骨，又不欲攒眉向屠沽儿，故忻然日开口而笑。家有一钱，与亲朋闲坐，为清谈欢饮③。兴到，或口呕下里曲，少年在旁，挝鼓吹笙，畅甚。诘朝洗盏，厨无晨炊矣，而此中灵明湛然。

　　王摩诘得宋之问蓝田别墅在辋口，辋水周于舍下，竹洲花坞，与裴迪浮舟往来，弹琴赋诗，啸咏终日。以玄谭为乐。斋中无所有，惟茶铛酒皿、经案绳床而已。

　　白居易罢杭州④，得天竺石一、华亭鹤一⑤；罢苏州，得太湖石五⑥、白莲、折腰菱、青板舫；罢刑部侍郎，有粟千斛、书一车，泊臧获之习管⑦磬弦歌者。先是，颍川陈孝先⑧与酿酒法⑨，味甚佳；博陵崔晦叔与琴，韵甚清；蜀客姜发授《秋思》，声甚淡；弘农杨贞一与青石三方，长、平、滑，可坐卧。每至池风春、池月秋，木⑩香莲开之日⑪，露清

──────────

　①　沈攸之，字仲达。吴兴武康（今浙江德清）人。南朝宋武将。
　②　见南朝沈约《宋书》卷七四《沈攸之传》。
　③　《翰海》无"欢饮"二字。
　④　指白氏罢杭州刺史一职，下文"罢苏州"指罢苏州刺史。
　⑤　"一"，白居易《白氏长庆集》卷六〇《池上篇并序》、刘昫《旧唐书》卷一六六《白居易传》作"二"。
　⑥　"五"，《旧唐书》同，《白氏长庆集》无。
　⑦　"管"，《白氏长庆集》《旧唐书》作"筑"。
　⑧　"陈孝先"，《白氏长庆集》作"陈孝山"，《旧唐书》作"陈孝仙"。
　⑨　"酒法"，《旧唐书》同，《白氏长庆集》作"法酒"。
　⑩　"木"，《白氏长庆集》《旧唐书》作"水"。
　⑪　"日"，《白氏长庆集》《旧唐书》作"旦"。

鹤唳之夕，拂杨石，举陈酒，援崔琴，弹《秋思》①，颓然自适。酒醉②琴罢，令③乐童登中岛亭，合奏《霓裳散叙》。声随风飘，或凝或散，悠飏竹烟波月之际，曲未终④而乐天陶然矣。

戴颙⑤每于春日携双柑斗酒，人问何之，曰："往听黄鹂声，此俗耳针砭，诗肠鼓吹。"⑥

徐声远⑦《易安堂记》云：堂之前门外，一望绿畴皆膏腴，可稌可稑，既帘既薿。远风交焉，良苗怀新。策杖逍遥，宛然古田舍风景。或烟雨中宜被襏襫倚茂树而立，以观罢灌而涣者。其后有园，修竹万竿，梅杏桃李，繁花错焉。桑以百数，蚕月紫椹，掇入新酿，浮大白微醉，坐绿阴中听黄鸟，此乐虽三公不易也。

《晋廛》⑧云：书屋前列，曲槛栽花。凿方池浸月，引活水养鱼。山窗下，焚名香读《易》，设净几鼓琴，卷疏帘看鹤。

又云：沧海日、赤城霞、峨眉雪、巫峡云、洞庭月、彭蠡烟、潇湘雨、广陵涛、庐山瀑布，合宇宙奇观，绘吾斋壁；少陵诗、摩诘画、《左传》文、马迁史、薛涛笺、右军帖、《南华经》、相如赋、屈子《离骚》，收古今绝艺，置我山窗。

眉州象耳山旧有李白题石云：夜来月下卧醒，花影零落⑨，满衣

---

① "弹《秋思》"，《旧唐书》同，《白氏长庆集》作"弹姜《秋思》"。

② "醉"，《白氏长庆集》《旧唐书》皆作"酣"。

③ "令"，《白氏长庆集》《旧唐书》皆作"命"。

④ "终"，《白氏长庆集》《旧唐书》皆作"竟"。

⑤ 戴颙，字仲若。谯郡铚县（今安徽濉溪）人。南朝宋隐士，著名琴家。

⑥ 此段文字见唐冯贽《云仙杂记》卷二《俗耳针砭诗肠鼓吹》。

⑦ 徐应雷，字声远。吴县（今江苏苏州）人。明代文人，著有《白毫集》二二卷。

⑧ 明人双清撰，一卷。

⑨ "落"，唐李白撰，清王琦注《李太白诗集注》卷三〇《诗文拾遗·杂题·其二》作"乱"。

人袖①,疑如濯魄②冰壶也。

晋简文③入华林园,顾谓左右曰:"会心处不在远,翳然林木④,便自有⑤濠濮间想,觉鸟兽禽鱼自来亲人。"

诚斋⑥云:鸟啼花落,欣然有会于心。遣小奴挈瘿尊酤白酒,醮⑦一梨花瓷盏,急取诗卷⑧快读一过以咽之,萧然不知在尘埃间也。

作未完,问花寻生意;读将倦,听鸟语天机。此前辈书室联也。

秦少游⑨纪游龙井云:予自吴兴道杭,东还会稽。龙井有辨才大师,以书邀予入山。比出郭,日已夕,航湖至普宁,遇道人参寥,问龙井所遣篮舆,则曰:"以未⑩时至,去矣。"是夕,天宇开霁,林间月出,可数毫发。遂弃舟,杖策并湖而行。出雷峰,度南屏,濯足于惠因涧,入灵石坞,得支径上风篁岭,憩于龙井亭,酌泉据石而饮之。自普宁凡经佛寺十五⑪,皆寂不闻人声。道旁庐舍或灯火隐显,草木深郁,流水激激悲鸣,殆非人间之境⑫。行二鼓矣,始至寿圣寺⑬,谒辨才于潮音堂。

------

① "满衣人袖",《李太白诗集注》作"满人衿袖"。

② 《李太白诗集注》"濯魄"后有一"于"字。

③ 晋太宗司马昱,字道万。谥号简文皇帝。

④ "木",明董其昌《容台集》别集卷四《题跋》皆作"水"。

⑤ 原作"有自",据《容台集》改。

⑥ 杨万里,字廷秀,号诚斋。吉州吉水(今属江西)人。宋代官员、诗人。

⑦ 原作"嚼",据宋杨万里《诚斋先生集》卷九八《跋欧阳伯威句选》改。

⑧ "诗卷",《诚斋先生集》作"此轴"。

⑨ 秦观,字少游,一字太虚。别号邗沟居士,学者称淮海居士。今江苏高邮人。北宋文学家、词人。

⑩ "未",《淮海集》作"不"。

⑪ "十五",吕祖谦《皇朝文鉴》卷一三一秦观《龙井题名》同,《淮海集》作"十"。

⑫ "之境",《淮海集》作"有也"。

⑬ "寺",《淮海集》《皇朝文鉴》皆作"院"。

王元美①云：此身幸在樊笼外，西园花事日新，佐以醇酒，坐以②万卷中作蠹鱼，大堪送日。

徐文长③柬友云：昨把袂酣游，飞觞痛饮。渔歌断处，碧芷浮天；帆影摇时，绿芜涨岸。风吹鹤袂，人讶水仙。归来犹有一段花香树色，留我衣裾。

孙懋昭④与友书云：昨藉草于清凉竹院间，小饮甚甘，野语甚洽。归路月光散彩，冷露瀼瀼，遥田满地皆白云。软舆经过，恍如濯魄冰壶，超宕六合。

张茂卿⑤尝⑥于椿树上⑦接牡丹，飘飘⑧云表。

屠赤水曰：蓬户掩兮井径荒，青苔满兮履綦绝。园种邵平之瓜，门栽先生之柳。晓起呼童子，问山桃落乎？辛夷开未？手瓮灌花，除去虫丝蛛网。于⑨时不巾不履，坐北窗，披凉风，焚好香，烹苦茗。忽见异鸟来鸣树间，小倦即竹床藤枕，一觉美睡，萧然无梦；即梦，亦不离竹坪花坞之旁。醒而起，徐行数十步，则霞光零乱，月在高梧。妻

---

① 王世贞，字元美，号凤洲，又号弇州山人。南直隶苏州府太仓州（今江苏苏州）人。明代文学家。

② 沈佳胤《翰海》卷九王元美《与袁鲁达》作"幽卧"。

③ 徐渭，初字文清，后改字文长，号青藤老人、青藤道士、天池生等。绍兴府山阴（今浙江绍兴）人。明代文学家、书画家、戏曲家、军事家。此段文字见于明沈佳胤《翰海》卷九徐文长《与友》。

④ "孙懋昭"，明沈佳胤《翰海》卷九作"孙懋照"。

⑤ 张宗礼，字茂卿。曹州冤句（今山东菏泽）人，徙居洛阳（今属河南）。北宋宰相张齐贤之子。《宋史》卷二六五《张齐贤传》载："宗礼最贤，虽累资登朝，而畏羁束，故多居田里。"

⑥ "尝"，原作"常"，据明陈继儒《致富奇书》卷四《群花备考·椿》改。

⑦ "上"，《致富奇书》卷四《群花备考·椿》作"杪"。

⑧ "飘"，《致富奇书》卷四《群花备考·椿》作"摇"。

⑨ 《致富奇书》卷三《诗赋部·咏月》无"于"字。

荤来告，诘朝厨中无米，笑而答之："明日之事有明日在，且无负梧桐月色也。"妇亦颇领①此意，相对怡然。

王百谷②答张某笺云：郎君落落快士，当是千载人。王谢子弟何必尽皆青紫，要须有门风耳！大器晚成，不在早就。

又《与凌光禄》笺云：归卧斋头谢客，自挟一编，高坐匡床，听松间雨如瀑。金昌澄醪色皎然，若寒潭印月，冷吸一觚，快如嚼雪，南面王乐不及此，何暇与群伦争月旦短长哉！

钱文荐与友笺云：茸宇陇旁隙地，遥控玄湖，近倚青壁苍苔石上，时抱膝长吟，但觉莽榛修竹一一作琅玕声相和。斥鷃一枝，聊亦自足，庸讵知人间世为何物乎③！

杜之松④与王无功⑤书云：敬想结庐人境，植杖山阿，林壑地之所丰，烟霞性之所适，荫丹桂，藉白茅，浊酒一杯，清琴数弄，致⑥足乐也。无功答云：僻居南渚，时来北山。兄弟与⑦俗外相期，乡里⑧以狂生见待。歌《去来》之作，不觉情亲；昧⑨《招饮》⑩之诗，惟忧句尽。罗

---

①　《致富奇书》卷三《诗赋部·咏月》作"颔"。

②　王穉登，字伯谷(百谷)，号半偈长者、青羊君、松坛道士等。苏州长洲(今江苏苏州)人。明后期文学家、诗人、书法家。本段文字见王穉登《王百谷集十九种·屠先生评释谋野集》卷二《答大司马张公》，有删节。

③　"为何物乎"，《翰海》作"何物为溟鲲乎"。

④　"杜之松"，原作"杜松之"，据宋姚铉《唐文粹》卷八一杜之松《答王绩书》改。杜之松，博陵曲阿(今江苏丹阳)人。仕隋为起居舍人。唐贞观中，为河中刺史。

⑤　王绩，字无功，自号东皋子、五斗先生。绛州龙门(今山西河津)人。唐代诗人。

⑥　"致"，《唐文粹》作"诚"。

⑦　"与"，《王无功文集》作"以"。

⑧　"里"，《王无功文集》作"闾"。

⑨　"昧"，《王无功文集》作"咏"。

⑩　"饮"，《王无功文集》作"隐"。

含宅内,自有幽兰数丛;孙楚①庭前,空对长松一树。

吴均②《与顾章书》云:仆去月谢病,还觅薜萝。梅溪之西,有石门山者,森壁争霞,孤峰限日。幽岫含云,深溪蓄翠。蝉吟鹤唳,水响猿啼。英英相杂,绵绵成韵。既素重幽居,遂葺宇其上。幸富菊花③,偏饶竹实。山谷所资,于焉④已办。

蔡毅中⑤《寄项彦父》笺云:结庐浮弋山,傍日坐抱朴子种杏处。峰峦奇峭,松桧昼暝,猿狖清啸,与寒泉响答,耳目改易,心神飞扬。倦则掩关药物,蔬粥自爱,颇得戏幻造物之趣。回视畏途,风雨万态,孰得孰失哉?⑥

张一中云:宿雨初晴,小溪新涨。泛米家船,载杨子酒。浩歌一声,好风送响;素琴三弄,淡月偏宜。泃为烟水幽人,不作风波险客。⑦

沈石田⑧《与友》笺云:一花一竹一炉一几,诗篇经卷以送残日。交游止于田父,谈话止于烟霞,生涯止于莳艺。朝市升沉之事,绝不到门;即到门,辄有松风吹之而去。⑨

---

①　"孙楚",《王无功文集》作"孙绰"。

②　吴均,字叔庠。吴兴故鄣(今浙江安吉)人。南朝梁官员、文学家。其文工于写景,诗文自成一家,称为"吴均体",开创一代诗风。

③　"花",陈天定《古今小品》卷三吴均《与顾章书》作"华"。

④　"焉",《古今小品》卷三吴均《与顾章书》作"斯"。

⑤　蔡毅中,字宏甫,号濮阳,人称中山先生。光山(今属河南)人。明万历二十九年(1601)进士,官至礼部右侍郎。

⑥　本段文字见明沈佳胤《翰海》卷九蔡毅中《寄项彦父》。

⑦　本段文字见明张一中辑《尺牍争奇》卷三《寄虞青霞》。

⑧　沈周,字启南,号石田、白石翁、玉田生等。长洲(今江苏苏州)人。明代书画家。

⑨　本段文字见明沈佳胤《翰海》卷九沈石田《与友》。

　　茅鹿门①《与董浔阳》②笺云：山中无他宾客，间有携金买文者至，既不能却，又③不敢私，则呼儿囊之④入市，沽酒击鲜，与共淋漓⑤。当其放歌，山鸟欲和，林花半飞。邻家之父且笑且嘲，而莫予知也。兄其谓我得乎？失乎⑥？

　　《座右编》⑦云：茅屋三间，木榻一枕。烧清香，啜苦茗，读数行书，懒倦便高卧松梧之下。或科头行吟，日尝以苦茗代肉食，以松石代珍奇，以琴书代益友，以著述代功业，此亦乐事。

　　白玉蟾《懒翁赋》云：翁居斋中，惟懒所适。雨送添砚之水，竹供扫榻之风，云展遮山之帘，草铺坐石之褥。昼则传山飞碧蛇，夜则银缸泛红粟。饮酒吞风月，吟诗皎水云。斫竹斩春风，移花锄晓月。此则翁之懒中不能懒也。客问懒翁曰：东风开柳眼，黄鸟骂桃花。斋中自有春，不喜出郊饮。翁于此时懒于踏青乎？幽轩风雨过，明月一池莲。笔下生薰风，此心不忧暑。翁于此时懒于入林乎？落叶随孤雁，呼霜要办寒。秋光满乾坤，万象自潇洒。翁于此时懒于登高乎？水浸梅花影，猿呼一树霜。芋火煨地炉，烬烹自煮雪。翁于此时懒于探梅乎？翁曰：然。尘埃刺眼，名利焚心，岂能一旦顿然似翁如此懒也？壁上之琴几日蒙尘，窗间之砚几日无水，懒之故也；倚风而关门，留月而待榻，懒之甚也。翁有庐可以避风雨，有田可以给饘粥，有子可以嗣衣钵。不与俗交，不与人语。翁之身，前生一老禅也。

----

　　①　茅坤，字顺甫，号鹿门。归安（今浙江吴兴）人。明代官员、散文家、藏书家。明"唐宋派"散文代表人物，有《茅鹿门集》行于世。

　　②　董份，字用均，号浔阳山人，又号泌园。浙江乌程县（今湖州）人。明代官员、文学家，有《泌园集》行世。

　　③　"又"，原作"义"，据明茅坤《茅鹿门文集》卷三《答董浔阳中允书》改。

　　④　"儿囊之"，原作"囊钱"，据《茅鹿门文集》改。

　　⑤　"与共淋漓"，《茅鹿门文集》作"与之醉而淋漓宴嬉"。

　　⑥　"得乎？失乎？"，《茅鹿门文集》作"为得乎？为失乎？"。

　　⑦　本书全名《四本堂座右编》，二十四卷，清朱潮远辑，有清康熙刻本传世。

白乐天《池上篇》云：十亩之宅，五亩之园，有水一池，有竹千竿。勿谓土狭，勿谓地偏，足以容膝，足以息肩。有堂有庭①，有桥有船，有书有酒，有歌有弦。有叟在中，白须飘然。识分知足，外无求焉。如鸟择木，姑务巢安；如龟居坎，不知海宽。灵鹤怪石，紫菱白莲，皆吾所好，尽在吾②前。时饮一杯，或吟一篇。妻孥熙熙，鸡犬闲闲。优哉游哉，吾将终老乎其间。

苏舜钦③答友书云：此虽与兄弟④相远，而伏腊稍足⑤，居室稍宽。耳目清旷，不设机关。三商而眠，高春而起。净⑥院明窗之下，罗列图史琴尊以自愉悦⑦。兴至⑧则泛小舟出盘、阊二门⑨吟啸，览古于江山之间。渚茶野酿，足以销⑩忧；莼鲈稻蟹，足以适口。又多高人、隐君子相游从，甚乐⑪。家有园林，珍花奇石，曲沼高台，鱼鸟留连，不觉日暮。

陈眉公与友书曰：万绿阴中，小亭避暑，洞开八达，几簟皆碧。忽闻雨过蝉声，风来花气，不觉令人自醉。⑫

---

① "庭"，唐白居易《白氏长庆集》卷六九《池上篇并序》作"亭"。

② "吾"，《白氏长庆集》作"我"。

③ 原作卿，误。苏舜钦，字子美，祖籍梓州铜山（今四川中江），曾祖时迁至开封（今属河南）。北宋官员、词人，有《苏学士文集》《苏舜钦集》等传世。

④ "兄弟"，宋苏舜钦《苏学士集》卷十《答韩持国书》作"兄弟亲戚"。

⑤ "稍足"，《苏学士集》作"稍充足"。

⑥ "净"，《苏学士集》作"静"。

⑦ "愉悦"，《苏学士集》作"悦"。

⑧ "兴至"，《苏学士集》作"有兴"。

⑨ "盘、阊二门"，《苏学士集》作"盘、阊"。

⑩ "销"，《苏学士集》作"消"。

⑪ 《苏学士集》此句作"又多高僧、隐君子，佛庙胜绝"。

⑫ 本段文字见明沈佳胤《翰海》卷九陈眉公《与友》。

宋景濂①纪竹溪逸民云：戴青霞冠，披白鹿裘，不复与尘事接。所居近大溪，篁竹翛翛然②。当明月高照，水光激滟，共月争清辉，辄腰短箫，乘小舫，荡漾空明中。箫声挟秋气为豪，直入无际，宛转若龙吟③深泓，绝可听。

屠赤水《与龙君善》笺云：青山在户，流水环门。异鸟朝鸣，嘉鱼上下④。足下黄绦白帢，与二三同心，蹋软沙，藉细草，采决明于阮谷，掇胡麻于上流，令晋渔人见之，必以为桃花千树下客⑤。临风念此，凡骨飘飘，便欲仙去。

白乐天《冷泉亭记》云：春之日，吾爱其草薰薰、木欣欣，可以导和。夏之夜，吾爱其泉渟渟、风泠泠，可以蠲烦。山树为盖，岩石为床⑥。云从栋生，水与阶平。坐而玩之者，可濯足于床下；卧而狎之者，可垂钓于枕上。

《座右编》云：读书霞漪阁上，目之清赏有六：淡云初起、山雨欲来、鸦⑦影带帆、渔灯照岸、江飞匹练、村结千茅。远境不可象描，适意常如披画。

白玉蟾《涌翠亭记》云：风开柳眼，露浥桃腮，黄鹂呼春，青鸟送雨，海棠嫩紫，芍药嫣红，宜其春也；碧荷铸钱，绿柳缫丝，龙孙脱壳，鸠妇唤晴，雨酿黄梅，日蒸绿李，宜其夏也；槐阴未断，信雁初来，秋英

---

①　宋濂，字景濂，号潜溪，别号玄真道士。浦江（今浙江金华）人。元末明初文学家、史学家。

②　"翛翛然"，明宋濂《宋学士文集》卷九《銮坡集卷九·竹溪逸民传》作"翛翛然生"。

③　"吟"，《宋学士文集》作"鸣"。

④　"上下"，明沈佳胤《翰海》卷九屠赤水《与龙君善》作"夜上"。

⑤　"下客"，《翰海》作"下吹笙客"。

⑥　"床"，《白氏长庆集》卷四三《冷泉亭记》作"屏"。

⑦　"鸦"，原作"雅"，据清朱潮远辑《四本堂座右编》（清康熙刻本）及清张贵胜《遣愁集》卷一《趣事》（清康熙二十七年［1688］刻本）改。

无言,晓露欲结,蓐收避席,青女办妆,宜其秋也;桂子风高,芦花月老,溪毛碧瘦,山骨苍寒,千岩见梅,一雪欲腊,宜其冬也。复何所宜哉？朝阳东杲,万山青红。夕①鸟南飞,群木紫翠。桐花落尽,柏子烧残。闲中日长,静里天大②。

　　王梅溪③《卧龙行记》云:载酒来游时,冻雨初霁,风日清美。山谷明秀照人,道旁杂花盛开。篮舆徐行,应接不暇。寺有荼蘼,罗络松上如积雪,崇兰数百本,秀发岩石间,微风透香,所至芬郁。东荣牡丹大丛,雨前已开,道人植盖护持,留以供客。饮罢,纵步泉上,瀹茗赋诗而归。

　　白乐天《醉吟先生传》云:性嗜酒、耽琴、淫诗,凡酒徒、琴侣、诗客多与之游。游之外栖心释氏,与嵩山僧如满为空门友,平泉客韦楚为山水友,彭城刘梦得为诗友,安定皇甫朗④之为酒友,每一相见,欣然忘归。洛城内外六七十里间,凡观寺、丘墅有泉石花竹者靡不游,人家有美酒、鸣琴者靡不过,有图书、歌舞者靡不观。以宴游召者亦时时往。良辰美景⑤,雪朝月夕,好事者相过,必为之先拂酒罍,次开篋诗。酒既酣,乃自援琴操宫声,弄《秋思》一过⑥。兴发⑦,命家僮调法部丝竹,合奏《霓裳羽衣》一曲。往往乘兴肩舆⑧适野,舆中置一琴、一枕,陶、谢诗数卷,舆竿左右悬双壶酒⑨,寻水望山,率情便去;抱琴

　　① 　此处原衍一"阳"字,删去。
　　② 　本段文字见明陈继儒《致富奇书》卷三白玉蟾《涌翠亭记》。
　　③ 　王十朋,字龟龄,号梅溪。温州乐清(今浙江乐清)人。南宋官员、诗人,有《梅溪集》传世。
　　④ 　"朗",原作"明",据唐白居易《白氏长庆集》卷六一《醉吟先生传》改。
　　⑤ 　"良辰美景",《白氏长庆集》作"每良辰美景或"。
　　⑥ 　"过",《白氏长庆集》作"遍"。
　　⑦ 　"兴发",《白氏长庆集》作"若兴发"。
　　⑧ 　"舆",《白氏长庆集》作"舁"。
　　⑨ 　"壶酒",《白氏长庆集》作"酒壶"。

引酌^①，兴尽而返。尝自咏云："抱琴荣启乐，纵酒刘伶达。放眼看青山，任头生白发。不知天地内，更得几年活。从此到终身，尽为闲日月。"吟罢自哂，揭瓮拨醅又饮^②，兀然而醉，醉^③复醒，复吟，吟复饮，饮复醉，醉吟相承^④，若循环然。由是得以梦身世，云富贵，幕席天地，瞬息百年，陶陶然，昏昏然，不知老之将至。

林昉^⑤《田间书》有《邀友游山檄》^⑥云：人有残缣败素，绘^⑦一山一水，爱之若宝。至于目与真景会，略不加喜，毋乃贵伪而贱真耶？求乐之真，今日正在我辈。春雪既霁，春风亦和，或垂^⑧钓于鸥边，或行吟于犊外，百年瞬息，欢乐几何！肴核杯盘，随意所命。檄书驰告，盍勇而前。

汤霍林与项某笺云：演象所旁，草草低屋两间，而无车马之喧，仆偷闲笔砚其中，清琴在几，白云满榻，率其素履独行，萧然得疏^⑨食饮水乐也。兄试策骑相过，并坐松根，论人、论文、论千古，击节叹赏^⑩。

范蜀公^⑪居许下，堂名长啸。前有荼蘼架，高广可容数十人^⑫。

---

① "引酌"，原作"饮酒"，据《白氏长庆集》改。
② "饮"，《白氏长庆集》作"引"。
③ 《白氏长庆集》"醉"前有"既而"二字。
④ "承"，《白氏长庆集》作"仍"。
⑤ 林昉，字景初，号石田，又号旦翁。有《田间书》收于陶宗仪《说郛》。《全宋诗》收录其诗15首。
⑥ "《邀友游山檄》"，元陶宗仪《南村辍耕录》卷二〇作"《会友人游山檄》"。
⑦ "绘"，原作"纸"，据《南村辍耕录》卷二〇《会友人游山檄》改。
⑧ "垂"，《南村辍耕录》作"坐"。
⑨ "疏"，《翰海》作"蔬"。
⑩ "叹赏"，明沈佳胤《翰海》卷九汤霍林《与项孝廉》作"唱叹"。
⑪ 范镇，字景仁，华阳人。累封蜀郡公。北宋官员、史学家、文学家。
⑫ "人"，明何良俊著，陈洪、黄菊仲注《何氏语林注》卷一二《栖逸》作"客"。

春花盛时，宴客其下，约曰："有飞花堕酒中者，嚼一大白。"或笑语①
喧哗之际，微风一过②，满坐无遗，时号"飞英会"。

　　陶九成③《真率会约辞》云：百岁光阴，万物乃天地逆旅；四时行
乐，我辈亦风月主人。幸居同④泗水之滨，况地接九山之胜，尽可傍花
随柳，庶几游目骋怀。节序骎骎，莫负芒鞋竹杖；杯盘草草，何惭野蔌
山肴。虽云一饷之清欢，亦是百年之嘉话。敢烦同志，互作邀头，慨元
祐之耆英，衣冠远矣；集永和之少长，觞咏依然。订约既勤，践言勿替。

　　余家深山之中，每春夏之交，苍藓盈阶，落花满径，门无剥啄，松
影参差，禽声上下。午睡初足，汲泉⑤拾松枝，煮茗⑥啜之。随意读
《周易》《国风》《左传》⑦《离骚》、太史公书及陶、杜诗，韩、柳⑧文数篇。
从容步山径，抚松竹，与麛⑨犊共偃息于长林丰草间，坐弄流泉，漱齿
濯足。既归，竹窗下则山妻稚子作笋蕨供麦饭，欣然一饱。弄笔窗
间，随意⑩作数十字，展所藏法帖、墨⑪迹、画卷纵观之。兴到则吟小
诗，或抄⑫《玉露》一两段，再烹苦茗啜⑬一杯。出步溪边，邂逅园翁溪

―――――――――

　　①　"笑语"，《何氏语林注》作"语笑"。

　　②　"一过"，《何氏语林注》作"过之"。

　　③　陶宗仪，字九成，号南村。浙江黄岩（今属浙江台州）人。元末明初著
名史学家、文学家。有《南村辍耕录》《说郛》等著作传世。

　　④　"居同"，原作"同居"，据元陶宗仪《南村辍耕录》卷二〇改。

　　⑤　"汲泉"，罗大经《鹤林玉露》卷四《山静日长》作"旋汲山泉"。

　　⑥　"煮茗"，《鹤林玉露》作"煮苦茗"。

　　⑦　"《左传》"，《鹤林玉露》作"《左氏传》"。

　　⑧　"柳"，《鹤林玉露》作"苏"。

　　⑨　"麛"，原作"麇"，据《鹤林玉露》改。

　　⑩　"随意"，《鹤林玉露》作"随大小"。

　　⑪　"墨"，《鹤林玉露》作"笔"。

　　⑫　"抄"，《鹤林玉露》作"草"。

　　⑬　《鹤林玉露》无"啜"字。

友，问桑麻，话①秔稻，量晴课②雨，探节数时，相与剧谈一晌。归而倚杖柴门之下，则夕阳在山，紫绿万状，变幻顷刻，恍可人目。牛背笛声，两两来归，而月印前溪矣。

高叔嗣③《答袁永之书》云：仆高枕山④中，逃名世⑤外，耕稼以输王税，采樵以奉亲颜。于时新谷既升，田家大洽，肥羜烹以享神，枯鱼燔而召友。蓑笠在户，桔槔空悬，浊酒⑥相命，击缶长歌，兹鄙人之自快而故人之所与⑦也。

红桥在城西北二里，朱栏数丈，远通两岸，虽彩虹卧波、丹蛟截水不足以喻。而荷香柳色，雕栏曲槛，鳞次环绕，绵亘十余里。春夏之交，繁管急弦，金勒画舫，掩映出没于其间，诚一郡之佳丽也。吴蘭茨⑧《扬州鼓吹词序》

西山，神京右臂，亦名小清凉。诸兰若白塔与山林⑨青霭相间，疏泉满道，或注荒池，或伏草径，或散漫尘沙间。春夏之交，晴云碧树，花香鸟声。秋则乱叶飘丹，冬则积雪凝素，信足赏心，而雪景尤胜。《长安游记》

北都惟西山为最，奇峰怪石，幽泉邃壑，茂林澄湖，与夫琳宫仙

---

①　"话"，《鹤林玉露》作"说"。

②　"课"，《鹤林玉露》作"校"。

③　高叔嗣，字子业，号苏门山人。祥符（今河南开封）人。明代官员、诗人。

④　"山"，高叔嗣《苏门集》卷六《答袁永之书》作"丘"。

⑤　"世"，《苏门集》作"区"。

⑥　"酒"，《苏门集》作"醪"。

⑦　"与"，《苏门集》作"予"。

⑧　"吴蘭茨"，原作"吴园次"，今改，即吴绮，字蘭茨，号绮园，又号听翁。江都（今江苏扬州）人。清代官员、词人，有《林蕙堂集》二十六卷传世。

⑨　"林"，清李卫《(雍正)畿辅通志》卷一七《山川·山·顺天府》作"限"。

梵,辉映金碧。诚天府之佳丽,一方之奇观。《图书编》①

　　使居有良田广宅,背山临水②,沟池环匝,竹木周布,场圃筑前,果园③树后。舟车足以代步涉之艰,使令足以息四体之役。养亲有兼珍之膳,妻孥无苦身之劳。良朋萃止,则陈酒肴以娱之④;嘉时吉日,则亨羔豚以奉之⑤。蹰躇畦苑,游戏平林,濯清水,追凉风,钓游鲤,弋高鸿。风⑥于舞雩之下,咏归高堂之上。安神闺房,思老子⑦之玄虚;呼吸精和,求至人之仿佛。与达者⑧论道讲书,俯仰二仪,错综人物。弹南风之雅操,发清商之妙曲。消摇一世之上,睥睨天地之间。不受当时之责,永保性命之期。如此⑨,则可以凌⑩霄汉,出宇宙之外矣,岂羡⑪入帝王之门哉! 仲长统《乐志论》

　　于是凛秋暑退,熙春寒往,微雨新晴,六合清朗。太夫人乃御板⑫舆,升轻轩,远览王畿,近周家园。体以行和,药以劳宣,常膳载加,旧疴有痊。席长筵,列孙子,柳垂阴,车结轨,陆摘紫房,水挂赪尾⑬,或宴于林,或禊于汜。昆弟斑白,儿童稚齿⑭,称万寿而⑮献觞,

---

①　本段文字见明章潢《图书编》卷五九《西山》。

②　"水",南朝宋范晔《后汉书》卷四九《仲长统列传》作"流"。

③　"园",原作"蔬",据《后汉书》改。

④　"陈酒肴以娱之",原作"烹羔羊以奉之",据《后汉书》改。

⑤　"亨羔豚以奉之",原作"陈酒肴以乐之",据《后汉书》改。

⑥　"风",《后汉书》作"讽"。

⑦　"子",《后汉书》作"氏"。

⑧　"达者",《后汉书》作"达者数子"。

⑨　"此",《后汉书》作"是"。

⑩　"凌",《后汉书》作"陵"。

⑪　"岂羡",《后汉书》作"岂羡夫"。

⑫　"板",南朝梁萧统《六臣注文选》卷一六潘安仁《闲居赋》作"版"。

⑬　"尾",《六臣注文选》作"鲤"。

⑭　"稚齿",原作"齿稚",据《六臣注文选》改。

⑮　"而",《六臣注文选》作"以"。

咸一喜而一惧①。寿觞举,慈颜和,浮杯乐饮,丝竹骈罗,顿足起舞,抗音高歌,人生安乐,孰知其他!潘安仁②《闲居赋》

若夫气霁地表,云敛天末,洞庭始波,木叶微脱。菊散芳于山椒,雁流哀于江濑。升清质之悠悠,降澄辉之霭霭。列宿掩缛,长河韬映。柔祗雪凝,圆灵水镜。连观霜缟,周除冰净。谢希逸③《月赋》

唐开成二年,李珏,字待价,为河南尹,三月三前一日,启留守裴度召白居易等十七人宴于舟中,簪组交映,歌笑间发。前水嬉而后女④乐,左笔砚而右壶觞,望之若仙,观者如堵。良辰美景,赏心乐事,若不纪录,谓洛无人。

玉泉西南行数里,度两石桥,循溪转至卧佛寺,复二里为碧云寺。岩下有泉,从石鳞中出。有亭曰“听水佳处”,亭前小池,种白莲百本,池边修竹成林⑤。

石径山⑥孤峰特立,洞皆凿石而成。最上金阁寺,有塔,宜远眺。东南行至林衡署,古松数百株,参差⑦平野间。

瓮山在海甸⑧西五里,土色纯卢,其南岩若洞而圮者,少扁仙室也。人家傍山,小具池亭,桔槔锄犂,咸置垣下,酷似江南风景。《长

---

① “咸一喜而一惧”,《六臣注文选》作“咸一惧而一喜”。

② 潘岳,字安仁。巩县(今河南巩义)人。西晋著名文学家。

③ 谢庄,字希逸。陈郡阳夏(今河南太康县)人,出生于建康。南朝宋官员、文学家。本段文字见南朝梁萧统《文选》卷十三。

④ “女”,元佚名氏《氏族大全》卷二一《水戏诗》作“妓”。

⑤ 本段文字见清李卫《(雍正)畿辅通志》卷一七《山川·顺天府·聚宝山》。

⑥ 即今石景山。

⑦ “差”,清李卫《(雍正)畿辅通志》卷一七《山川·顺天府·石径山》征引明阮旻锡《燕山纪游》作“错”。

⑧ “海甸”,今作“海淀”。清于敏中《日下旧闻考》卷八四《国朝苑囿·清漪园》亦作“海淀”。

安客话》①

　　香山夹道,尽白杨、青桧。流憩亭在山半灌木中。来青轩前,两山相距而虚其襟以奉②帝城。自无量殿前折而至洪光寺,皆短垣疏柏③,其净若拭。王衡《香山记》

　　过香山,流泉茂树,一着屐即有轩轩白云之气。于西山中当据上座④,登来青轩,峰⑤皆下,苍翠盘郁,大撮山河之胜。黄汝亨《游西山记》

　　漆园西出十里许,有兰若二:上曰松阳,下曰金雁。金雁下控大岩,岩吐百穴,汇而为湖,决而东流,是为清水之源。有高崖,下有泉绕之。又西北十里为清水涧,两山如门。行可二十里,山皆奇峭巃嵸,飞泉彪洒,声激岩穴。《长安客话》

　　银山峰峦高峻,冰雪层积,色白如银,故名。麓有石崖,皆成黑色,又名铁壁。顶为中峰,迥出云霄。缘石梯上五里许,下视梵刹如弹丸,乃⑥唐时建,领七十二庵,沙门邓隐峰藏修之所,有浸月泉、天清桥、巨虎石、诵经台诸胜。

　　盘山,箕尾之巨镇也,深维地轴,高逼⑦天门,暖碧凝霄,寒青压海。绝顶有龙池焉,旱岁能兴云⑧雨;岩下有潮井焉,旦暮不亏盈缩。

---

①　"《长安客话》",原作"《长安游记》",据《日下旧闻考》卷八四《国朝苑囿·清漪园》改。《长安客话》八卷,明蒋一葵撰,成书于明万历间,主要记述明代北京的城苑、山川、寺观、陵寝、名胜、古迹、关镇等史料。

②　"奉",清李卫《(雍正)畿辅通志》卷一七《山川·顺天府·香山》作"捧"。

③　此处前后两句理意不通,据《(雍正)畿辅通志》卷一七《山川·顺天府·香山》,脱"白石为阶"四字。

④　"座",原作"坐",据明黄汝亨《寓林集》卷九《游西山纪》改。

⑤　"峰",《寓林集》作"群峰"。

⑥　"乃",清孙承泽《天府广记》卷三五《岩麓·银山》作"刹乃"。

⑦　"逼",清蒋溥《盘山志》卷五《寺宇·千相寺》作"辟"。

⑧　"云",《盘山志》作"雷"。

李仲宣《祐唐寺碑》①

　　盘山外骨而中肤。外骨,故峭石危立,望之若剑戟熊②虎之林;中肤,故果木繁,而松之抉石罅出者,嵚崎斜曲,与石争怒。石之尤怪③者,为鲸甲石,平坦可容十百人。群崖飞瀑至此,势忽奔腾④,声如震霆,与松韵互答。又盘山之石皆锐下而丰上,故多飞动。崖前有悬空石,粘空而立,青削到地。《长安客话》

　　明月山在州南三十里,山石竦削,瘦劲如南粤英州石状。高数百仞,绵十余里。众峰稜稜,嵌空处笋乳具见。峰下一洞,南北相通,望之若明月然。《遵化州志》

　　湖梁在郡北十里,垂杨树堤,蒲苇夹岸。晓月升时,渔舟⑤欸乃。樵夫牧子,逍遥于回塘曲渚之间,不少佳致。《涿鹿记》⑥

　　西湖⑦去玉泉山仅里许,即玉泉、龙泉所潴,俗名大泊湖。沙禽水鸟出没于天光云影中,可称绝胜。《长安客话》

　　满井,径五尺余,清泉突出,冬夏不竭。好事者凿石栏以⑧束之,水常浮起,散漫四溢。井旁苍藤丰草,掩映小亭。都人诧为奇胜。

---

　　①　"《祐唐寺碑》",《盘山志》作"《祐唐寺创建讲堂碑记》"。

　　②　"熊",明袁宏道《袁中郎全集十二种》卷九《游盘山记》作"罴"。

　　③　"怪",清李卫《(雍正)畿辅通志》卷一七《山川·顺天府·盘山》作"怪特"。

　　④　"腾",《(雍正)畿辅通志》作"泻"。

　　⑤　"舟",清李卫《(雍正)畿辅通志》卷二一《山川·顺天府·胡良河》作"郎"。

　　⑥　元史恒德撰。据清张之洞《(光绪)顺天府志》卷一二二《艺文志》,该书已佚,卷数无考。又,清李卫《(雍正)畿辅通志》卷六一《选举》载:"史恒德,涿州(今属河北)人,皇庆年第太师。"

　　⑦　即今昆明湖。

　　⑧　"以",原作"卧",据清李卫《(雍正)畿辅通志》卷二一《山川·顺天府》"满井"条(注:此条征引自《长安客话》)改。

　　邱希范《与陈伯之书》云：暮春三月，江南草长。杂花生树，群莺乱飞。①

　　石门山在康王谷东北八十余里，是一山之大谷，有涧水名石门涧，吐源渡远，为众泉之宗。每夏霖秋潦，转石发树，声动数十里。又，庐山之北有石门水，水出岭端，有双石高竦，其状若门，因有石门之目焉。水道双石之中，悬流飞湍，近三百步许②，望之连天，若曳飞练于霄汉中矣。魏周景式《石门涧记》③

　　《桑疏》④云：文殊寺既在深谷中，又迫近石门，四山壁立，巉如积铁，水声淙然，遇雨涨溢喧豗，终日不闻人语声。山麓诸寺，此最称奇邃焉。

　　明毕成珪《石门游记》云：登远公岭，山叶菀翠，雪后尤映日增色。翘首天池，落木寒云，雪衔阴磴。琳宫雁塔，揭表重霄。安得起倪迂⑤一快图出！

　　唐李德裕过大孤山，云：沧湖口北望匡、庐二山，影入澄潭，峰连清汉，江水无际，烟景相鲜。沿流而东，若存世表⑥。

　　辛丑正月五日，天气澄和，风物闲美。与二三邻曲同游斜川，临长流，望曾城，鲂鲤跃鳞于将夕，水鸥乘和以翻飞。彼南阜者，名实旧⑦矣，不复乃为嗟叹。若夫曾城，傍无依接，独秀中皋。遥想灵山，有爱嘉名。欣对不足，率尔赋诗。悲日月之遂往，悼吾年之不留。各

　　①　本段文字见南朝梁萧统《六臣注文选》卷四三《与陈伯之书一首》。

　　②　"步许"，清张英《渊鉴类函》卷二九《地部七·石门山一》作"许步"。

　　③　"《石山涧记》"，《渊鉴类函》作"《庐山记》"。

　　④　"《桑疏》"，原作"《山疏》"，据清毛德琦《庐山志》卷一三《山川分纪十二·文殊寺石门涧》改。

　　⑤　即倪瓒，号云林子，亦号倪迂。

　　⑥　本段文字见唐李德裕《李文饶集·李文饶别集》卷二《望匡庐赋并序》。

　　⑦　"旧"，原作"久"，据晋陶潜撰，袁行霈笺注《陶渊明集笺注》卷二《游斜川》改。

疏年纪乡里，以纪其时日。诗曰：

开岁倏五日，吾生行归休。念之动中怀，及辰为兹游。气和天惟澄，班坐依远流。弱湍驰文鲂，闲谷矫鸣鸥。迥泽散游目，缅然睇曾丘。虽微九重秀，顾瞻无匹俦。提壶接宾侣，引满更献酬。未知从今去，当复如此不？中觞纵遥情，忘彼千载忧。且极今朝乐，明日非所求。《渊明集》

白香山《江州司马厅记》云：江州左匡庐，右江湖，土高气清，富有佳境。刺史，守土臣，不可远观游；群吏，执事官，不敢自暇逸①；惟司马绰绰可从容于山水诗酒间，由是郡南楼山、北楼水、溢亭、百花亭、风篁、石岩、瀑布、庐宫、源潭洞、东西二林寺、泉石松雪，司马尽有之矣。苟有志于吏隐者，舍此官何求焉？

明徐世溥《登萧山岭记》云：初至洪崖，乐之不能去。会暮，无可奈何，遂宿于桐源。其明日朝发秦人洞，皆下②马步行，道不盈寸，涔不濡轨，两旁临万仞之溪。道多怪石，清怒奇危，如牛入地半，如群马饮河，如嬉驹仰卧，如走犬避豸，如大夫③冠，如欲登天，如欲堕渊，咸诱目悸神。攀枝望径，匍匐披草，择道以往，不知所径之高，侧睨阪田，相去数十里矣。至萧岭，岭为西山最绝，俯视在下，茫若烟海，田隰溪谷，山阜平林，深灌川浍，江河城郭，都邑庐舍，皆在青烟中。西北至于庐阜，北至于彭蠡，近都丰城、南昌、武陵、豫章之治，皆若可顷刻飞集。天亦稍近，云在其下，冉冉若绵。颀而临之，若从地上观井也。

---

① "逸"，原作"伏"，据宋李昉《文苑英华》卷八〇三白居易《江州司马厅记》改。

② "下"，原作"可"，据明郑元勋《媚幽阁文娱》卷七徐世溥《登萧山岭记》改。

③ "夫"，原作"人"，据《媚幽阁文娱》改。

又《游鄢家山记》①云：出秦人洞，将往萧岭。曲道委蛇，左右草花夹路，不知其名，采之不忍，目赏不给，遂乃坐石上揽玩久之。望前路烟树相与浅深，若可披寻，乃取道往行田径，循回溪，愈曲愈幽。从小径入，地方十亩，畦有芋，亩有禾，清池映沙，鱼不网罟。四面高山环合，山皆修竹，岩多草花。岩下有蟏蛸结网小竹间，风吹花落，皆系网上；不则飞堕池中，鱼往就食之，不可得，遂逌然而反，若有所惊者。茅屋十余，居人皆闷闷无所识，从之沽，赠以棐栗山蔬。因上山，坐竹下饮之，竹叶满天，仰不见日，俯见日影，风来竹动，日影摇碎，方圆不定。欣慨良久，问其山，不知名；问其氏，鄢姓云云。

晚宿许州治内，为洧水、颍水、潩水所经，汇为东西二湖。宋园林最盛，苏轼诗"西湖小雨晴滟滟"②，春溪渠长，因筑听雨亭、梅花台，与弟辙唱和其中。辙晚年乞居许，号颍滨遗老焉。城北有曲水园，竹数十亩，潩水灌之，流入西湖，文彦博为守时买得之。贾昌朝来代，题诗曰："画船载酒及芳辰，丞相园林潩水滨。虎节麟符抛不得，却将清景付闲人。"③潞公得诗，即以地券归贾氏。韩持国④为守，尝置酒郡圃会景亭，独程说书⑤，范右丞⑥不赴。持国遗以诗曰："曲肱饮水程

---

① 　"《游鄢家山记》"，《媚幽阁文娱》作"《鄢家山记》"，清黄宗羲《明文海》卷三五九与本文同。

② 　诗见宋苏轼《苏文忠公全集·东坡续集》卷一《许州西湖》。

③ 　诗见宋叶梦得《石林诗话》卷上。

④ 　韩维，字持国。开封雍丘(今河南杞县)人。北宋官员、文学家。

⑤ 　程颐，字正叔，洛阳伊川(今河南伊川)人，世称伊川先生。元祐元年(1086)除秘书省校书郎，授崇政殿说书。北宋理学家、教育家。

⑥ 　范纯礼，字彝叟，一作夷叟。范仲淹第三子，以父荫为秘书省正字。徽宗即位，以龙图阁直学士知开封府，擢尚书右丞。

夫子，宴坐焚①香范使君。顾我未能忘旧②乐，绿尊红妓对西③曛。"又宋庠诗曰："缲④鸭东陂⑤已可怜，更因云⑥窦注西田。凿开鱼鸟忘情地，展尽江湖⑦极目天。向夕旧滩都浸月，过寒新树便留烟。使君直欲称渔⑧叟，愿赐闲州不记年。"读此可想见风土之美，而诸君子遭逢盛世，民物阜安，得遂观游之胜致，足乐也。

（以下为人撕去二页，仅留残纸）

【前阙】岸西行三里许，至芝山，邱阜绵亘。径盘折入寺，丛篁古木，映带左右，多画眉、杜鹃。启扇则绝壁峙半天中，冷侵户牖，清泉悬焉。

距全州三十里曰奇兰铺，有兰生长松权桠间，丛径丈，花时香闻城中。

独秀峰在试院中，拔地突起，无坡阜，高五百丈，峭削耸峙，下上若一。余止其下五十日，时山风暮霭，空翠间云。日往来砚田几案间，梯险而上，所履益危，所见益远。至其颠，风日顿殊，云霞渐逼，凡数州之内林峦洞壑，皆在衽席。岩趾有石屋、石牖、石榻，颜延之守郡时，读书其中，名读书岩。粤人家昔在藩邸时，朱扉四达，周垣重绕，苍翠所及，皆禁籞间地，以故彤亭画观，上出云表，下渐清池，尤令人神往焉。

---

①　"焚"，宋韩维《南阳集》卷一四《戏示程正叔、范彝叟，时正叔自洛中过访》作"烧"。
②　"旧"，《南阳集》作"外"。
③　"妓对西"，《南阳集》作"芰对朝"。
④　"缲"，宋宋庠《元宪集》卷一二《重展西湖二首》作"绿"。
⑤　"陂"，原作"坡"，据《元宪集》改。
⑥　"云"，原作"雪"，据《元宪集》改。
⑦　"湖"，《元宪集》作"河"。
⑧　"渔"，原作"鱼"，据《元宪集》改。

叠翠岩坡坨盘纡,可不扶策而登。岩簏列巨石,若虎豹蹲踞。产嘉木美卉,悬嶪崖谷。岩腹结危阁,户牖枕交柯茂叶间,凭轩流睇,凡桂州之复嶂重峦、联岚断霭,争妍而竞秀,皆环立拱峙,可俯而有也。

湘山距州郭二里许,石壁苍翠如染,高数十丈,长数百丈,峭坚齐平,矻然墙立。青嶂绕三面大溪流,其中有泉曰玉虹,如飞练下垂,及壁之半,触石而碎,玑珠迸落;又或白云乍起,划然中断,烟栖雾曳,霏霏蒙蒙,殆不可状。

以上见乔白田^①《使粤日记》。

大林寺四面环峰^②,前抱一溪,溪上树大三人围,非桧非杉,枝头着子累累,传为宝树。

白松在祠后中庭,大四人抱,一本三干,鼎耸霄汉,肤如凝脂,洁逾傅粉,蟠枝虬曲,绿鬣舞风,昂然玉立半空,洵奇观也^③。

时浮云已尽,丽日乘空,山岚重叠竞秀,怒流送舟,两岸浓桃艳李,泛光欲舞。出坐船头,不觉欲仙也^④。

椰仙祠前有椰梅,特大,无寸肤,赤干耸立,纤芽未发,花色深浅如桃杏,蒂垂丝作海棠状,实^⑤侔金橘。漉以蜂液,金相玉质,非凡品也。

殿后高阁旷然,曰大观楼,平视衡郡,与回雁相对。蒸、湘^⑥夹其左右,俯出窗棂^⑦下。近而万家烟市,三水帆樯;远极于岳云岭树^⑧,亦为披映。虽书院宏敞不及吉安白鹭,乃地为名贤乐育之区,兼滕

---

① 乔莱,字子静,一字石林。宝应(今属江苏)人。清康熙六年(1667)进士,官至翰林侍读。曾于康熙二十年典校粤西,著《使粤集一卷附日记一卷》。

② "环峰",明徐霞客《徐霞客游记·游庐山日记》作"峰环"。

③ 见《徐霞客游记·游嵩山日记》。

④ 见《徐霞客游记·游太华山日记》。

⑤ "实",《徐霞客游记·游太和山日记》作"形"。

⑥ "湘",原作"江",据《徐霞客游记·楚游日记》改。

⑦ "棂",《徐霞客游记·楚游日记》作"槛"。

⑧ "岭树",原作"领水",据《徐霞客游记·楚游日记》改。

王、黄鹤诸胜,非白鹭所得侔矣。

　　出瞻岳门,越草桥,过绿竹园,桃花历乱纷目。入桂花园,则宝珠①盛放,花巨②如盘,殷红层密③,万朵浮团翠之上。艳阳繁景,流赏移情。

　　二十九日放舟,晓色蒸霞,层岚开藻,既而火轮涌起,腾焰飞芒,直从舟尾射予枕隙。泰岳日观,不谓得之卧游也④?

　　白云山有菌甚美,玉质花腴,盘朵径尺,即天花菜也⑤。

　　茶实大如芡实,中有白肉⑥如榛,分两片而长,入口有一阵凉味甚异。感通寺者最佳,不易得也。

　　香奇树不及省城土主庙之半,叶亦差小,花瓣颜色俱同,惟开时香闻甚远,土人谓之十里香,则省中所未闻也⑦。

　　木莲花树极高大,花开如莲,有黄、白、蓝、紫诸色,瓣凡二十片⑧。

　　泉上大树名蝴蝶花,四月初即开,花如蝴⑨蝶,须翅栩然,与生蝶无异。又有真蝶千万,连须钩足,自树巅倒悬而下,及于泉面,缤纷络绎,五色焕然。游人俱从此月群而观之,过五月乃已。

　　土主庙菩提树其大四五抱,干上耸而枝盘覆,叶长二三寸,似枇杷而光。土人言其花亦白而带淡黄⑩,瓣如莲,亦长⑪二三寸,每朵十

---

① "珠",《徐霞客游记·楚游日记》作"株"。
② "巨",《徐霞客游记·楚游日记》作"大"。
③ "层密",《徐霞客游记·楚游日记》作"密瓣"。
④ 见《徐霞客游记·楚游日记》。
⑤ 见《徐霞客游记·黔游日记一》。
⑥ "白肉",《徐霞客游记·滇游日记六》作"肉白"。
⑦ 见《徐霞客游记·滇游日记八》,有改动。
⑧ 见《徐霞客游记·滇游日记八》。
⑨ "蝴",《徐霞客游记·滇游日记八》作"蛱"。
⑩ "淡黄",《徐霞客游记·滇游日记四》作"淡黄色"。
⑪ "亦长",《徐霞客游记·滇游日记十一》作"长亦"。

二瓣,遇闰则增①一瓣。

下临峡流,上多危崖,藤树倒罨,凿崖迸石,则玛瑙嵌其中焉。其色有白有红,皆不甚大,仅如拳,此其蔓也。随之深入,则结瓜之处大如升、圆如球,中悬为宕,而不粘于石宕中,有水养之,其精莹坚致,异于常②蔓。此玛瑙上品,不易得也。

佛殿③后有巨石二方,嵌中楹间,方各七尺④,厚寸许。北一方为远山阔水之势,其洪波⑤濚折,极变化之妙,有半舟庋尾烟汀间;南一方为高崖⑥叠嶂之观,其氤氲浅深,各臻神化。

张石大径二尺,约五十块,块块皆奇,绝妙着色山水。危峰断壑,飞瀑迸⑦云,雪崖映水,层叠远近,笔笔灵异,云皆能活,水如有声,不特五色灿然而已。

以上《徐霞客游记》。

宝鸡龙幡山乃明初张三丰真人得道处,有碑。山上有庙有洞,其田可耕,其水可溉,重坡叠岸,逶迤数里。望之树一簇、屋数间者,尽居人也。其位置颇得倪迂画意,白云深处,红叶方新,一樵一牧,或立或行,如刘安鸡犬,托体天半。岂非真人之遗风欤?

鸡头关,汉中重险也,视凤岭逊其高而严峻过之。两山交互,束水若堤。一径延缘而上,有七曲焉,砌石磴数百级。其上谓关处,横出石壁,形似鸡冠。下有石洞闭关而守,虽鸟鼠不能越也。南望汉中,豁然开朗。自宝鸡以来,如陷于阱,如束于押,至此心目顿爽,快

---

① “则增”,《徐霞客游记·滇游日记十一》作“岁则添”。
② “常”,原作“长”,据《徐霞客游记·滇游日记十一》改。
③ “殿”,《徐霞客游记·滇游日记八》作“座”。
④ “尺”,原作“方”,据《徐霞客游记·滇游日记八》改。
⑤ “洪波”,《徐霞客游记·滇游日记八》作“波流”。
⑥ “崖”,《徐霞客游记·滇游日记八》作“峰”。
⑦ “过”,《徐霞客游记·滇游日记八》作“随”。

何如也！上谷李德淦梅邑①《蜀道纪游》

龙虾产闽广海中，长丈余，通身十七节。头似龙，有角，脚②长数寸。须上有毛，甲③如玳瑁。尾五株，皆倒卷。乙酉正月初四日在南书房，上遣内侍传示始见之。

一日，上在行宫出示石子二枚，其一黄白色，形圆，中空，贮水映日则见；其一紫色，中有水如唾珠。随手转换，石面向上④则珠反下走，石下向则珠却上升，循环无端，疑即空青之类。本产蒙古山中，而彼不知贵也。

西苑张灯自正月十四夜起，至十六夜止。癸未上元前二日，有旨查升、查慎行、汪灏自明日为始，连夕俱至西厂看放烟火。至十四夜⑤酉刻，内侍一人导余辈三人自小南门⑥入，沿河北行里许，经勤政殿⑦楼下，穿网城，西渡板桥，宽数百亩，壤平如削。当楼之西南⑧设灯棚一架，高起六丈余。稍南为不夜城，中列黄河九曲灯，缚秫秸作坊巷、胡同⑨，径衖⑩回复，往往入而易迷。灯之数不知其几，每⑪一灯旁植一旗，五彩间错。日初落，数千百灯一时先燃。其北列栅，方广

---

① 李德淦，字梅邑。直隶延庆(今属北京市)人。乾隆五十五年(1790)进士，嘉庆九年(1804)知泾县，延方志名家洪亮吉纂修《泾县志》。李氏《蜀道纪游》二卷，传世有清嘉庆十三年(1808)学修堂刻本。

② "脚"，清查慎行《人海记》卷下《龙虾》作"却"。

③ "甲"，原作"白"，据《人海记》改。

④ "向上"，《人海记》卷下《空青》作"上向"。

⑤ "夜"，原作"日"，据《人海记》卷下《西苑烟火》改。

⑥ "小南门"，原作"南门"，据《人海记》改。

⑦ 《人海记》无"殿"字。

⑧ "西南"，《人海记》作"正面"。

⑨ "胡同"，原作"和胡"，据《人海记》改。

⑩ "径衖"二字原脱，据《人海记》补。

⑪ "每"字原脱，据《人海记》补。

五六亩①，散植炬②火数百架。黄昏，上御楼西向坐。先放高架烟火，谓之合子，最奇者为千叶莲花。合子既毕，须臾桥东爆竹声③发药线，从隔河起飞星一道，到地④有声，倏上倏下，入列⑤栅中，纵横驰突。食顷，火光远近齐着，如蛰雷奋地、飞电掣空。此时月色天光，俱为烟气所蔽，观者神移目眩，震撼动摇，不能自主。移时，烟焰尽消，而九曲黄河灯犹荧荧如繁星也。内官舞龙灯者⑥至楼前伺候，余辈乃出宫，漏下二鼓矣。十五、十六两夜皆得⑦然，其后岁以为例⑧，但取道苑北门，不复从南门入矣。查初白⑨《人海记》

先生海天祥瑞，江左风流。不佞琐尾如蟏蟓，乃授榻飞觞，醉德无量车书楼，云蒸霞灿，仆将应接不暇。复承佳公子谬相许可，雅同臭味，何幸长安花，一朝被仆看尽也。归来长忆，尻马连翩。曾言宾我下郡，未审何时。仆当预敕山灵，吐五色以待品题矣！张一中《寄王养恬》⑩

仆往一再至潭上，辄如入天台石梁，青松白云最深处，侧聆玄论，如饮县崖寒溜，而啖雪藕冰梨，未尝不泠然快爽也。屠隆《与高吏部》

昨倒一尊于清凉竹院间，小饮甚甘，野语甚洽。即弟鼹鼠之腹，亦不恶醑也。且归路月光散彩，冷露瀼瀼，遥田满地皆白云。软舆经

---

① "方广五六亩"，《人海记》作"方广约五六里"。
② "炬"，《人海记》作"烟"。
③ 《人海记》无"声"字。
④ "到地"，《人海记》作"倒曳"。
⑤ "入列"，《人海记》作"列入"。
⑥ "者"字原脱，据《人海记》补。
⑦ 《人海记》无"得"字。
⑧ "例"，《人海记》作"常"。
⑨ 查慎行，字悔余，号他山，晚年居于初白庵，故又称查初白。浙江海宁人。清代官员、诗人。
⑩ 见明张一中辑《尺牍争奇》卷一。

过,弥漫霖霂,恍如冰壶玉魄中人,此际超出六合矣。吾辈脱非闲曹,安能与书帙壶觞、江山卉石结此一段胜因也? 孙懋昭《与胡太常》

弟以风马牛之役,研食城南兰若,萧然有发头陀,梅妻鹤子①,与我周旋耳矣。回首故人,邈若河汉。西峰书屋想已落成,水绕东城,山横北郭,一佳主人摊卷其中,何减百城。王焞《与胡权可》

夜分就寝,则天空籁寂,雨声潇潇②在池③筿间。晓起推窗,独鸟窥门,群麛④饮涧,白云皛⑤皛冒前岭。复共清言移晷,数日徘徊⑥,神骨萧爽,如在阆风瑶水上也。屠隆《与吕玉绳》

芦桥演骎裹⑦,岂徒备赤眉惊夜乎? 当熟试于杏花村⑧十里,庶春风得意时,好扬鞭看花也。洪时皋《盛伯子驰马》

修葺书院实出大君子之命,使杜甫草堂无愁春雨,陶潜柳舍有兴停云。登枢要而问布衣,居清尘而念浊水。盛德至矣,何日忘之! 杨用修⑨《谢应容庵》

春来花事日新,茗香酿美,倦游则眠,眠足则起,跌宕书史,游戏翰墨,诚不知老之将至,况一官哉? 王元美《与李惟寅》⑩

---

①　"梅妻鹤子",《尺牍争奇》卷二作"妻梅子鹤"。

②　"潇潇",明屠隆《栖真馆集》卷一五作"潚潚"。

③　"池",原作"地",据《栖真馆集》改。

④　"麛",《栖真馆集》作"麝"。

⑤　"皛",《栖真馆集》作"晶"。

⑥　"徘徊",《栖真馆集》作"裴回"。

⑦　骎裹(yǎo niǎo),古骏马名。据说此马能日行万里,后用为咏骏马之典。

⑧　"杏花村",明张一中辑《尺牍争奇》卷二洪时皋《盛伯子驰马》作"杏村"。

⑨　杨慎,字用修,号升庵,后因流放滇南,故自称博南山人、金马碧鸡老兵。四川新都(今四川成都)人。明代官员、文学家。本段文字见明张一中辑《尺牍争奇》卷三。

⑩　本段文字见明张一中辑《尺牍争奇》卷三。

别后归家，去巾帻，两手搔①头，热汤一盆解痒，苦茗数杯解渴。故作酒态，令妻儿女子搉腰擦背。贫生至此，又不减拥书万卷矣。问仁兄昨来亦有此乐不②？袁中郎③《谢赴饮》

秋光渐逼，祛我烦嚣。夜来雨洗长空，月隐疏柳，吾兄池亭当添主人清兴十倍。十七日携玉川数片来，欲假君家樵青，破我孤闷，兄其扫竹以待，毋作酸措大④逐客也。虞邦誉《与陈太凝》⑤

追维歇⑥马彭城，剪烛官舍。乌啼霜冷，月落斗斜。戏马吊项王之霸图，放鹤怀苏公之远韵。连宵枕藉，累日沉冥。故欢⑦杳然，言之心断。屠隆《与姜仲文》

想近日著作益富，天地间慧人高士，放得十余年间，便为千古，点出无限奇言⑧妙义，开拓无限心胸。袁中道《寄顾太史》

解任归来，形神初定，劳困未展。且樊笼之翼乍返林皋，望城郭烟火亦徙避不敢近。故此心一日三到门下，竟未能跨马出梅溪，徒耿耿耳！辱惠缣箑，褐⑨袭披扬之间，殊非世上炎凉所得侵也，感当何如⑩？吴维岳《与唐一庵》

---

① "搔"，明张一中辑《尺牍争奇》卷四作"抓"。
② "不"，《尺牍争奇》作"否"。
③ 即袁宏道。
④ 措大，对贫寒的读书人的贬称。
⑤ 本段文字见明张一中辑《尺牍争奇》卷四。
⑥ "维歇"，原作"想竭"，据《白榆集》卷一一《与姜仲文》改。
⑦ "欢"，原作"惟"，据《白榆集笺注》改。
⑧ "奇言"，原作"言奇"，据明张一中辑《尺牍争奇》卷四改。
⑨ "褐"，明徐渭《古今振雅云笺》卷五吴维岳《与唐一庵》作"祖"。
⑩ "何如"，明张一中辑《尺牍争奇》卷四作"如何"。《古今振雅云笺》与本文同。

得石田诗及书画,山房寂寥,忽尔热闹①。入夜,秋声满竹树间,疑②助予之喜跃,吟讽何其快哉! 程敏政《答刘振之》

偶乘兴策杖至江口,沽垆头浊醪,登楼长望,浩然独酌。琼林玉树辉映左右,山下人家柴门半掩,青帘斜挑,飘舞风雪中。而水天③含空,上下一色④,金、焦二峰如冰盘浸两拳石。蓑笠翁坐小艇,片帆出没烟霞,乍隐乍现⑤,真奇观也。邬龙门《与王半偈》

以上见《尺牍争奇》。

二十四番花信风

小寒:梅花、山茶、水仙。大寒:瑞香、兰花、山矾。立春:迎春⑥、樱桃、望春。雨水:菜花、杏花、李花。惊蛰:桃花、棣棠、蔷薇。春分:海棠、梨花、木兰。清明:桐花、麦花、柳花。谷雨:牡丹、酴醾、楝花。

云体为阴,升而为用则阳;风体为阳,散而为用则阴。故云兴石润,风行土燥。

北斗得七星乃火之成数,南斗得六星亦乃水之成数,此南北水火精神交互之理。

日生于东而辰,日辰合酉;月生于西而辰,月辰合卯。此东西木金气血往来之道。

谚云:月如仰瓦,不求自下;月如张弓⑦,少雨多风。

凡卵皆白在外而黄在内,及抱成形,则黄变居外、白变居内矣。盖

---

① "热闹",明程敏政《篁墩集》卷五四《答姑苏刘振之简》作"增重"。明张一中辑《尺牍争奇》卷四与本文同。

② "疑",原作"似",据《篁墩集》改。

③ "水天",明张一中辑《尺牍争奇》卷六作"远水"。

④ "色",《尺牍争奇》作"白"。

⑤ "现",《尺牍争奇》作"见"。

⑥ "迎春",原作"任春",据明谢肇淛《五杂俎》卷二《天部二》改。

⑦ "张弓",宋江休复《嘉祐杂志》作"悬弓"。

天气轻清,故生养万物则阴包阳;地形重浊,故变化万物则阳成体①。

　　鼠之前爪四指②,阴也;后爪五指③,阳也,故为阴阳之始终;龟之前后爪亦同于鼠,故为阴阳之大用。或曰鼠前四后五,四时五行也;龟前五后四,五湖四海也。

　　肺居上而气降下,肝居下而血升上,气血相交,以为生也④。

　　数脉独无所属,盖数者阴阳气血皆有余。脉道之太过而不得中⑤之,谓真病脉也,所见则为病,当⑥随其阴阳上中下而察之。又况病之为字,从丙,丙为火热,是以十分病症⑦常有七分热、三分寒,不然何以五藏⑧六府止言火而不言水耶?

　　男子之气始于子,钟于外肾。外肾者,督、任二脉之交也。

　　女子之气始于午,钟于两乳。两乳者,肺、肝二脉之始终也。

　　肺始于云门,肝终于期门。

　　金为气化之原,乳为赋气之始,是生养之根也。

　　脉者,气血之所动也。是以阳日则气先血后,阴日则血先气后;是以脉居于中可知矣⑨。

　　胃受水谷为太仓,须借脾气之运,始能⑩腐熟水谷以化生气血。盖脾胃相资运动而为功也。

　　膀胱者,肾之府。其源在于阑门之傍津液,下流膂膜之间,渗入旁光,至满溢则泻出。

---

①　本段部分文字见明王逵《蠡海集·庶物类》。

②③　"指"字原脱,据明王逵《蠡海集·庶物类》补。

④　本段文字见明王逵《蠡海集·人身类》,有改动。

⑤　"中",清徐士銮《医方丛话》卷八《数脉为病脉说》作"其中"。

⑥　《医方丛话》无"当"字。

⑦　"症",《医方丛话》作"证"。

⑧　"藏",《医方丛话》作"脏"。

⑨　以上五段文字见明王逵《蠡海集·人身类》,有改动。

⑩　"始能",《蠡海集·人身类》作"而后"。

胆者,肝之府,所藏血。血之精储畜于胆,其味苦。心血之本性,亦子寄母室之义。

绿者,青黄之间色。草木非土不生①养,故青依于黄而绿矣。

阳奇阴偶,奇纵耦横。阳为人,阴为畜,故人首直,畜首横②。

五行惟火无定著,由木而见形,依土而附质,因金而显性,遇水而作声③。

火随五行而发见,有阴阳之分焉。水、土之阴也,海有火光,野有磷火④,近之则无⑤,乃有形无质者也。金、木,阳也,钻斫竹木而生,戛击金石而出,皆能焚燎乃有形,复有质,故曰"有阴阳之分焉"。

坎,内含一阳,生气也,故水⑥能容物。离,内⑦含一阴,死气也,故火中不容物。

制者,乃不拘于生⑧克之中也。

风伯首象犬,雷公首象豕,雨师象士子,电母象妇人,古之卤簿四神旗皆绘画也。

交梨者,有金木交互之义。火枣者,有阳土生物之义⑨。

五显者,五行、五气之化也⑩。

---

① 《蠡海集·庶物类》无"生"字。

② 本句《蠡海集·庶物类》作"阳为人,得奇数;阴为畜,得耦数。奇数纵,故人首直;耦数横,故畜首横也"。

③ 本段文字见《蠡海集·历数类》。

④ "海有火光,野有磷火",《蠡海集·历数类》作"巨海夜有火光,旷野夜有磷火"。

⑤ "则无",《蠡海集·历数类》作"则方无"。

⑥ "水",《蠡海集·历数类》作"水中"。

⑦ "内",《蠡海集·历数类》作"中"。

⑧ "生",原作"先",据《蠡海集·历数类》改。

⑨ 本段文字见《蠡海集·鬼神类》,有删节。

⑩ 本段文字见明王逵《蠡海集·鬼神类》。

祖茔讼案

崇文门税课大使胡嗣超；

河南新乡县知县胡之富、安徽七引店巡检胡之润、监生胡廷桢、山西大同府司狱胡钧族耆胡有恒、生员胡杼、民人胡鏛、司事胡梦渔：

为肆行盗葬禀饬押迁事：职等支祖谕茔①一座，坐落东门外孝仁乡让字号，计共坟田二十九亩零，上葬明太保谥忠安讳淏、锦衣卫镇抚讳祺、中书舍人讳鏻等祖，子姓繁衍，久经禁葬。今春清明祭扫，骇见新冢两处，询问守坟人陶永年，知系蒋阿全冒称胡姓盗葬，即向清理认迁，迄今半载，称疾不理。切职祖坟茔久经议禁，嫡派子孙尚且不得有违，蒋阿全之姓胡与否，姑不深求，非我族类，奚堪将棺盗葬？禀叩宪天②俯赐饬差押迁。沾仁。上禀。

道光二十四年八月十六日

批：蒋阿全有无冒称胡姓，在该职等坟内盗葬棺柩情事，姑候饬差协保确查覆夺，该职等先将执业坟契检呈毋延。名单附。

河南新乡县知县胡之富、安徽七引店巡检胡之润、生员胡杼：

为盗葬属实呈叩饬提究迁事：职等支祖明太保谥忠安，敕建崇贤专祠，春秋致祭。谕茔一座，坐落孝仁乡让字号，载明邑乘③，久经禁

---

① 指经朝廷赏赐或批准的官员或名人坟墓。

② 指旧时上诉案件，希望上一级官员能平反冤情，因称之为"宪天"。

③ 指本县地方志。

葬。今春清明祭扫，骇见新葬两冢垒垒，询诘守坟人，知系蒋阿全家棺柩，当向清理，认即迁移，似可无烦宪牍。讵意阿全节骗节延，若再旷日持久，成何事体？是以职等族分联名具呈，请饬押迁。奉批：有无盗葬棺柩情事，候饬差保确查覆夺，先将执业坟契检呈。切职祖谕茔造自前明，由来已久，祖户完粮执业联单轮流经管。至蒋阿全，实非胡姓，开张胡源茂米店，遂尔姓胡，公然越葬。殊不知族有宗谱，分有支派，奚能紊乱？况职等祖坟业经禁葬，本分子孙不得有违，非求法究，先贤坟墓将成义冢。为呈联单①，禀叩宪天饬提究迁。沾仁。上禀。

計呈联单十二纸　　胡宗英祖户完粮：

让字三十四号　　平一亩九分九厘八毫三丝三忽

三十五号　　平十八亩一分零四毫一丝六忽

三十六号　　平二亩一分四厘五毫八丝三忽

　　　　　　埠②六分四厘一毫六丝六忽

五十六号　　平一亩五分七厘五毫六丝六忽

七十三号　　平三分六厘一毫

七十四号　　平八分四厘七毫零八忽

七十六号　　平一亩一分九厘八毫一丝二忽

七十七号　　原平六分三厘五毫六丝二忽

七十八号　　平一分

一百七十四号　平五分四厘

一百七十五号　平二分三厘七毫零八忽

道光二十四年八月十八日

---

①　记录商品货物重要信息的凭证，如名称、数量、重量、价值等。关系人各取其一，以为执证、查对之用。有两联单、三联单、四联单等，现多为复写，如三联收据等。此处为一种完粮凭证。

②　意为高地。

批：呈到联单十二纸，存，俟饬差查覆到夺。

原差金鸿：

　　为遵查禀覆^①事：奉票着查职员胡之富、胡之润等控蒋阿全肆行盗葬一案，遵即协同地保^②查明新冢两处，在胡坟西首属实，合行^③禀复，伏乞太老爷主夺。

道光二十四年　　月　　日

批：据禀已悉，着即押令蒋阿全迁让。禀覆。票换给。

河南新乡县知县胡之富、安徽七引店巡检胡之润、生员胡杼：

　　为叠理罔应叩饬提究押迁事：先贤祠墓责成子孙防护，职等支祖明太保谥忠安胡潥谕茔久经禁葬，乃有蒋阿全潜将棺木两具盗葬谕茔西侧，理令迁让，节骗节延。职等禀案并将联单呈请押迁，阿全托疾避匿，其子双幅佯为不理。似此藐抗故违，实属目无法纪。为迫禀叩宪天刻赐提究押迁，崇贤惩盗，戴德沾仁。上禀。

道光二十四年九月初八日

批：候提究押迁。

地保孟金奎：

　　为具限交案事：职员胡嗣超等具控蒋阿全冒葬祖坟一案，奉差金鸿协身查提集解，缘蒋阿全已故，伊子双幅出外归账不家，身愿限于

---

　　①　向尊长回报。
　　②　清代及民国初年地方上替官府办差的人。约相当于秦汉时的亭长、隋唐的里正、宋的保正等职。
　　③　应当。

十日内交出蒋双幅到案集讯,为具限状禀附,伏乞太老爷电准限交。上禀。

道光二十四年九月二十八日

批:姑着依限交解,如逾,定比限。状附。

胡双幅(即蒋双幅):

为霹诳惊奇刻求改差恩释事:切身有祖坟一座,坐落老祖坟旁,葬高祖为主穴,经今百载,共葬四代四冢。祸于本年三月,族内梦增等窥父阿全愚懦,先勒捐置宗祠台橙十副为由,继乘允捐,忽变折洋入橐,致身父回却,即遭梦增仗精讼伎,捐族衿霹以身家祖茔,诬父阿全私行盗葬两冢,脱奉押迁提讯在案。经父投诉,又被梦增与差交好,任意勒诈嗔拂,阻难剖诉。梦增等得志仗势,百般辱詈,致父有冤难雪,惨于本月十四日气郁病亡。梦增等尚不罢休,心如铁石,煽差棚串,计接身名穿诈。身苦年幼,极今细查此坟传说,老辈照依各分将粮并入公祠完办。第此坟并无两块混淆,所葬两冢一系身祖母之棺,一系身妻陈氏之柩,均未深葬。如果坟非身家传产,上葬六冢何以从前族无一言?及今两冢为盗葬,诳出惊奇。讼因梦增诓洋不遂,致令捐诬棚诈,于昨廿五日差伙,乘身收账不冢,又欲百般吓诈,即将地保孟金奎私穿来城,计欲串保家属,向身吵扰,不诈不休,律法何容?为迫剖叩宪天电鉴释累,改差集断,杜讼援懦,慰死安生。上禀。

道光二十四年九月二十八日

批:据诉各情果否属实,姑候改差勒集讯断,至尔家祖坟有无契单、粮串①为凭,并着先行检呈核讯,毋迟。

---

　　①　官府所发缴纳钱粮的收据。

河南新乡县知县胡之富、安徽七引店巡检胡之润、生员胡杼、司事胡梦渔：

为紊宗盗葬吁叩押迁究办事：职等支祖明太保谥忠安、崇祀先贤讳淡谕茔一座，子孙繁衍，久经禁葬。乃有蒋阿全胆敢盗葬两棺，查知清理认迁，延宕呈单，禀奉押迁提究。阿全今故，其子双幅任听襟丈程三、戈二，竟以职等祖坟为己有，上葬高、曾四代四冢。坟粮老辈传说，照依各分并入公堂完办，添砌胡梦增勒捐等情，代为打点，白禀投递，批饬改差，着呈单串勒集讯断。切程三、戈二固属工讼通神，双幅之高、曾四代何名、何字、何派、何支？岂能蜃楼架造，坟粮诿之传说？职等忠厚存心，未肯遽揭其短，今既扛讼，不得不切指直陈，实缘疏族胡朝聘娶妻高氏，生子阿大，朝聘旋故，高氏坐赘蒋鹤林子寿德，并与异民张姓有私，生子阿六、阿全、一女。后张殁于其家，阿全觅地营葬，阿六、阿全从不令其入祠到墓。即阿大虽系胡出，死后尚因违禁，另迁与张氏同坟。至高氏既赘蒋姓，则与朝聘恩断义绝，焉敢同双幅之妻陈氏葬入？职等议禁祖茔，似此紊宗盗葬，目无法纪，更查祖坟旁侧尚有偷葬阿六一棺，乞宪严饬，一并押迁，照例惩办，并提唆讼之程三、戈二究儆。上禀。

道光二十四年十一月二十八日

批：据诉各情如果属实，自不能紊宗盗葬，仍候照案吊单集讯押迁。

胡双幅：

为拂诈霹捏栽陷，指求核雪惩诬事：族蠹梦增勒捐入橐未遂，纠党之润等霹诬身家百年祖坟为盗葬，捏陷伯、父蒋生，拴差混覆穿诈。身父抑郁惨故，身经沥剖荷鉴，改差集讯。恶等蓄诈愈炽，更敢霹玷祖母高氏赘蒋私张后，生伯、姑、父等喷。泣思身伯生于乾隆戊申①，

---

① 即乾隆五十三年(1788)。

父生乙卯①，祖故，父经二岁，世无有夫之醮妇，至喷私张，恶等何时
目击？抑有案凭？难容含血喷陷。切据称坐赘蒋姓，恶等既知父子
姓名，试问世人，生有居址，保甲、烟户②编查可考；死有棺骨、故墓，
乡图难灭。不求究追确据，已故数十年贞节，一旦造谤遭冤，九泉难
瞑。至身祖坟在公坟西首，中隔沟埠之外，万难指鹿混朦。且各房四
面皆葬多冢，粮皆祠祖完办，通族旧章，非身独然。种种霹诬栽诈，不
求确指，赘私故贞，冤玷难雪，世代胡蒋难明，信口蜑栽无底，不诈不
休。迫绘支图，签求仁宪犀核，法惩栽陷，雪玷杜诈，肃纪援懦。衔
结③。上禀。

　　绘具安葬坟茔，生死年月日时，历代支图：

　　是坟系在公坟西首，又隔高埠深沟之外，并非公坟之内，万
难影射混诳。且高祖母于乾隆十七年安葬主穴，三十八年高祖
合葬，经今九十余年，后又曾祖等屡葬，如果盗葬，通族岂能不
理？求揆诬玷。

　　高祖胡永成　生于康熙三十年十二月初四日戌时，卒于乾隆三十
八年九月二十日申时，存年八十三岁。

　　高祖母臧氏　生于康熙三十七年五月初五日午时，卒于乾隆十七
年正月初十日寅时，存年五十九岁。

　　曾祖胡文标　生于康熙六十年八月初五日戌时，卒于乾隆四十四
年五月十三日未时，存年五十九岁。

　　曾祖母罗氏　生于雍正八年七月十七日未时，卒于嘉庆十二年十
二月二十二日辰时，存年七十八岁。合葬是坟昭穴。

　　祖胡君玉　生于乾隆十八年三月十七日戌时，卒于乾隆六十年四

　　①　即乾隆六十年(1795)。
　　②　即人户。《清会典·户部·尚书侍郎职掌五》："正天下之户籍，凡各省
诸色人户，有司察其数而岁报于部，曰烟户。"
　　③　衔环结草的简称。衔环，嘴里衔着玉环；结草，把草结成绳子，搭救恩
人。旧时比喻感恩报德，至死不忘。

月初四日未时,存年四十三岁。葬是坟穆穴。

祖母高氏　生于乾隆二十五年十月十四日寅时,卒于道光十五年三月十四亥时,存年七十六岁。本应与祖合葬,因年不利,于十五年四月浮厝是坟。迭次扫墓,早经已见。实因拂诈捏诬新冢,显然混朦,即系诬控祖母之冢。

查祖母十七岁归胡,十八岁生俊发。二十、二十二、二十三、二十四连生子女四人,俱幼亡。二十六岁生女,适王。二十九岁生俊扬,三十一岁生一子,亦幼亡。三十三岁生子阿九,亦幼亡。三十五岁第十胎生身父阿全,于三十六岁四月身祖君玉病故,均有木主为据。

长伯胡俊发　即阿大。生于乾隆四十二年八月二十日卯时,卒于道光四年二月十九日亥时,存年四十八岁。

次伯胡俊扬　即阿六。生于乾隆五十三年六月初九日戌时,卒于道光二年十一月十六日亥时,存年三十五岁。

父胡俊承　即阿全。生于乾隆五十九年十一月初五日戌时,卒于道光二十四年九月十四日辰时,存年五十一岁。

身双幅

身妻陈氏　生于嘉庆二十四年九月二十九日申时,卒于道光二十三年五月。

求恩鉴核。人之生死尚敢如此霄空捏诬,玷陷孀节,何况十余年旧坟诳朦新冢!且身家百余年,祖坟系在公坟西首围墙之外。

　　　　　　　　　　　道光二十五年二月二十八日

批:着将契据检呈,听候核讯,毋庸辩渎。

　　　　　　　　　　　道光二十五年四月十七日

讯查职员胡之润等呈控胡双幅冒姓盗葬等情:今讯胡双幅有契为凭,供词各执一面,即着胡双幅开呈从前粮户,饬经管区书查明系何字号,吊同鳞顺各册,听候本县亲勘覆讯定断,并饬胡之润等将宗谱呈核,胡双幅堂呈清供木主。附卷。

堂呈契底：

立卖坟文契：叔祖胡瑞林，今将祖遗受分"上字号"平田一丘六分有零，坐落孝仁乡四十七都五图尚书坟旁西首，卖与侄孙文景名下造坟为业。当日凭中议定，得受坟价银陆两正。自卖之后，听凭栽松作圹造坟，过户办粮，并无门房。上下言称有分重叠诸碍等情，如有此等，卖主自行理直，不干得业人事。欲后有凭，立此卖坟契为照。

计开　银平俱九七。四址：东祖坟，西王田，南王田，北本坟。细号另开附内。

乾隆五年五月　日，立卖坟文契叔祖胡瑞林。

中见　　弟天培

李朝玉

银随契足，不另立契。　　　　　　　　　　胡尔叙

徐道立

侄位中

河南新乡县知县胡之富、安徽七引店①巡检胡之润、生员胡杼、司事胡梦渔：

为饰抵宕迁呈核改差究办事：疏族胡朝聘娶妻高氏，生子俊发，朝聘旋故，高氏坐赘蒋寿德，生子阿六、阿全，与胡恩义已绝。俊发无后，曾将宗谱、坟粮掣回。迨后蒋阿全接开米行，竟以胡姓冒帖充牙，亦不与较。胆将高氏、阿六及媳陈氏等棺盗葬职祖先贤太保谥忠安谕茔西侧，呈单禀奉押迁。阿全今故，其子双幅任听程三、戈二发贿营求，白禀传递。前奉传讯，双幅谎开支图，罔呈木主，并将无粮无单胡氏遗契耸奉。着呈单串、田号，谕职等呈谱核勘。程三、戈二朦讯得志，拴差捺抗。切查呈遗契字号各别，谎开支图，其祖君玉生于谱

---

①　"店"字原阙，据前文补。

后,伊高祖永成娶妻臧氏,曾祖文标娶妻罗氏,俱生于谱前,何支何派,谱谍无考;无粮无号,从何勘丈? 总之,鱼目可以混珠,阴霾终难蔽日,先贤坟墓责成防护,奚堪紊宗盗葬? 签呈宗谱,迫叩宪天电核,改差勒提究办,以妥先贤,以别氏族。沾仁。上禀。

道光二十五年十一月十八日

批:既据签呈宗谱,候改差勒提集讯,押迁。

胡双幅:

为畏勘狡朦①绘图吊核究诬杜诈事:族恶梦增、之润无业,狼狈为奸,借吞公衅诈为生。诈身未遂,霹诬身家百年祖坟为盗葬,甚陷故经数十年之祖母醮赘奸生姑、父、伯等喷,痛父遭冤惨故,身极开呈历祖生死年月,并呈印契、粮串、木主,剖蒙前宪讯明,身坟有契为凭,冤醮邀宥,未究得志。恶等狡抗,具诬切结,致奉堂谕亲勘覆讯,并吊粮册、宗谱在案。讵恶等自揣祖坟内外近年胡杵等新葬十余冢,勘必谎败,邀究嘱区,抗呈捺勘,刁匿全谱,混呈残谱一本,谎祖无身祖,脱奉改差集讯,兼遂信口拖害,切据称身祖朝聘则有谱可考,何匿不呈? 坟果禁葬,何以控身之胡杵、百年等于上年、今年在围墙内外新坟十二冢? 又縻姓在坟新葬一冢? 总之,恶等娶贿者,无论本宗外姓,贴在祖冢俱可新葬;拂诈者,同宗捏陷异姓,契买祖坟栽诬盗葬禁坟。似此拂诈诳陷、欺祖灭宗,法奚稍纵? 为迫绘图签剖求宪吊册犀核勘讯,惩诬杜诈,澈究捏陷,存殁均沾。上禀。

道光二十五年十二月初三日

批:据呈图形附查,着经管区书即签册送验,至胡梦增等前呈宗谱是否残谱? 其全谱现匿何处? 并候饬吊察核以凭勘讯定断。

---

① 指狡诈愚昧的人。

区书梅景伯：

为禀覆事：蒙差金瑞等着身经管"让字号"区书，将胡瑞林于乾隆五年五月契买与胡文景名下坐落孝仁乡四十七都五图尚书坟西首坟田六分零，历届推收完粮印册声明，现系何户承粮，刻速签册送验等，因身图经管粮册"让字"并无"上字"，遵查乾隆年间并无胡文景之户，奉届清粮，现无完粮印串，又无千百号数，未据指明，无凭签覆，合遵禀候电鉴示遵。上禀。

道光二十六年二月二十六日

批：即着胡双幅再逐细查明，据实禀覆，以凭核饬签册，送核票存销，另行谕差饬遵。

河南新乡县知县胡之富、安徽七引店①巡检胡之润、生员胡杼，监生胡廷桢、胡梦渔：

为狡朦晓听②不究不迁事：族有胡朝聘，故后，其妻高氏坐赘蒋寿德，生阿六、阿全，例不得为胡后，乃阿全胆将高氏、阿六及媳陈氏盗葬职祖谕茔西侧，呈单公叩押迁。阿全旋故，伊子双幅仗戈二、程三打点，倩唐大大主讼，罔开支系，以胡文景无粮无号"上字"废契混笔，勘讯饬着指开田号无呈，职等签谱，呈奉改差提讯押迁。大大又为谎绘坟图，捏旧冢为新冢，以全谱为残谱，奉吊勘讯。切宗谱修自乾隆十年，并无别谱，所开支系谱无可考，捏称残谱，全谱蒋姓或有，如系胡后房分，岂无足征？且胡文景是伊何祖？"上字号"地属武邑③，已据"让字"区书覆明，并无"上字"。乾隆间既无文景户名，清粮后现无承粮印串，废契内更无千百号数，无凭查覆。至公坟粮漕，

---

① "店"字原阙，据前文补。

② 晓听，争辩吵嚷，混淆视听。

③ 指常州府武进县，后文同。

前因经费不敷,各房分办清粮,仍复归并。似此不据不凭、狡朦哓听、蜃楼海市,讼伎虽工,假妄乱真,虚难掩实。职等名门世族,胡坟岂容蒋葬? 不求究讼,迁窆无日。为再叩宪勒提蒋双幅,并主讼之戈二、唐大大等到案,严究押迁,惩办存殁。均沾。上禀。

道光二十六年二月初五日

批:昨据区书具禀,已批饬着胡双幅再逐细查明,据实禀覆,以凭核饬签册送核在案,俟覆到再行饬遵。

胡双幅:

为遵饬声呈叩吊犀核勘讯惩诬事:身遭族恶梦增、之润借捐辖诈未遂,霹诬契买百年祖坟为盗葬,甚敢造谤已故数十年祖母醮蒋等喷,极呈印契、粮串、木主,剖蒙前宪讯明,身坟有契为凭,玷陷宥未深究,更图不诈不休,致奉吊谱,着身开呈从前粮户,覆候亲勘覆讯在案。乃恶等畏勘水落石出,刁呈残谱半本,混求免勘,嘱区匿册,混覆邀恩,烛斥着再逐细查明禀覆,核饬签册等谕。切身家祖坟乾隆五年身堂曾伯祖文景契买高伯祖瑞林原置王姓之产,原契电据向系胡玉麟户名,办粮征册可凭粮串,身已呈案确据,至道光元年清粮与各房分粮皆归公祠完纳,非身独然。至契便写“上字号”,实系“让字七十七号”,原平六分三厘五毫六丝二忽①。契内载明孝仁乡四十七都五图尚书坟旁西首,四址确凿,万难移混。为亟逐细查明,声呈原契,叩宪赐吊户书历届清粮征册犀核,并着胡梦增等检呈全谱,立明诬陷。上禀。

　　计呈原契:

　　立卖田文契:王文俊今将受分平田六分三厘零,坐落胡忠安公西首,情愿央中卖到胡名下耕种为业。当日凭中言定,得受田

---

① 　原作“勿”,据前文改。后文同,不另作注。

价白银二两正,其银一趸①收足。自卖之后,并无重叠诸碍等情,如有此等,卖主自行理直,不干得业人事。恐后无凭,立此卖田文契为照。

　　计开色九七戥九七,内扣下脚银二钱。五年之后,如有原银,收赎并照。

　　康熙三十二年正月　日,立卖田文契王文俊

　　　　　　　　中　王公玉

　　　　　　　　　　周斐然

　　　　　　　代笔　左子林

　　道光二十六年三月十八日

　　批:即着该户书梅景伯刻速据呈签册具覆,并将历届清粮征册捡送,一面催呈全谱察核以凭,示期勘讯。原契一纸附。

　　河南新乡县知县胡之富、安徽七引店巡检胡之润、生员胡杼、监生胡廷桢、胡梦渔:

　　为勘亦迁、不勘亦迁还祈详察事:族有胡朝聘妻高氏,赘蒋寿德,生子阿六、阿全,再醮不禁,覆水难收。阿全胆将高氏等棺还葬谕茔,合族鼎沸,攸关例义,呈单押迁。全子双幅仗唐大、戈二、程三教唆刁讼,泼贿营求,罔开谱无支图,混呈不明废契,朦讯耸勘。职等签谱呈核,谎捏为残,全谱伊又无呈。切谕茔除续置外,原额二十五亩,前因公项不敷,乾隆廿四年胡位宗、胡盛宇、胡世禄、胡楚珍、胡玉麟、胡图南分户完办,嘉庆廿五年归公,征册历凭各无异议。冒为祖置,罔开高祖胡永成、曾祖胡文标,而废契系属胡文景,盗祖昭彰;诘问文景何人,冒称堂曾伯祖。查文景名裕龄,载谱三之二页,其高、曾可按而稽,何无查考?盗宗显见;据称玉麟系文景户名,非伊祖户,原额归

―――――――――

　　①　趸(dǔn),整,整批,整数。

公,向未更动,与伊何涉?盗葬明著。假废映射,则玉麟前承三号坟粮俱可援引,各房分完的户更可割据。捏胡氏无号、无单、无粮之废契,作蒋姓盗祖、盗宗、盗葬之确凭,异姓紊宗,醮妇归葬,王章具在,律法奚容!巨案酿成,悉由讼播,职等静候备质,毋庸伺勘,为再粘呈,伏惟宪鉴。上禀。

　　计粘　明太保谥忠安崇祀先贤敕建专祠春秋致祭胡濙谕茔原额粮数:

让字三十四号　　　胡宗英　原额一亩九分九厘八毫三丝三忽

　三十五号　　　　胡宗英　原额十八亩一分零四厘一丝六忽

　五十六号　　　　胡宗英　原额一亩五分七厘五毫六丝六忽

　七十三号　　　　胡宗英　原额二分四厘一毫

　七十四号　　　　胡宗英　原额三分九厘

　七十六号　　　　胡宗英　原额一亩一分九厘八毫一丝二忽

　七十七号　　　　胡宗英　原额六分三厘五毫六丝二忽

　七十八号　　　　胡宗英　原额一分

　一百七十四号　　胡宗英　原额五分四厘

　一百七十五号　　胡宗英　原额二分三厘七毫零八忽

　　计共原额二十五亩零一厘九毫九丝七忽。　坊基续置不在此数。

　　乾隆二十四年公项不敷,各房分完粮数:

让字三十四号　　　胡宗英　承粮一亩九分九厘八毫三丝三忽

　三十五号　　　　胡宗英　承粮十五亩三分六厘九毫一丝八忽

　　　　　　　　　胡位宗　分完四分一厘零六丝三忽

　　　　　　　　　胡盛宇　分完一亩

　　　　　　　　　胡世禄　分完二分三厘零五丝四忽

　　　　　　　　　胡楚珍　分完一分一厘一毫一丝六忽

　　　　　　　　　胡玉麟　分完七分四厘八毫

	胡图南	分完二分三厘四毫六丝五忽
五十六号	胡宗英	承粮一亩五分七厘五毫六丝六忽
七十三号	胡宗英	承粮二分四厘一毫
七十四号	胡宗英	承粮三分九厘
七十六号	胡宗英	承粮七分四厘八毫一丝二忽
	胡玉麟	分完四分五厘
七十七号	胡玉麟	分完六分三厘五毫六丝二忽
七十八号	胡宗英	承粮一分
一百七十四号	胡宗英	承粮五分四厘
一百七十五号	胡盛宇	分完二分三厘七毫零八忽

照依原额分完二十五亩零一厘九毫九丝七忽，并未增减。

乾隆三十六年分完粮数：

让字三十四号	胡宗英	承粮一亩九分九厘八毫三丝三忽
三十五号	胡宗英	承粮十五亩三分六厘九毫一丝八忽
	胡位宗	分完四分一厘零六丝三忽
	胡盛宇	分完一亩
	胡世禄	分完二分三厘零五丝四忽
	胡楚珍	分完一分一厘一毫一丝六忽
	胡玉麟	分完七分四厘八毫
	胡图南	分完二分三厘四毫六丝五[1]忽
五十六号	胡宗英	承粮一亩五分七厘五毫六丝六忽
七十三号	胡宗英	承粮二分四厘一毫
七十四号	胡宗英	承粮三分九厘
七十六号	胡宗英	承粮七分四厘八毫一丝二忽

---

[1]　原作"六"，误，今改。因前文乾隆二十四年作"五"，而乾隆三十六年与乾隆二十四年除续置外，总数无增减变化。

	胡玉麟	分完四分五厘
七十七号	胡玉麟	分完六分三厘五毫六丝二忽
七十八号	胡宗英	承粮一分
一百七十四号	胡宗英	承粮五分四厘
一百七十五号	胡盛宇	分完二分三厘七毫零八忽

照依原额分完二十五亩零一厘九毫九丝七忽，并未增减。

续置七十三号	胡宗英	承粮一分二厘
七十四号	胡宗英	承粮四分五厘七毫零八忽

共计二十五亩五分九厘七毫零五忽

嘉庆二十五年推收照号归并仍入公户承粮：

让字三十四号	胡宗英	归并一亩九分九厘八毫三丝三忽
三十五号	胡宗英	归并十八亩零四毫一丝六忽
三十六号	胡宗英	续置二亩一分四厘五毫八丝三忽
又	胡宗英	续置塝六分四厘一毫六丝六忽
五十六号	胡宗英	归并一亩五分七厘五毫六丝六忽
七十三号	胡宗英	归并二分四厘一毫续置一分二厘
七十四号	胡宗英	归并三分九厘续置四分五厘七毫八忽
七十六号	胡宗英	归并一亩一分九厘八毫一丝二忽
七十七号	胡宗英	归并六分三厘五毫六丝二忽
七十八号	胡宗英	归并一分
一百七十四号	胡宗英	归并五分四厘
一百七十五号	胡宗英	归并二分三厘七毫零八忽

计共二十八亩三分八厘四毫五丝四忽，除续置三亩三分六厘四毫五丝七忽，照依原额归并谕茔粮数二十五亩零一厘九毫九丝七忽。

道光二十六年五月二十三日

批：候差催胡双幅查明粮田、字号、签册，呈案覆讯察夺。

区书梅景伯：

为具覆事：蒙差金瑞等着查明玉麟"让字七十七号平六分三厘五毫六丝二忽"是否与各房坟粮归公完办等，因身遵查乾隆三十六年册内"让字七十七号平六分三厘五毫六丝二忽"系胡玉麟户完粮。又，"让字三十五号平十八亩一分零四毫一丝六忽"系胡宗英、胡玉麟等七户完粮。又，"让字七十六号平一亩一分九厘八毫一丝二忽"系胡宗英、胡玉麟两户完粮。至嘉庆二十五年清厘，"让字"三十五、七十六、七十七等号均归河南厢胡宗英户内完粮，与呈案胡宗英户联单相符为合，签同乾隆三十六年顺号印册。禀覆，伏乞太老爷赐将清单、附卷、顺册发身收架备查。上禀。

道光二十六年五月二十四日

批：禀悉，清单附查票销册发还。

胡双幅：

为坟蒙查实诬彰玷陷求追确据事：族恶梦增、之润欺身孤懦，拂诈成仇，霹捏身契买百余年经葬四代祖坟为盗葬，玷陷守节祖母为醮赘蒋姓，奸生伯、父，信口架诬辖诈。身极剖呈印契、粮串、木主，蒙前宪讯明，身坟有印契为凭，之润仗衿狡挺，致谕吊核册谱勘讯，恶等抗匿全谱。今据区书签册覆明，乾隆三十六年清粮，至嘉庆廿五年册载，身坟六分零，胡玉林户名，祖父完粮与身呈印串相符。祖坟仅十八亩零，亦分七户完粮，其余九亩零系各房坟粮，世禄、位宗等名自完。廿五年清厘，与身坟一并归公，均入宗英公户，非身独然。显见祖坟旧无廿九亩。且身坟系王姓出产，有契有粮，更与祖坟风马，捏诬盗葬已彰，难逃究坐。惟玷陷祖母醮赘蒋寿德，奸生伯、父谤冤，不求严伤，之润等指呈确据，朦蔓无底，害惨心伤。追抄区书册载清单，签求宪天恩怜懦害。拖讼三载,诬葬虽彰,陷无确据,严赐着指吊呈全谱,法杜蔓扰,生死衔恩。上禀。

道光二十六年又五月初三日

批:业据该区书查明坟粮字号、签册具覆,并据胡之润亦抄粘田号细号具呈前来,孰实孰虚,静候提集覆讯察断。粘单附。

胡双幅:

为指求勒吊以凭定谳法杜谎狡事:身遭族恶著名讼棍之润、梦增①,拂诈成仇,捏陷祖母高氏醮蒋寿德而生伯、父,即以捏谎架题,霹诬蒋盗胡坟,身叠剖呈原杜印契、粮串、木主,蒙前宪讯明,身坟有契为凭,之润一人狡供,致谕吊核谱册,亲勘在案,册已签呈覆明,祖坟十八亩粮尚各房分完,身坟自置粮亦自完,与公无涉,界有围墙勘据。恶窥诬谎已彰,刁匿全谱,叠求免勘,切伊混呈残谱半本,查无据控朝聘之名。全谱两集,身家尚存火残二本,呈据难容,屡吊抗呈。总之,恶讼刁朦,信口喷陷,既冤祖母醮蒋鹤林子寿德,必知何年赘醮,何人媒妁,寿德现之存殁,宅里坟乡,着指确据,俾身生可改姓相依,死可迁祖母合葬了讼。若无据胡喷,衿视棍罪应加等。然身祖母嫡节,生年月日呈案,木主难伪。更有见祖母归胡终老之耆老并嫡侄俱在,饬覆可凭。种种冤陷,非求勒吊谱据无凭定谳,为吁签呈火毁残谱,祖母守节确据,沥求仁宪震赐勒吊全谱醮蒋实据,并饬图耆查覆,犀核勘讯,法杜谎狡。上禀。

道光二十六年又五月二十八日

批:据呈火残谱系仍难查核,该族支派繁衍,所存谅不止此,尔可转借呈核,以凭察究。抄粘附残谱发还。

---

① 之润,即萍芗。梦增,即梦渔。

　　河南新乡县知县胡之富、安徽七引店巡检胡之润、族耆胡有恒、生员胡杼、监生胡廷桢、司事胡梦渔：

　　为愈谎愈穷迅赐提集惩讼究迁事：讼棍为害，叠示罔戒。族有胡朝聘妻高氏，赘蒋生子阿六、阿全，胆将高氏等棺还葬谕茔，族分联名呈请究迁。全子双幅倚仗唐大、戈二、程三，蔓延滋讼，罔开支系，其高、曾永成、文标，谱无可考，全谱呈案，混呈废契户名文景，既非伊祖，又无联单，千百字号，假冒废串，又非伊祖承粮，已据区书覆明，胡玉麟前承三号坟粮，核与职等呈案单粮相符，具见与伊无涉。即使件件是真，既醮不容再返，况事事俱谎，从何遁饰？捏称残谱，职等支祖忠安而下才十二世系，止一本，派分三分，各房俱有，果系胡出，何支何派？房族尽可借呈，乃以并无世系，不知何谱，借火衬吊。至高氏赘醮，通族不齿，妄求饬覆于图者，岂族分无一人足征？其将执途人而问之，遂为定谳耶？愈谎愈穷愈拙，棍等伎俩架谎宕迁，止图利己。及至大败决裂，尚不敛迹，犹尔垂涎反诬人讼，虚实若不澈究，蔓延无已，为再迫叩宪天提讼惩办，究迁肃法。上禀。

　　　　　　　　　　　　　　　　道光二十六年六月十八日

批：候催提集讯察夺，并饬胡双幅即速借谱呈核毋延。

胡双幅：

　　为案难无据六指罔呈非吊徒繁事：怜身百年祖茔呈案印契、粮串为凭，区覆征册绘图为据，遭族梦增、之润拂诈，霹诬祖母醮蒋，架陷蒋盗胡坟，极呈木主，奉前宪讯明，身坟有契为凭，着伊呈谱查究醮据，讵恶刁呈残谱半本，身六次指求醮据，如有帖媒妁，胡、蒋宗谱，生死年月、住宅坟乡、地邻见证、编查烟户，俱可作凭，着呈定断。若一无所呈，仗工刀笔，空言狂吠，案难无据定谳。乃恶等实系造谤，宕经三载，始终羼朦。兼仍空讯，遂其狡宕，徒繁宪牍。身向族借谱，俱称嘉庆七年、道光八年两次修谱，将世系缴入谱局，因之润等吞捐，新谱未成，有刊刻谱序在之润等。滋诈胡贻成①另案查漕房卷据，摘抄求电，各房旧谱、新稿俱现归之润、梦增执管，难容狡匿。泣思诬告赦前之事、已故之人，律有明条，之润等冤陷六十年前节妇、已死廿载之人，知法故犯，非奉勒吊醮据，庭讯徒繁，柔懦盆冤莫雪，亟抄另案谱序，求宪赐吊之润、梦增新旧全谱、祖母醮据，实究虚坐。上禀。

道光二十六年七月十三日

批：新、旧全谱是否俱归胡之润等执管？姑候饬吊察核讯断。抄粘附。

河南新乡县知县胡之富、安徽七引店巡检胡之润、生员胡杵、监生胡廷桢、司事胡梦渔：

为不讯不明不究不迁事：胡朝聘妻高氏赘蒋生子阿六、阿全，合族共晓。阿全胆将高氏等棺还葬，呈单呈谱，公叩押迁。全子蒋双幅词谎祖置，毫无实据，罔开支系，谱无稽考，混呈遗契，顶冒堂曾②，契内字号"上""让"各别，查核田号，契不备载；饬吊联单，又属无呈。假援废串，非伊祖户，层层驳诘，谕饬蒋双幅再逐细查呈，可谓曲体备至。复据区书签覆，胡玉麟前承三号坟粮，核与职呈宗英公户单粮相符，案无遁饰，捏谱为残，叠架高氏醮据，蒋姓死生摘抄另案，耸查耸吊。切再醮从不备案，败节之妇又遑问氏之媒帖，蒋之坟乡耶？支谱只此一本，尚未重修，敦本清源，残缺何处？房族谁不借呈？亲疏何无引证？至黄义成③，前因乱宗肆抢，比追责儆。前案漕承，后案武邑，此谱即于此案领呈可核，蒋双幅仗讼唐大、戈二、程三贿串，惟以

---

①　疑即后文"黄义成"，以黄姓乱宗胡姓。
②　指前文胡双幅堂曾伯祖胡文景。
③　疑即前文"胡贻成"。

勘覆查吊，转辗回环，岐搅哓听，案牍繁增。可否任其紊宗越葬，抑赐究讼押迁，伏乞宪示。上禀。

道光二十六年八月初八日

　　批：案宕两载，而控情各执，究竟阿六等是否高氏醮蒋所生？高氏系于何年月物故安葬？候饬图者、保邻会同公正族亲秉公确查，据实禀复，以杜延讼。一面催提集讯察断。

　　东分各房　　职员胡学浩、胡湘谷、胡广仁、胡鸿翔、胡树梓、胡景昌；

　　中分各房　　监生胡廷佶、胡望荣、胡善荣、胡壮平；

　　西分各房　　胡瑞隆、胡巽齐、胡景开、胡维忠、胡德科：

　　为刁朦滋讼，牵砌宕延事；族而弗族，是为弃宗；非族而族，是为鬻祖。例禁紊宗族，严膺姓。职族豫章迁常，合谱修明正统，自唐及明二十二世。支谱修自乾隆十年，明太保谥忠安至今才十数世，派分三分，系止一本。职等城乡散处，历历可考。螟抱蜾负，从不附载。前因黄义成以异夺继，蒙前宪王区别异同，查追责儆。时胡之润在家居长，虑谱失修，捐资刊序，散给征注，汇齐设局，举访筹梓。为因赐宅都门，迁居福建、安徽以及宦游他省，尚未汇集，是未举行。蒋阿全处并未给发，兹缘胡朝聘妻高氏赘蒋生子阿六、阿全，全将高氏及产媳等棺归葬谕茔，紊盗属实，族分胡之富、之润等公请究迁，全子蒋双幅听讼播延，以新旧全谱俱归之润、梦增执管，实无其事，原谱各分现据，双幅若非蒋出，由亲及疏可证，房族支谱残缺，揣本齐末，可溯渊源，奚事东扯西拉，露尾藏头，牵砌宕迁，刁朦滋讼。戊祭咸集，合族难容，联名书押，公叩宪裁。上禀。

道光二十六年八月初八日

　　批：已批胡之富等词内。名单附。

图耆周鸿增七八、汪松南七六,地保吴玉保四四,邻佑曹兴年、王壬宝:

为遵谕确查据实禀覆事:胡之润等控胡双幅之祖母高氏醮蒋等情,奉谕饬身等确查阿六、阿全是否高氏醮蒋所生,高氏系于何年月物故安葬,据实禀复等因,身等遵即协同秉覆:胡双幅之伯阿六即俊扬,生于乾隆五十三年。后又生子阿七、阿九。至五十九年生双幅之父阿全,即俊承,高氏之夫君玉尚开店业,强健生理。迨至乾隆六十年四月,君玉染患时症病故,身等壁邻喜丧等事,俱赴贺吊,目击之事。君玉故后,高氏坚守,勤俭操持,抚孤立业,间里咸称贤节,并无醮蒋之事。如果赘醮甚至生育多胎,势所合地皆知,岂能隐匿?并查高氏死于道光十五年三月,当即安葬是坟。阿六先于道光二年病故,随时安葬该坟,已逾二十载,向安无异。该坟在身等住宅之后,尚书坟西首围墙沟垟之外,双幅历祖安葬之地。实缘前年伊族经账梦渔向阿全捐置祠器,在茶店争论口角,身等在坐见闻,讼由是起。缘奉饬查合,亟据实覆,叩宪天电鉴主示。上禀。

道光二十六年八月二十八日

批:既据尔等具覆,候限提集讯。

亲高琪华⿰氵⿱、高庆宝⿰⿱:

为遵饬实陈覆求核雪贞冤事:身琪华之姊,即身庆宝之姑母高氏,年十七岁归胡,十八岁至三十五岁连生十胎,三十六岁姊夫胡君玉病故,抚孤贞守,教子端方,创成家业,孀贞著里,间党称贤,于道光十五年七十六岁寿终,安葬契买祖坟,经今十余载,向安无异。忽有胡梦渔向阿全捐洋未遂,捐串有名讼师胡萍香①,平空捏陷身姊赘醮蒋寿德而生阿六、阿全等谎,蒙鉴批饬图耆、邻保,会同身等,秉公确

---

① 前作"萍芗",即之润。

查实覆,已据目击身姊归胡至死之图者、邻保等查确具覆。身等系高氏弟、侄,自幼往胡探省,或领归宁,谊关骨肉家庭之事,无微不悉。姊夫君玉在日,阿全年已两岁,阿六与身同塾,长子俊发年已十八,开店经营,理无转醮之事,岂堪玷陷贞孀!且无蒋寿德之人,如有其人,着指生住何宅,死葬何坟,同族何人,以凭质究。似此霹捏无人之名,冤玷九泉之节,天理法纪奚容!皆由梦渔拂诈唆衅,遵饬实陈冤衷,覆叩宪天电核,恩雪故贞冤玷,肃法杜讼。上禀。

道光二十六年八月二十八日

批:已批周鸿增等词内。

族胡柏寿丛、胡叙兴卬:

为奉饬直陈电赐主示事:奉票差饬图者、邻保、亲族秉公确查再侄孙胡梦增等控侄孙胡双幅冒姓盗葬等情,究竟阿六等是否高氏醮蒋所生,高氏系何年月物故安葬,据实禀覆,以杜延讼等谕。身等系忠安公嫡裔,世居忠安公坟旁,曾祖荣,先祖位中,户名完分。至道光元年清粮时,与双幅之父阿全承完之,玉林①等各房七户坟粮,一同归并公祠接完。至双幅之伯阿六、祖母高氏等棺,系葬在祖坟西首围墙之外。该坟系王姓原业,卖与故祖瑞林,乾隆五年,瑞林转卖双幅曾伯祖文景,系身祖位中代笔。契经呈案后,文景之子联得故绝,坟粮双幅之祖君玉独完,君玉与妻高氏故葬是坟。君玉次子阿六,道光二年故,葬二十余年无异。至君玉故时,阿六已长,阿全两岁,俱系君玉亲生,且高氏并无转醮情事,并无蒋寿德之人,不知梦增从何捏耸。缘奉饬查,据实直陈,覆叩宪天电赐主示,恩杜延讼。上禀。

道光二十六年八月二十八日

---

① 前文作"玉麟"。

批：已批周鸿增等词内。

河南新乡县知县胡之富、安徽七引店巡检胡之润、生员胡杼、司事胡梦渔：

为讼复生讼，先提质讯澈究押迁事：蒋阿全以醮母高氏及兄阿六、媳陈氏等棺盗葬职谕茔，公叩究迁。全故，其子双幅仗唐大、戈二、程三罔开谱无支系，假冒非祖契据，混呈别户废串，无单无粮，狡朦播讼，叠经驳诘，并据区书覆明职等坟粮核与呈案单粮相符，并各分各房联名与押，具呈在案，无可遁饰。乃以案据不足凭，族分不足信，更事取覆于耆邻亲族，遂其讼伎，朋比镶词，一帆扛衬。切耆保、亲邻职俱不识，俱可腹串。而公正族人之胡柏寿、胡叙兴通族无一知者，是一醮生未别，而两异种更来据称忠安公嫡裔。是有谱据，前此蒋双幅何不借呈？又称世居坟旁，祠墓何未一到？职族均非公正，叩饬先行提案，使族众皆有所矜式。而高氏是否赘醮，双幅是否胡蒋，从兹立辩矣！伏乞宪天俯赐先行勒提质讯，澈究押迁。上禀。

道光二十六年九月十八日

批：候勒提质讯定断。

重修崇贤胡氏宗谱启

粤自铜符分绾刺史，贻卜宅之谋；银印久颁太保，承专祠之典。是以清芬可诵，共读上世之书；骏烈常昭，永宝先臣之笏。兹启者，我胡氏宗谱，乾隆间详辑，屈指已过百年；道光中再修，属稿未成十载。同集享堂，子姓问名而始识；空存残牒，后人数典而将忘。○○等述祖情殷，敬宗念切。三披瓜瓞之章，重衍椒聊之绪。别支分派，不惮午夜勤劳；证异考同，恐致丁编错误。惟望世次序明，庶可从头而溯；旧章汇集，乃无扼腕而嗟。念此时率祖率亲，推木本水源之义；愿他

日公才公望,绍铭钟勒鼎之勋。此启。所有条例开列于左:

各房现存诸人须开清生年月日,妻△氏,生年月日。子△个,名△;女△个,字△。至已故者,其生卒年月日,葬于△地,乡都图字号,山向,四址,有无坟田仆护守等项。配妻△氏,合葬△穴。子△个,名△;女△个,字△,详为开列。倘年远难知,即将三代神主内外函细抄。

男行谊,女节孝,倘无传赞,须写事略。至各房现住△处,并宜开载明白,便下乡确访。

修谱本为敬宗睦族,助费各出至诚,先行量力书捐,至刷印时再为通知汇送。

所有各房旧谱底稿及先代恩命、著作汇齐,寄送本城大南门盘查局中东分十三世孙树榕处收下,告竣之后仍听本人领回。

宗谱自乾隆九年甲子振启公修后,至今已有百余年,世系将近难考;续经十二世孙之润重修未竣而没,典故半已散失。今以半载为期,倘通知不到者,谱上即行注明,非敢故为躁率,仍恐再蹈前弊,凡我族人鉴此苦衷。

大清咸丰四年岁次甲寅六月　　　谷旦
崇贤祠西、中、东三派全启

皇清敕授登仕佐郎原任崇文门副使①鹤生胡府君之墓

孝男○○　○○谨立

鹤生公世居江苏常州府武进县东门内元丰桥东下塘,于咸丰三年由北京顺天府迁居直隶房山县小白岱村西头路南。

曾祖讳用嘉,晋封通奉大夫、三品卿衔、鸿胪寺卿。

高祖讳廷俊,貤封文林郎、云南禄丰县知县。

---

① 原书"使"字原作"司"字,原作者圈掉。

祖讳文英,敕封文林郎,原任直隶高阳县知县。
原籍始祖讳潊、大明礼部尚书赠太保衔忠安公之十一(世)代孙。

坟墓坐落小白岱村北杜树凹,于咸丰十年九月　日葬乾山巽向

　　　　　　　　大清咸丰十年玖月　日立

　　　　　(钤骑缝半页章【胡□□记】)

参考文献

（汉）毛亨传，（汉）郑玄笺，（唐）陆德明音义《毛诗》，《四部丛刊》景宋本。

（汉）孔安国传，（唐）孔颖达疏《尚书注疏》，中国书店，2022 年。

（汉）班固《汉书》，中华书局，1962 年。

（汉）刘安撰，（汉）许慎注《淮南鸿烈解》，《四部丛刊》景影写北宋本。

（三国）何晏集解《论语集解》，《四部丛刊》景日本正平本。

（晋）陈寿《三国志》，中华书局，1959 年。

（晋）杜预注，（宋）林尧叟注《左传杜林合注》，清文渊阁《四库全书》本。

（晋）陶潜撰，（宋）李公焕笺注《笺注陶渊明集》，《四部丛刊》景元翻宋本。

（晋）葛洪《西京杂记》，《四部丛刊》景明嘉靖本。

（南朝）范晔《后汉书》，中华书局，1965 年。

（南朝）徐陵《玉台新咏》，《四部丛刊》景明活字本。

（南朝）陶弘景《华阳陶隐居集》，明正统道藏本。

（南朝）沈约《宋书》，中华书局，1974 年。

（南朝）萧统《六臣注文选》，《四部丛刊》景宋本。

（南朝）萧统《文选》，胡刻本。

（唐）魏征、令狐德棻《隋书》，中华书局，1973 年。

（唐）李延寿《南史》，中华书局，1975 年。

（唐）李延寿《北史》，中华书局，1974 年。

（唐）韩愈《昌黎先生文集》，宋蜀本。

（唐）李贺《李贺歌诗集》，《四部丛刊》景金刊本。

（唐）李白《李太白集》，宋刻本。

（唐）李白撰，（清）王琦注《李太白诗集注》，清文渊阁《四库全书》本。

（唐）杜甫撰，（宋）郭知达集注《九家集注杜诗》，清文渊阁《四库全书》本。

（唐）白居易《白氏长庆集》，《四部丛刊》景日本翻宋大字本。

（唐）欧阳询《艺文类聚》，清文渊阁《四库全书》本。

（唐）刘长卿《刘随州集》，《四部丛刊》景明正德本。

（唐）杜佑《通典》，清武英殿刻本。

（唐）冯贽《云仙杂记》，《四部丛刊》续编景明本。

（唐）王绩著，韩理洲校点《王无功文集》，上海古籍出版社，1987年。

（唐）李德裕《李文饶集》，《四部丛刊》景明本。

（唐）释道世《法苑珠林》，《四部丛刊》景明本。

（五代）刘昫《旧唐书》，中华书局，1975年。

（五代）韦縠《才调集》，《四部丛刊》景清钱曾述古堂影宋钞本。

（五代）马缟《中华古今注》，宋《百川学海》本。

（宋）吕祖谦《皇朝文鉴》，《四部丛刊》景宋刊本。

（宋）苏舜钦《苏学士集》，《四部丛刊》景清康熙刊本。

（宋）李昉《太平御览》，《四部丛刊》三编景宋本。

（宋）李昉《文苑英华》，明刻本。

（宋）欧阳修《欧阳文忠公集》，《四部丛刊》景元本。

（宋）司马光《资治通鉴》，《四部丛刊》景宋本。

（宋）宋庠《元宪集》，清武英殿聚珍版丛书本。

（宋）苏轼《苏文忠公全集》，明成化本。

（宋）黄庭坚《山谷外集》，清文渊阁《四库全书》本。

（宋）晁补之《济北晁先生鸡肋集》，《四部丛刊》景明本。

（宋）唐庚《眉山唐先生文集》，《四部丛刊》三编景旧钞本。

（宋）秦观《淮海集》，《四部丛刊》景明嘉靖小字本。

（宋）永亨《搜采异闻录》，《稗海》丛书本。

（宋）孟元老《东京梦华录》，清文渊阁《四库全书》本。

（宋）程大昌《雍录》，明《古今逸史》本。

（宋）陈师道《后山谈丛》，清文渊阁《四库全书》本。

（宋）王应麟《困学纪闻》，《四部丛刊》三编景元本。

（宋）郭茂倩《乐府诗集》，《四部丛刊》景明汲古阁本。

（宋）朱弁《曲洧旧闻》，清《知不足斋丛书》本。

（宋）邓名世《古今姓氏书辩证》，清文渊阁《四库全书》本。

（宋）姚铉《唐文粹》，《四部丛刊》景元翻宋小字本。

（宋）罗大经《鹤林玉露》，明刻本。

（宋）孔平仲《孔氏杂说》，民国景明《宝颜堂秘籍》本。

（宋）朱翌《猗觉寮杂记》，清《知不足斋丛书》本。

（宋）鲁应龙《闲窗括异志》，明刻盐邑志林本。

（宋）韩维《南阳集》，清文渊阁《四库全书》补配清文津阁《四库全书》本。

（宋）叶梦得《石林诗话》，宋《百川学海》本。

（宋）江休复《嘉祐杂志》，清文渊阁《四库全书》本。

（宋）计有功《唐诗纪事》，《四部丛刊》景明嘉靖本。

（宋）张洎《贾氏谈录》，清沈曾植海日楼钞本。

（宋）吴曾《能改斋漫录》，清文渊阁《四库全书》本。

（宋）杨万里《诚斋集》，《四部丛刊》景宋写本。

（宋）陆游《剑南诗稿》，清文渊阁《四库全书》补配清文津阁《四库全书》本。

（宋）王谠《唐语林》，清《惜阴轩丛书》本。

（宋）朱胜非《绀珠集》，清文渊阁《四库全书》本。

（宋）罗泌《路史》，清文渊阁《四库全书》本。

（宋）郑樵《通志》，清文渊阁《四库全书》本。

（宋）陶谷《清异录》，民国景明《宝颜堂秘籍》本。

（宋）周密撰，黄益元校点《齐东野语》，上海古籍出版社，2012年。

（元）欧阳玄《圭斋文集》，《四部丛刊》景明成化本。

（元）脱脱等《宋史》，中华书局，1977年。

（元）陶宗仪《南村辍耕录》，中华书局，2004年。

（元）佚名《氏族大全》，清文渊阁《四库全书》本。

（明）宋濂《宋学士文集》，《四部丛刊》景明正德本。

（明）程敏政《篁墩集》，明正德二年（1507）刻本。

（明）高濂《遵生八笺》，明万历刻本。

（明）汤宾尹《睡庵稿》，明万历刻本。

（明）杜应芳《补续全蜀艺文志》，明万历刻本。

（明）王穉登《王百谷集十九种》，明刻本。

（明）沈佳胤《翰海》，明末徐含灵刻本。

（明）陈天定《古今小品》，清道光九年（1829）刻本。

（明）贺复征《文章辨体汇选》，清文渊阁《四库全书》补配清文津阁《四库全书》本。

（明）李绍文《皇明世说新语》，明万历刻本。

（明）董其昌《容台集》，明崇祯三年（1630）董庭刻本。

（明）陈继儒《致富奇书》，清乾隆刻本。

（明）陆深《俨山外集》，清文渊阁《四库全书》本。

（明）沈思孝《秦录》，清《学海类编》本。

（明）何良俊《语林》，清文渊阁《四库全书》本。

（明）何良俊撰补，（明）王世贞删定，（明）张文柱校注，（明）凌濛初考订《世说新语补》，民国六年（1917）泗州杨氏铅印本。

（明）黄溥《闲中今古录》，《续百川学海丛书》本。

（明）顾起元《说略》，清文渊阁《四库全书》本。

（明）赵钑《古今原始》，明嘉靖四十一年（1562）刻本。

（明）袁中道《珂雪斋近集》，明书林唐国达刻本。

（明）袁中道《珂雪斋集》，明万历四十六年（1612）刻本。

（明）袁宏道《袁中郎全集》，明崇祯刊本。

（明）杨慎《升庵集》，清文渊阁《四库全书》补配清文津阁《四库全书》本。

（明）顾元庆《檐曝偶谈》，明《今贤汇说》本。

（明）双清《晋麈》，明《快书丛书》本。

（明）茅坤《茅鹿门文集》，明万历刻本。

（明）高叔嗣《苏门集》，明刻本。

（明）章潢《图书编》，清文渊阁《四库全书》本。

（明）黄汝亨《寓林集》，明天启四年（1624）刻本。

（明）郑元勋《媚幽阁文娱》，明崇祯刻本。

（明）徐弘祖《徐霞客游记》，清嘉庆十三年（1808）叶廷甲增校本。

（明）王逵《蠡海集》，明《稗海》本。

（明）张一中《尺牍争奇》，明刻本。

（明）屠隆《白榆集》，明万历龚尧惠刻本。

（明）屠隆《栖真馆集》，明万历十八年（1590）刻本。

（明）徐渭《古今振雅云笺》，明末刻本。

（明）谢肇淛《五杂俎》，明万历四十四年（1616）潘膺祉如韦馆刻本。

（清）张廷玉等《明史》，中华书局，1974年。

（清）黄宗羲《明文海》，清涵芬楼钞本。

（清）王士禛《分甘余话》，清文渊阁《四库全书》本。

（清）毛德琦《庐山志》，清康熙五十九年（1720）顺德堂刻本。

（清）文行远《浔阳跖醯》，清康熙谷明堂刻本。

（清）于敏中《日下旧闻考》，清文渊阁《四库全书》本。

（清）李卫《（雍正）畿辅通志》，清文渊阁《四库全书》本。

(清)张贵胜《遣愁集》，清康熙二十七年（1688）刻本。

(清)戴璐《藤阴杂记》，清嘉庆石鼓斋刻本。

(清)虞兆溢《天香楼偶得》，清钞本。

(清)全士潮《驳案新编》，清光绪七年（1881）刻本

(清)周广业《循陔纂闻》，清钞本。

(清)王逋《蚓庵琐语》，清道光五年（1825）刻本。

(清)王崇简《冬夜笺记》，清《说铃丛书》本。

(清)朱潮远《四本堂座右编》，清康熙刻本。

(清)孙承泽《天府广记》，清钞本。

(清)蒋溥《盘山志》，清文渊阁《四库全书》本。

(清)张之洞《（光绪）顺天府志》，清光绪十二年（1886）刻十五年（1889）重印本。

(清)张英《渊鉴类函》，清文渊阁《四库全书》本。

(清)查慎行《人海记》，清光绪《正觉楼丛刻》本。

(清)徐士銮《医方丛话》，清光绪津门徐氏蝶园刻本。

(清)陈康祺《壬癸藏札记》，清光绪刻本。

(清)赵翼《陔余丛考》，清乾隆五十五年（1790）湛贻堂刻本。

(清)贾桢、周祖培等《清实录·大清文宗显皇帝实录》，台北华文书局，1964年。

(清)李培祜等编，(清)张豫垲纂《（光绪）保定府志》，清光绪十二年（1886）刻本。

(清)胡裕溥《毘陵胡氏世牒》，民国七年（1918）木活字本。

赵尔巽等《清史稿》，中华书局，1977年。

王德乾修，崔莲峰等纂《（民国）望都县志》，民国二十三年（1934）铅印本。

贾元桂修，苗毓芳、苏彩河纂《（民国）交河县志》，民国五年（1916）刻本。

孙殿起《贩书偶记》，上海古籍出版社，1999年。

《中国近现代稀见史料丛刊》已出书目

第一辑

莫友芝日记　　　　　　　　　徐兆玮杂著七种
汪荣宝日记　　　　　　　　　白雨斋诗话
翁曾翰日记　　　　　　　　　俞樾函札辑证
邓华熙日记　　　　　　　　　清民两代金石书画史
贺葆真日记　　　　　　　　　扶桑十旬记（外三种）

第二辑

翁斌孙日记　　　　　　　　　翁同爵家书系年考
张佩纶日记　　　　　　　　　张祥河奏折
吴兔床日记　　　　　　　　　爱日精庐文稿
赵元成日记（外一种）　　　　沈信卿先生文集
1934—1935中缅边界调查日记　联语粹编
十八国游历日记　　　　　　　近代珍稀集句诗文集
潘德舆家书与日记（外四种）

第三辑

孟宪彝日记　　　　　　　　　吴大澂书信四种
潘道根日记　　　　　　　　　赵尊岳集
蟫庐日记（外五种）　　　　　贺培新集
壬癸避难日志　辛卯年日记　　珠泉草庐师友录　珠泉草庐文录
嘉业堂藏书日记抄　　　　　　校辑民权素诗话廿一种

第四辑

江瀚日记　　　　　　　　　　王承传日记
英轺日记两种　　　　　　　　唐烜日记
胡嗣瑗日记　　　　　　　　　王锺霖日记（外一种）
王振声日记　　　　　　　　　翁同龢家书诠释
黄秉义日记　　　　　　　　　甲午日本汉诗选录
粟奉之日记　　　　　　　　　达亭老人遗稿

第八辑

徐敦仁日记　　　　　　　　　　谭正璧日记
王际华日记　　　　　　　　　　近代女性日记五种(外一种)
英和日记　　　　　　　　　　　阎敬铭友朋书札
使蜀日记　勉喜斋主人日记　浮海日记　海昌俞氏家集
翁曾纯日记　瀚如氏日记(外二种)　师竹庐随笔
朱鄂生日记　　　　　　　　　　邵祖平文集

第九辑

姚觐元日记　　　　　　　　　　钱仪吉日记书札辑存(外二种)
俞鸿筹日记　　　　　　　　　　张人骏往来函电集
陶存煦日记　　　　　　　　　　李准集
傅肇敏日记　　　　　　　　　　张尔耆集
姚星五日记　　　　　　　　　　夏同善年谱　王祖畲年谱(外一种)
高枏日记　　　　　　　　　　　袁士杰年谱　黄子珍年谱

第十辑

方濬师日记　　　　　　　　　　徐迪惠日记　象洞山房文诗稿
张蓉镜日记　　　　　　　　　　夏敬观家藏亲友书札
陈庆均日记　　　　　　　　　　安顺书牍摘钞　贵东书牍节钞　黔事书牍
左霈日记　　　　　　　　　　　翁同书奏稿
陈曾寿日记　　　　　　　　　　三十八国游记
龚缙熙日记　　　　　　　　　　君子馆类稿
沈兼士来往信札　　　　　　　　晚清修身治学笔记五种